KB154331

착한사람이 좋아요!

짝가 박문영

누구나 꿈꾸지만

아무나 이룰 수 없는 것들

시대가 바뀌어도 삶에 힘이 되고 힌트가 되는 생각!

누구나
꿈꾸지만
아무나
이룰 수 없는 것들

박문영 지음

 나래북

번데기 속에 들어 있는 것은

애벌레가 아니다.

나비가 되기 위해

모든 것이 준비된 작은 나비다.

성공은 한 사람의 열정만으로 성공하는 것은 아니다.

이미 '그 사람은 뭘 해도 성공할 사람이다.' 라는

성공 심리를 가진 사람만이 성공에 이르는 것이다.

남의 인생은 폼 나 보이는 법이다!

그러니까‥

눈물은 숨기고 웃음은 보여라!

그러면 네 인생도

남들이 볼 때 폼나 보일 거다!

등에 무거운 집을 지고 기어가는 달팽이의 모습은 인간의 모습과 비슷하다.

모두가 각자 자신의 걱정거리를 등에 지고

달팽이처럼 기어가는 것이 인생의 모습이다.

희망이라는 그루터기에 앉아,
자유를 꿈꾸며, 하늘에 소원을 빌어 본다.

'망치대가리'
인생 이야기?

'망치 대가리' 단어, 검색하지 마라! 인터넷에 안 나온다. 내가 쓰는 이야기들은 최소한 인터넷에 안 나오는 이야기들이다. 인터넷에 많이 나오는 이야기는 쓰고 싶지도 않고 내 취향에는 맞지 않는다. 내가 쓴 이야기들은 내가 직접 경험했거나 나만 알고 있는 얘기거나 혹은 내가 관심이 생겨 직접 발로 뛰어서 알아낸 것들이다. 그러니 인터넷에 있을 리가 있겠는가. 책을 안 읽고 인터넷이 모든 지식의 근원인 젊은 세대들은 죽었다 깨어나도 이런 사실들은 모를 것이다. 알 리도 없고 알리고 싶지도 않고….

인터넷에 떠도는 수많은 이야기를 가지고 적당히 조립하여 그럴듯하게 이야기 논리를 연결하며 감동을 주려는 책은 서점에 넘치고 넘친다. 그중에는 좋은 책들도 있다. 하지만 오리지널리티 즉 근원성은 없다. 근원성이란 시대가 변해도 꾸준히 남을 수 있는 가치를 지닌 지식체계를 말한다. 공자의 사서오경이라든가 신구약성서, 코란, 유대교 경전 등을 말한다. 또 그리스 철학자들이 생각해내어 구축하여 놓은 각종 지식 서적들을 말한다. 그러나 일반인이 그런 위대한 경전을 써낼 수는 없다. 그렇다고 손을 놓으면 안 된다. 최소한 자신만이 가지고 있는 독창적인 이야기 정도는 되어야 책을 낼 자격이 되지 않을까 생각한다. 그렇게 따지면 서점의 책들 90% 이상은 사라져야 하겠지. 그러나 이런 내 생각도 좋은 것은 아니다. 피라미드의 꼭대기가 존재하려면 잡다한 피라미드의 아래층도 있어야 하니까.

수필은 논문이 아닌데도 내가 독창성을 부르짖는 이유는 나도 잘 모르겠다. 나에게는 그게 더 쉬우니까 그런 거다. 사실 수필의 정의는 '마음 가는 대로…'인데 요즘은 인터넷 '검색한 대로…'라고 정의를 바꿔야 한다. 논문 표절을 하고도 버젓이 방송에 나와서 유명인사 행세를 하며 주가를 높이는 사람들을 보면 나는 왜 그렇게 하지 못할까 하는 나의 성격을 탓하곤 했다. 나에게 혹시나 표절 같은 얘기가 조금이라도 비쳤다면 나는 아마 창피해서 얼굴을 들고 다니지 못했을 것이다. 그런데 요즘 사람들은 그렇지 않은 것 같다. 노래하는 시인 김광석의 성격이 지극히 내성적이라는 것을 글을 쓰다가 생각해냈다. 오랫동안 잊고 있었던 기억이었다. 그와의 처음 만남의 과정을 쓰고 있자니 가슴 한편이 저려온다. 나도 그런 과의 사람이다. 그래서 김광석이 내 마음에 더 들어왔었나 보다. 세월이 갈수록 김광석의 노래가 가슴에 와 닿는 이유는 무엇일까? 그의 목소리와 그의 노래에서는 다른 사람에게서는 찾을 수 없는 김광석만의 근원성이 있기 때문이 아닐까? 어디에서나 들어볼 수 있는 목소리였다면 그렇게 김광석, 김광석 하지 않는다. 그의 노래가 오래가는 이유는 그의 고통스러운 삶의 철학과 진지함이 그의 노래에 스며 있기 때문이다.

전작의 책 『넘어져야 일어설 수 있고 일어서야 걸을 수 있다』는 주로 우화 같은 이야기들을 창작하여 내어놓은 책이다. 조금이나마 인생의 길을 찾는 사람에게 도움이 되지 않을까 하여 내어놓은 책이다. 서점에 가서 반응을 보니 독자들이 그 책을 펼쳐서 한참 동안 읽은 뒤, 다시 그 자리에 놓고 뒤돌아서서 아직 읽지 않은 순위 높은 베스트셀러나 유명인사의 책을 사서 떠나곤 했다. 책 표지가 더럽혀지고 때가 묻었다. 나도 다른 사람들처럼 인생의 처세나 생존방법을 그냥 직설적으로 '넌 이렇게, 이렇게 해!' '너 왜 이렇게 안 하니?' '너 죽기 전에 이런 영화 보란 말이야!' 하고 거의 명령조로 책에다 쓰고 약간의 감동을 주었다면 조금 책이 더 잘 팔렸을지도 모른다. 난 죽기 전에 그런저런 영화 안 보고 그냥 의무감 없이 편안하게 죽는 방법을 택하고 싶다. 나는 서점에 서서 단 일 이 분 동안이라도 내 책의 한 부분이나 한 편의 우화를 읽으며 그 순간 독자가 재미를 느꼈다면 그것으로 나는 만족한다. 나의 책을 펼치고 읽은 그 일 분 동안은 내 생각이나 나의 정신이 그 사람에게 전달되는 순간이다. 비록 짧은 순간이긴 하나 그 순간을 위하여 나는 나의 글을 쓴 것이다. 무슨 책이 베스트셀러가 되는 것은 그 작가에게는 부담스러운 일이다. 책임감이 무거워지니까…. 몸무게 무거운 인간으로 살고 싶지는 않다. 돈? 돈은 사실 자기 본직으로 벌어야 하는 게 정상 아닌가.

15

자 이제 결론으로 들어가자! '망치 대가리'라는 말이 있다. 또 인터넷이냐? 제발 인터넷 좀 찾아보지 마라! 찾아도 안 나온다! 왜? 내가 만든 말이니까···. 망치 대가리는 단단하고 강하며 목표물을 정확히 때려서 일을 성공하게 한다. 혹은 단번에 목표물을 부수어버린다. 망치 대가리는 자기가 정말 훌륭하고 정확하게 자기 일을 수행해내고 있다는 것을 잘 보고 느끼고 있다. 그러나 망치 대가리는 모든 것을 자신이 직접 생각하고 계획한 일을 하는 것이 아니라는 사실을 모른다. 그저 일이 잘되는 것이 좋아서···. 성취감과 정의감을 느끼며 사명감으로 일을 열심히 하는데 사실은···. 손잡이의 노예라는 진실을 결코 모른다. 젊고 똑똑하고 정의감 넘치는 사람들을 나는 망치 대가리 같은 사람이라고 생각한다. 그들은 자신들이 다른 생각들의 노예로 이용당하면서 살아간다는 것을 모르고 있다. 욕심을 가진 집단들이 만들어 놓은 인터넷이란 지식체계를 하늘처럼 믿고 살아가는 한, 망치 대가리의 운명을 벗어날 수 없다. 당하고, 당하고, 당하고 또 당한 후에 나이가 많아지고 늙으면 모든 것이 의심스럽고 믿음직하지 못하게 된다. 그 순간이 지혜가 생기는 순간이다. 이렇게 말하면 젊은이들은 믿을 것은 안 믿고 안 믿을 것은 콱 믿어버린다. 이래서 젊고 똑똑하고 정의감 넘치는 젊은이들은 망치 대가리로 써먹기 딱 좋은 것이다.

망치 대가리가 되지 않는 요령이 있다. 무언가가 믿음직해 보인다 해도 빨리 나서지 말고 거짓 같아 보여도 다시 살펴보는 태도, 즉 여러 번 생각하고 숙고하고 미적미적하고 뜨뜻미지근해지는 것이 일차 요령이다. 당신의 철저한 검증이 끝나서 무언가가 진실 같아 보이면 그곳에 들어서지도 말고 떠나지도 말고 의심을 하며 그 주변을 계속 맴돌아보는 것이다. 그런데 당신이 그렇게 행동하면 망치 손잡이가 신경질을 내면서 눈을 부라리며 크게 외칠 것이다.

"젊은 사람이 왜 이래? 화끈하지 못하고."

그런 소리가 들리면 당신은 확실한 망치 대가리다! 그런 말에 당신은 또 한 번 겁을 먹거나 불편한 마음을 느끼면서 다시금 힘차게 망치 대가리 노릇을 할 수밖에 없겠지? 자신이 올바른 일을 하고 있다고 확신하면서 말이다. 차라리 멸치 대가리라면 국수 국물 내는 데라도 쓰련만 다 쓴 망치 대가리는 못 쓰게 되면 쓰레기통에 던져버리고 다른 대가리로 바꾼다. 당신이 쓰레기통에 던져지는 것이다. 후회해도 인정사정없는 것이 세상이다. 망치 대가리 인생을 살고 싶은가? 아 참, 당신은 절대로 알 수가 없지. 당신의 망치 대가리 인생도 그렇게 흘러가는 거다. 당신의 인생이 어떻게 흘러가든 말든 아무도 관심을 두지 않는다. 당신 인생이니 당신이 책임지고 해결해야 한다. 실패하면 그 죄는 당신이 모두 뒤집어쓴다. 그렇다면 어디에 해결 방법이 있을까? 이 책 어딘가에 나와 있을 지도 모른다. 이 보시게 한 번 찾아보시지…. 재미있는 두뇌게임이 되지 않을까?

| 박문영

17

contents

CHAPTER 2

인생을 바꿀 수 있는 기회는
찾아 온다(우화Ⅰ)

CHAPTER 3

도전하지 않고서는
알 수 없다(우화II)

CHAPTER 1

삶이
눈앞을
스쳐갈 때

시련을 넘어 서는 자신감

나는 자유로운 영혼!

조용필의
'한 사람을 위한 콘서트'

#01

'기도하는…' 숨을 죽이다가 나오는 조용필 노래의 이 부분에서 '꺄' 하는 탄성 소리가 터져 나오는 이유는 누가 시켜서 나오는 것이 아니다. 저절로 나오는 생리적 반응이다. 이 노래 '비련'은 조용필의 4집 앨범 '못 찾겠다 꾀꼬리'에 수록된 노래다. 1982년에 나왔으니 벌써 30년이 훨씬 지난 노래다. 1980년도에 제1집 '창밖의 여자'가 나오고 88년까지 10집이 나왔으니 엄청난 속도전이다. 요즘 가수들은 감히 상상도 못 할 밀도로 앨범 전곡을 최고의 가창력으로 꽉꽉 채운 그런 음반들이다. 누구도 따를 수 없는…. 가히 가왕이라 할 만한 인간문화재 '노래의 신' 조용필이다.

하지만 그런 조용필도 제1집을 크게 히트를 하고 음악을 포기하려고

25

했던 순간이 있었다. '창밖의 여자' '단발머리' 등의 노래를 연속으로 히
트시키고 미국 공연을 한 조용필에게 뜻밖의 사건이 기다리고 있었다.
바로 자신의 밴드 '위대한 탄생' 멤버들이 대마초로 모두 구속된 것이다.
하루아침에 날벼락이었다. 조용필의 음악은 혼자서 만들어지는 그런 종
류의 음악이 아니다. 밴드 음악은 전 밴드가 함께하여 만드는 것이기 때
문이었다. 이제 더는 창작을 할 수 없었던 조용필은 반짝 가수로 끝날 위
기에 처하게 된 것이다.

　"박 PD! 아무래도 음악생활을 접어야 할 것 같아!" 평소에 친분이 있
었던 나에게 조용필이 하소연했다. "무슨 얘기야? 앞으로 가왕이 되실
몸이 그런 나약한 소리를 하면 되겠어?" 나는 조용필에게 용기를 잃지
말라고 조언하며 밴드 문제는 내가 어떻게 해서든지 해결해주겠다고 큰
소리를 쳤다. "멤버들을 감옥에서 다 빼내 줄 거야? 경찰청장하고 아는
사이인가? 멤버들 빼내 줘도 방송활동 금지야. 고맙긴 하지만 무리수를 두
지 말라고…" 나는 조용필의 걱정을 뒤로하고 즉시 마장동 녹음실로 달
렸다.

　　오랜만에 만난 건반악기 연주자 이호준은 연주를 마치고 녹음실을
나서고 있었다. 평소대로 남루한 얼굴이다. 점심이나 먹었으려나? "어
이, 호준 씨! 녹음 끝났으면 밥이나 먹지!" 가까운 순댓국밥집에서 이호
준과 함께 밥을 먹으며 나는 이호준의 생각을 들어볼 요량이었다. 당시
이호준은 건반악기 연주자로 피아노 연주 음반을 냈고 나는 그의 명예
방송 매니저 일을 하고 있었다. 내가 듣기에는 한국 최고 기량의 건반연
주자였다. 그러나 그의 천재적 기량을 아는 사람은 별로 많지 않았다. 밥

을 먹고 나면 그는 다시 먹고살기 위하여 밤무대로 달려야 한다. "조용필이란 가수 알지?" "응" "혹시 같이 밴드해 볼 생각 없어?" 조용필의 음악과 이호준이 추구하는 밴드의 음악성이 어쩌면 잘 어울릴지도 모른다고 생각한 나는 그의 대답을 기다렸다. "왜? 연예인이 나 같은 삼류밴드하고 일하려고 할까? 나야 먹고사는 게 해결되니 좋긴 하겠지만…." "삼류밴드라니! 내가 보기에 넌 우리나라 최고의 밴드 리더야! 지난번 음반의 '우울한 주말'은 불후의 명곡이야. 사람들이 몰라주는 게 무슨 문제지?"

이호준과 조용필 두 사람을 모두 설득한 나는 두 사람이 음악 작업을 할 수 있도록 만남을 주선했다. 두 천재가 만났다. 만나자마자 폭발적인 음악의 성과물들이 생산되었다. 당시 반도체산업의 발달과 함께 최첨단의 전자악기가 속속 시장에 나왔고 건반 천재 이호준은 귀신처럼 그 악기들을 다뤄 사람들이 처음 들어보는 기묘한 음색의 연주들을 쏟아냈다. 그렇게 해서 전광석화 같이 만들어낸 성과물이 '촛불'이라는 곡이다. 최신 건반 악기의 음색과 리듬이 완전히 살아있는 최첨단 전자음악의 결정판이었다. 지금 시대에 들어봐도 탁월한 소리였다. 노래는 대히트했고 조용필은 몸이 열 개라도 부족할 정도로 바빠졌다.

승승장구 4집 음반을 내고 눈코 뜰 새 없이 바쁘던 어느 날, 조용필의 사무실에 전화가 왔다. "여보세요?" "예…." 조용필의 매니저가 전화를 받았다. "여기는 시골병원입니다." "그런데요?" "저… 우리 병원에서 기적이 일어났습니다. 우리 병원에 열네 살 지적장애 소녀가 있는데 조용필 씨의 비련이란 노래를 듣고 생전 처음으로 눈물을 흘렸습니다." "아, 그래요? 잘 됐군요. 그런데요?" "저… 그 소녀는 태어나서 한 번도 웃거

27

나 울던 적이 없었는데요…. 혹시 조용필 씨가 우리 병원에 한 번 와 주시면 그 소녀한테 큰 도움이 될 것 같아서 염치불구하고 전화를 드렸습니다.” 매니저가 즉각 대답했다. “아, 그, 저, 그건 고마운 얘긴데요. 조용필 씨가 지금 얼마나 바쁜지 아시잖아요? 하루 공연만 대여섯 군데입니다. 미안한 얘기지만 불가능한 얘깁니다.” 매니저가 마음속으로 중얼거렸다. ‘택도 없는 얘기 하지 마시오.’ 병원장의 목소리가 수화기 너머에서 들려왔다. “그런가요? 그러실 줄 알았습니다….” 옆에서 듣고 있던 조용필이 매니저에게 말했다. “그 병원이 어디래요?” “시골인데….” “당장 갑시다.” 조용필은 그날 잡힌 공연계획을 모두 취소하고 병원으로 향했다.

병원에 도착한 조용필은 그 소녀를 찾아 병실 문을 두드렸다. 아무런 표정없이 조용필의 얼굴만 멀뚱멀뚱 바라보고 있는 소녀에게 조용필은 그의 노래 ‘비련’을 부르기 시작했다. “기도하는 사랑의 손길로 떨리는 그대를 안고……” 소녀의 눈에서 눈물이 흐르기 시작했다. 그 한 소녀를 위하여 조용필은 이제껏 연마한 모든 실력을 다하여 노래를 불러주었다. 소녀의 얼굴은 환희로 빛나고 있었다. 노래를 마친 조용필은 눈물을 흘리는 소녀를 안아주고 자신의 CD에 사인해서 선물로 주었다. 노래를 마치고 돌아가려는데 소녀의 어머니가 다가와서 조용필에게 감사의 말을 전하며 자신의 딸을 찾아와준 조용필에게 꼭 사례하겠노라며 통장번호를 달라고 말했다. 조용필이 그녀의 어머니에게 말했다. “저는 그 아이에게 이제껏 제가 부른 노래의 보상을 다 받은 것이나 마찬가집니다. 따님의 눈물이 제 노랫값보다 더 비쌉니다.”

이호준은 조용필의 소속 음반사에 당시로는, 아니 지금까지도 최고 금액인 강남아파트 열 채나 되는 거금을 받고 전속되었다. 그도 그럴 것이 80년대 가요 TOP 10 열 곡 중 여덟 곡 정도를 그가 작곡하거나 편곡한 곡이었으니 음반제작자들이 돈 보따리를 싸들고 그를 따라다니는 게 당연하지 않은가! 그에 관한 전설 같은 이야기가 한 보따리도 넘는데 천국에서 음악회가 급하게 열렸는지 몇 년 전, 홀연히 우리 곁을 떠났다. '친구여 꿈속에서 만날까. 그리운 친구여…….' 그가 작곡한 조용필의 노래가 가슴에 메아리친다. 그러나 노래를 부른 조용필은 고맙게도 여전히 우리 곁을 든든히 지켜주고 있다. 조용필의 새 노래들은 내 심장을 '바운스 바운스' 뛰게 해 준다. 존경받는 사람은 오래 살아야 할 의무가 있다. 팬들 다 떠나보내고 천천히 가도 늦지 않을 것이다. 그런데, 그때 그 소녀도 지금쯤은 나이가 꽤 들었을 텐데?

🐌 조용필은 재능기부뿐만 아니라 실제로 백 억원 이상의 기부를 실천한 기부왕이다. 가왕에 이어 기부왕이 되었으니 이제 남은 것은 장수왕뿐이다. 삼관왕이 되었으면 좋겠다.

이문세의
인생역전

#02

70년대는 통기타 전성시대다. 간첩도 통기타를 배우고 남파됐다는 개그가 있을 정도다. 청량리역에서 기차를 타고 동해까지 가려면 밤을 새우며 16시간 정도 가야 한다. 그 긴긴 시간 동안 무얼 하며 시간을 보낼까? 걱정하지 마시라. 통기타 하나만 있으면 모든 것이 해결된다!

이문세도 다른 학생들처럼 통기타를 잘 쳤다. 당시 라디오에서는 최고의 인기 가수들이 나와서 통기타를 치면서 감성적인 노래를 부르며 여학생들에게 최고의 인기를 끌던 시절이었다. "이런 작은 살롱에서 노래하다가는 평생 인기도 못 끌고 사라지게 게 될 거야. 어떻게 해서든지 떠야 돼! 인기를 얻으려면 라디오에 나가야 해!" 통기타 살롱 쉘부르에서는 이미 최고 실력의 가수로 등극한 그였지만 방송에 출연한 경력이 없는지라 출현료도 형편 없었고 아직은 소위 아마추어 가수였다. 당시 최고의 라디오 프로는 동아방송의 '영시의 다이얼'과 기독교방송의 '세븐틴'이 있었다. 그런 프로그램에만 출연할 수 있다면 출세는 시간문제였다. 무명 가수 이문세의 유일한 소원이었다. 그런데 함께 일하는 쉘부르에는 인기 프로인 '세븐틴'에 고정출연 중인 선배 개그맨 전유성이 있었다. 이문세가 전유성에게 항상 잘 보이려고 애쓴 이유는 바로 그 이유 딱 하나뿐이었다. "형님, 저 좀 형님 프로에 꼭 출연할 수 있게 해 주세요." "문세야, 걱정 마라. 너는 얼굴도 길고 말도 잘하니까 한 번만 출연하면 고정 출연할 수 있을 거야!" "아이, 누구 펑크라도 안 나나?" "인기 프로인데 누가 펑크를 내겠냐? 조금만 기다려 봐…."

그러던 어느 날, 이문세가 노래를 하려고 쉘부르에 나와서 기타 줄을 맞추며 목소리를 가다듬고 있었는데 살롱 문을 박차고 전유성이 들어오는 것이 보였다. '아니, 지금은 생방송 연습 때문에 방송국에 있을 시간인데 왜 여기로 들어오는 거지?' 전유성은 이문세를 보더니 다짜고짜로 말했다. "문세야! 가자!" "어디요?" "세븐틴 생방송!" 전유성의 손에 이끌려서 종로5가 기독교방송으로 향하는 이문세에게 전유성이 말했다. "오늘 말이야… 인기가수 한 팀이 생방송 펑크를 냈는데 담당 PD가 나한테 해결해달라고 해서 달려온 거야." "그럼 저, 세븐틴에 출연하는 거예요?" "그럼! 빨리 가야 해!" 분초를 다투는 중이라 시간을 채워줄 대타 가수가 필요했다.

이문세는 전유성의 손에 이끌려 기독교방송으로 향했다. 그리고 그날 펑크를 낸 가수 대타로 출연하여 특유의 입담과 함께 시간을 훌륭하게 채워주었다. 노래면 노래, 개그면 개그, 첫 출연인데도 여느 인기가수 못지않게 훌륭하게 제 임무를 수행해낸 것이다. 방청객을 앞에 놓고 진행하는 공개방송인지라 여학생들의 현장 반응도 좋았다. "어디서 저런 걸물을 데려왔니?" 담당 PD가 전유성에게 말했다. "아, 예… 앞으로 우리나라 방송계를 책임질 인재죠?" "그럼!" 이문세는 그날 이후 펑크를 낸인기가수 대신 '세븐틴'의 고정 멤버가 되어 인기가수의 반열에 오르게되있다. 여기까지는 인터넷에 기록된 이야기다. '이문세와 함께 울고 웃던 30년'이란 제목으로 검색을 해보면 나온다. 그럼 지금부터의 이야기는 어디에도 나오지 않은 이야기다. 반전인가? 이런 반전……. 쓰기 괴롭다!

그날 펑크를 냈던 가수는 이 글을 쓰고 있는 '나(작가)'다. 그날 왜 펑크를 냈는지 '이제는 말할 수 있다'. 70년대 초 나는 '논두렁 밭두렁'이라는 통기타 듀엣을 결성하고 '영상'이라는 노래를 발표했는데 큰 히트를 기록했다. 여기저기서 출연 요청이 들어오는데 감당이 되지 않았다. 전국민이 가난했던 시절, 제대로 먹지 못해서 체력이 약했던 나는 몸이 말을 듣지 않았다. 지쳐 쓰러져 상대 멤버에게 좀 쉬자고 요청했지만, 상황이 상황인지라 거절당했다. 최후의 선언을 할 수밖에 없었다. "나, 가수 그만하고 군대 갈 거다!" 그 말을 남기고 나는 잠수를 탔다. 상대 멤버는 끝까지 설득하다가 결국 나를 설득하는 데 실패하고 급히 '세븐틴' PD에게 '오늘 출연 불가'를 통보했다. 당일날에…. 날벼락이었겠지? (지금 생각해도 되게 미안.^^;) 겨우 두 시간 남기고 무슨 재주로 생방송을 때운단 말인가? 휴대폰도 없었고 전화도 부잣집에만 몇 대 있던 시절이었다. 마침, 방송국에서 죽치며 연습을 하고 있었던 전유성에게 담당 PD는 SOS를 요청했다. 전유성은 급히 근처에 있던 쉘부르로 날아가 이문세의 손목을 잡고 방송국으로 달려온 것이다.

담당 PD는 전유성이 방송 직전 누군가를 데려오자 한편으로는 가슴을 쓸어내리며 안도했지만, 첫 출연, 그것도 생방송인지라 조마조마하게 그의 입만 바라보았다. 생방송에서 말 한번 잘 못 하면 바로 모처로 끌려가는 무서운 시절이었다. 방송사고만 안 치면 무조건 합격인 그날의 첫 방송에서 그는 무사히 시험에 통과했다. 끌려온 이문세는 제 집에서 노래하는 것처럼 능수능란하게 노래와 입담을 과시했다.

그날 방송사고로 고통을 당한 기독교방송 송관율 PD님과 전유성 씨 그리고 관계자 여러분께 40년이 지난 지금 죄송하다고 말씀드리고 싶다. 그러나 나도 방송 PD가 되어 그런 일을 몇 번 겪었으니 처벌을 받은 것인가? '바람아 멈추어다오'를 부르다 잠적한 이지연이 생각난다. 그렇지만 내 사건이 방송계에 피해만 준 건 아니다. 바로 이문세라는 위대한 인물이 발굴되었으니 내가 우리나라 가요계에 본의 아니게 엄청나게 큰 일을 해낸 것이다. 이문세라는 대스타가 나의 대타로 나온다는 걸 알았다면 흔쾌히 길을 열어주었을 것이다. 혹, 질투가 나서 펑크를 안 냈을까? 그날, 그냥 정상적으로 내가 출연했다면 이문세에게는 영원히 기회가 안 왔을 것인가? 아무튼, 이문세 팬들 나한테 무조건 고맙다고 해야 해! 나에게 인재의 길을 터 주는 보이지 않는 재주가 있는 건가?

🐌 이문세는 그 이후에도 나에게 고마운 일이 있는 거 같다. 80년대 최고의 인기 프로인 '밤을 잊은 그대에게'의 연출자는 바로 '나'였다. 내가 연출한 프로는 김광석, 동물원, 김창완, 박미경, 김건모 등 당대 최고의 인가가수로 성장한 가수들을 데뷔시키는 데에 큰 역할을 하는 최고 인기 프로였는데 공교롭게도 상대 방송국의 경쟁 프로는 이문세의 '별밤'이었다. 그러나 나는 이번에도 잘 나가던 방송국을 돌연 그만두고 인기 프로그램 연출의 손을 놓았다. 경쟁자가 없어진 이문세의 프로는 그 후 20년 동안 당할 상대가 없는 최고의 인기 프로그램으로 승승장구할 수 있었다. 이건 어디까지나 나의 생각이지만….

🐌 나와 함께 통기타 듀엣 활동을 했던 고 김은광 님이 보고 싶다. 그는 기타를 매우 잘 쳤으며 그 후로도 오랫동안 나와 우정을 함께 나눈 친구였는데 먼저 세상을 떠났다. 그가 없어서 나는 노래할 힘을 잃었다. '그리움이 물들면 내 마음은 묻는다…' 그가 작사, 작곡한 '영상'의 노랫말이 떠오른다. 시간이 있으시다면 검색하여 들어보시는 것도 좋을 것이다.

김광석의
추억
#03

내가 김광석을 만난 것은 88올림픽이 끝나고 나라가 어수선할 때였다. 방송국으로 한 사나이가 찾아왔다. 노래하는 시인 김광석이 등장한 건가? 아니다. 아직 그런 김광석이 세상에 등장하려면 무지 복잡한 절차를 거쳐야 한다. 단계마다 보이지 않는 칼 같은 실재심사가 기다리고 있다는 것을 아마도 도전하는 당사자인 신인가수들은 모르리라. 김광석 1집의 음반을 들고 나타난 사람은 김광석이 아니고 음반제작자였다.

"박 형! 기타 잘 치는 친구야. 한 번만 들어봐 줘……" 기타 잘 치는 친구가 넘치는 곳이 방송국이다. 어쨌든 '들어봐 줘!'라는 뜻은 ('들어' 두 글자 빼고) '봐 줘!'라는 뜻이다. 즉, 평가를 잘해서 방송에 많이 나가게 하고 음반이 많이 팔려서 스타를 만들어내고 돈을 벌게 해 달라는 의미였다. 그런 연유로 해서 방송국에서는 뇌물이나 촌지가 거래될 소지가 있는 것이다. 내가 연출하는 '밤을 잊은 그대에게'에서 노래가 자주 방송된다면 음반은 많이 팔릴 것이고 가수는 인기를 얻게 되어 '가수'라는 공인 인증서가 부여되는 것이다. 내가 미다스 손도 아닌데 내게도 그런 제의가 수없이 들어온다. 그런 인증을 받지 못하고 산더미 음반 속에 파묻혀 소리 없이 사라지는 가수가 일 년에 천명도 넘는다. 지금도 그렇겠지만….

김광석의 목소리는 이미 동물원의 노래 '거리에서'와 '흐린 가을 하늘에 편지를 써'로 잘 알려진 목소리였다. 그러나 그룹 동물원이 아닌 가수 자신만의 독집을 낸다는 것은 전혀 차원이 다른 문제였다. 아무리 솔로로 노래하더라도 팀 속에 소속되어 한두 곡을 부르는 것과 전곡 음반의 노래를 다 부르는 것은 별개의 문제였다. 특히 통기타 가수 출신인 내게 그런 문제는 음악성과 직결되는 문제였다. 음악성이 조금 빠지거나 미흡한 음반은 방송에 일절 소개하지 않았다. 그 계통에서 난 '질 나쁜 PD, 까탈스러운 연출자' 중 하나였다. 그러나 한 번 음악성을 인정받으면 그 뒤부터는 승승장구다. 바로 나의 사단의 일원이 되고 멤버들은 서로 음악적인 교류를 나누며 저녁시간마다 만나서 맥주 한잔과 함께 음악 이야기를 나누는 친구, 동료가 될 수 있었다. 그렇게 해서 만든 동아리 이름이 뭐였더라… 가물가물하다. '폐인 클럽'이었었구나!

그가 건네준 음반을 들어봤다. A면의 첫 곡부터 들어봤다. 왠지 귀에 쏙 들어오는 것 같지 않았다. '아, 이거 시간이 많이 걸리겠는걸….' LP 음반의 앞면을 다 들어봤는데도 딱히 타이틀 곡으로 정할 만한 곡이 드러나지 않았다. 대개는 첫 곡을 방송 홍보용으로 쓰는 게 정석인데. 뒷면을 듣기 시작했다. 내가 들어보고 결정해야 방송용 타이틀곡이 결정되는 것이다. 두 번째 노래가 잔잔하게 들려왔다. "기다려줘, 기다려줘… 내가 그대를 이해할 수 있을 때까지…." 꼭 나한테 하는 소리 같았다. 음정도 불안했고 목소리에는 아직 내지르는 강한 소리의 파동력이 없었다. 그렇지만 애절하고도 순수한 음색이 조금씩 귀에 들어왔다. 목소리에서 지극히 내성적인 어느 청년의 애절함이 들려왔다. 기다려 달라는… 조금만 참아 달라는…. 그의 꾸밈없는 목소리가 귓전에서 맴돌았다. 이걸 버릴까? 말까? 갈등이 일어나기 시작했다. 버리면 편하고 말면 복잡해진다. 가수를 직접 보고 결정하기로 했다.

다음 날, 멀리서 제작자의 손에 이끌려시 들어오는 청년이 보였다. '쟤구나….' 어색하게 웃으며 다가오는 김광석. 첫인상은 키 작고 못생긴… 그런 모습이었다. 더욱 문제가 되는 것은 지극히 내성적이고 소극적인 성격이었다. 성격만이라도 밝고 긍정적이어야 하는 것이 꼭 필요한 연예계다. 약한 사람에게 약해지는 게 내 성격이던가? 나도 지극히 내성적인 사람이라 남 앞에 나서는 걸 몹시 두려워하며 지금까지 몰래 숨어서 글을 쓰고 있으니 말이다.

"절 보시자고 해서 왔습니다.""그래. 네가 광석이냐?" 김광석이 밝은 표정으로 나를 바라보며 말했다. "네… 저, 선배님이시죠? 후배 김광석입니다." '오잉? 무슨 후배? 혹시?' 그는 나의 고교 후배였다. 아마 내가 자기를 고교 후배인 줄 알고 불러서 온 모양새다. 내 정신적 무장이 해제되는 순간이었다. 어디서 그런 말을 듣고 왔을까? 사적인 얘기는 절대로 안 하는 성격인데…. 내 얼굴을 빤히 바라보는 그의 얼굴은 그의 목소리와 똑같이 생겼다. 지극히 내성적이고 지극히 소심하고 지극히 깨어지기 쉬운 거울 같은 순수한 얼굴…. 그 얼굴이 내 눈에 밟히기 시작했다. 생각하지도 않았던 말들이 내 입에서 튀어나왔다. "담 주부터 고정으로 출연해라! 네 목소리 좋더라! 이젠 진짜로 노래하는 거니까 연습 많이 하고 와!" 그를 보내고 다시 그의 노래를 들어보았다. '기다려줘….' 왠지 슬프게 들려왔다. 뭐가 그리 슬픈가? 내가 이 친구의 마음을 기쁘게 해 준다면 노래를 잘할 수 있을 것인가?

　다음 주, 초대손님으로 출연한 김광석은 이십여 명의 방청객들을 앞에 놓고 노래를 부르게 되었다. 방송 스튜디오의 좁디좁은 방안. 바로 그들의 코앞에서 얼굴을 마주 보고 하는 노래 부르기였다. 서로의 침 삼키는 소리, 숨 넘어가는 소리까지 다 들리는 그런 비좁은 스튜디오 안이었다. 첫 출연이라서 그런지 그는 엄청나게 떨었다. 음정도 불안했고 과흥분 상태였다. 잘 치던 기타 코드도 더듬거렸다. 더구나 방청객은 모두 여고생들이었다. 그냥 바라보기도 부끄러운 그런 자리에서 수줍은 남자로서 노래까지 해야 한다. 그러나 그게 그의 운명인 걸 어떻게 하겠는가? 내가 도울 방법은 없었다.

　벌겋게 상기된 얼굴로 노래를 마치고 그가 스튜디오에서 나왔다.

　"어때, 할 만하니?" "아… 예? 뭐라고 그러셨어요?" 정신이 반쯤 나간 그의 얼굴은 멘붕 상태였다. "담 주에는 연습 더 하고 와야 한다. 오늘은 수고했다." "예…." 대답을 마친 그가 바람처럼 소리 없이 사라졌다. 다음 주, 그는 다시 나타났다. 일주일 동안 노래만 하고 왔나 보다. 목소리가 힘이 들어가 있었다. 그렇게 한 주, 두 주, 생방송에서 노래하다 보니 김광석의 목소리는 서서히 담금질이 되어가고 있었고 그의 내면의 특징들이 나타나기 시작했다. 그러나 나는 아직도 그의 소리에 불만이 있었다. '지금 목소리로는 그냥 한두 곡 반짝 가수로 끝날 거 같아. 뭔가 특별 조치를 해야 해!' 언제부터인가 나는 김광석의 보컬 트레이너, 마인드 트레이너가 되어 있었다.

그렇게 육 개월을 노래하던 김광석에게 팬이 생기기 시작했다. 드디어 사건이 일어난 것이다. 방송국에 단골로 드나들던 여학생에게 팬레터를 받은 것이다. 그것도 김광석의 바로 코앞에서 그를 육 개월 동안이나 바라보았던 여학생 팬으로부터 받은 첫 번째의 팬레터였다. 예쁘고 착하게 생긴 여학생이었다. 육 개월 동안 서로 코앞에서 바라봤으니 서로가 얼굴을 잘 아는 사이였을 것이다. 예쁜 편지 봉투에 넣어진 편지였다. 수줍게 팬레터를 받은 김광석이 급히 방송국을 빠져나가려는 찰나, 그를 불러 세웠다.

"야, 광석아? 뭐니?" "아무것도 아닌데요…." "뭔데 그래? 이리 와봐…" 그가 수줍게 내게 다가왔다. "너, 팬레터 받았니?" "예?" 광석은 흠칫 놀라며 "아, 예. 누가 주던데요…." "와, 팬 생겼네? 어디 한 번 보자…." 김광석이 주머니에서 쭈빗쭈빗 팬레터를 꺼내 내게 주었다. "와, 여학생한테 받은 거구나! 하여튼 축하한다! 담 주에 보자!"

그 여학생은 다음 주에도 스튜디오로 찾아와 김광석의 바로 코앞에서 노래하는 그를 뚫어지게 바라보았다. 그날부터 김광석의 노래는 더욱 힘차고 활기가 넘쳤다. 마치 그 여학생 한 사람만을 위하여 노래하듯이 온

몸으로 정성을 다하여 노래를 불렀다. '아무것도 가진 것이 없는 그에게 노래는 힘….' 그 자체였다. 그 여학생은 그에게 가끔 팬레터를 건네주었다. 김광석의 수줍고 연약하고 내성적인 목소리는 엄청나게 달라져 가고 있었다. 노래하는 태도도 자신감에 차 있었다. 라이브로 노래하는 것이 몸에 완전히 배어버린 그에게 광팬들이 하나, 둘 생겨나기 시작했다. 동료 작곡가 한동준에게 '사랑했지만'을 받아 라이브로 노래를 불렀다. 이전 김광석의 목소리가 아니었다. 이제 내가 할 역할은 다 끝난 것이다. 그의 목소리에서 노래하는 시인의 목소리가 들렸다.

나는 마침 방송국을 그만두고 녹음스튜디오를 차려 전업을 하게 되었다. 김광석은 내가 준비한 녹음실에서 '사랑했지만'을 불러 그의 노래를 완성했다. 김광석의 일생에 두 번째 독집음반, 제2집이 완성된 것이다. 제1집의 목소리와는 완전히 다른 새로운 김광석의 목소리였다. 제2집이 나오자마자 방송에서 그의 노래가 계속 흘러나왔다. '점점 멀어져가네 머물러있는 청춘인 줄 알았는데….' 그의 목소리가 이상하게도 무척 쓸쓸히 다가왔다. 그에게 무슨 일이 일어나고 있는 걸까? 김광석은 생애 최고의 전성기를 누리며 1,000회 공연이라는 대기록을 완성하며 전설을 기록하고 있었지만 나와의 인연은 다시는 연결되지 않고 있었다. 그는 그대로 나는 나대로 바쁘고 안타까운 삶의 길을 걸어가야 했다. 그러나 그는 끝내 그의 길을 다 걷지 못하고 중도에 삶을 포기하고 말았다. 가슴이 미어지는 안타까움이 느껴졌지만 어쩌랴….

김광석은 첫 팬레터 이후, 아마도 엄청나게 많은 팬레터를 받았을 것이다. 광석아. 내가 고백할 게 하나 있는데 그때 네가 받은 첫 번째 팬레터는 내가 그냥 아무렇게나 받아쓰게 해서 그 여학생에게 심부름시킨 거였단다. 미안하다. 네게 조금이나마 용기를 주려고 내가 일부러 꾸민 짓이었어. 네가 그걸 받고 좋아하는 모습이, 너의 여린 그 모습이 그립구나….

김광석은 여학생의 팬레터 하나로 엄청난 감동받을 만큼 순수했던 사람이었다. 나는 그것을 알기에 그런 장난을 한 거지만 악의로 한 것은 아니었다. 그렇게 순수한 마음을 가졌으니 험악한 이 세상을 살아내기가 얼마나 힘들었겠는가! 음악이 사라지고 노래가 죽은 지금, 그의 노래가 더욱 그리워진다.

내가 그때 만약 이수만과 계속 동업을 했었더라면….

#04

한류의 창조자 이수만과 나는 이런저런 인연이 있는 사이다. 물론 지금은 하늘과 땅 같은 차이가 나지만…. 내가 그를 처음 만났을 때는 그나나나 별 차이 없는 대학생 통기타 가수였던 시절이었다. 우리가 만난 것은 70년대 초중반 내가 통기타 듀엣인 '논두렁 밭두렁'을 창단하고 방송활동을 하고 있을 때였다. 한참 잘나가던 우리는 당시 인기 공개방송 프로였던 TBC '비바 팝스' 프로그램에 단골 출연을 했었는데 그 프로의 대학생 사회자로 전격 스카우트된 MC가 바로 이수만이었다. 나와는 대학 동창인지라 내심 반가웠지만 별 티를 내지는 않았다. 서로 바빴으니까. 공부를 많이 해야 하는 대학의 학생이 학교가 아닌 연예계무대에서 우연히 만난다는 것이 당시로써는 무척 어색했다. 이수만은 원래 '사월과 오월의 창단멤버로 활동하다가 솔로로 전향해 '모든 것 끝난 뒤'라는 멜로디가 매우 매력적인 노래로 활동했었는데 개그에 말재주도 있어서 MC로 스카우트된 것이다. 서소문에 있던 TBC 방송 스튜디오 5층에는 항상 방청객으로 가득 찼는데 여학생 팬들이 학교를 빼먹고 와서 방청권을 타려고 줄을 서서 사회문제가 되기도 했다. 그 소녀들 지금 다 50대 중반 아줌마들이 됐겠지…. 어쨌든 그 당시에는 모두 어여쁜 소녀들이었다.

당시의 방송프로에 나오는 가수들은 모두 개그맨의 기질이 있어야 했다. 말도 잘해야 했을 뿐만 아니라 노래도 잘해야 했는데 인기는 지금의 아이돌그룹보다 더하면 더했지 못하지 않았다. 이수만은 여러 프로그램에서 뛰어난 솜씨를 보여 계속 승승장구했다. 이수만과는 이렇게 연예인으로 만났지만, 그 이후의 인연은 인간적으로 연결된 사이였다. 그는 한참 인기가 있었던 70년대 중반 뜻하는 바가 있어 연예활동을 접고 급작스럽게 미국 유학을 떠나게 되었다. 아마 졸업을 계기로 생각이 바뀌었겠지만, 당시의 사회상에 많은 회의를 느꼈을 것이다. 자유가 없었던 사회 분위기와 당시 연예계에 불어 닥친 대마초 파동이었다. 거의 모든 연예인이 대마초 사범으로 걸리는 사상 초유의 사건이 일어났다. 대마초 냄새만 맡아도 걸려들어 가는 시대였다. 생각해보니 방송국 5층의 화장실에서 항상 이상한 냄새가 났던 기억이 난다. 나는 그 냄새가 뭔지 잘 알고 있었다. 내가 폈다는 게 아니다! 나의 동료들 몸에서 허구한 날 나던 냄새였다. 대마초 냄새다. 연예인들이 대마초에 절어 살던 시대였는데 난 그런 게 몹시 싫었다. 공연이 끝나면 대마초 연예인들이 모여 떨(대마초의 암호)을 태우며 사이키델릭 음악을 듣는 게 일상이었다. 나는 그런

'어둠의 파티'가 싫었다. 뭐, 창의적인 사고에 도움이 된다나… 그런 건 다 핑계에 지나지 않는다. 창의는 무슨 개뿔! 아마 이수만도 그런 게 정말 싫었을 것이다. 경찰에 한 사람이 걸려들어 가면 열 명의 동료 이름을 대야 풀려날 수 있었다. 연예계 분위기가 흉흉했다. 그런 연예계를 그는 떠나고 싶었을 것이다. 나도 그랬으니까…. 군 복무를 마치고 나는 갈등했다. 연예계 복귀냐? 아니면 자기 직업을 찾을 것이냐? 나는 후자를 선택했고 이수만은 유학을 선택했다.

그랬던 것이 70년대 후반에 우리는 다시 만나게 되었다. 나는 건축을 전공하여 건축회사에 다니다가 PD 시험을 보고 방송사에 입사하여 음악 프로를 연출하고 있었고, 그는 미국 유학을 다녀와서 다시 방송 DJ로 복귀했다. 한국서 번 돈은 석사학위를 마치며 모두 다 써버렸고…. 아마 내가 지금 생각하기에는 주머니에 돈이 한 푼도 남아있지 않았을 것이다. 그런 그를 나는 한 시간짜리 팝송 프로의 DJ로 전격 발탁했다. 고정수입이 생기는 기적 같은 DJ 자리를 그는 마다할 수 없었을 것이다. 그와 동지감을 느꼈던 나는 그에게 담당 PD로서 해 줄 수 있는 편의란 편의는 다 해주고 싶었다. 내가 그렇게 해주고 싶은 이유는…. 그를 처음 보았을 때부터 느꼈던 그의 천재성을 믿었기 때문이었다. 천재에게 필요한 것은 따뜻한 격려와 함께 정신적인 지원이 필수다. 그렇게 하지 않으면 천재는 사라진다. 나는 그걸 잘 안다. 한국에서는 스티브 잡스와 같은 천재가 태어나더라도 여건과 환경이 충분치 못하기 때문에 어떤 천재성을 타고 태어나더라도 천재가 될 수 없다는 것을 나는 많이 봤다. 그래서 나의 친한 친구들은 일찌감치 미국으로 유학을 떠나 그곳에서 크게 성공하는 것

44

을 보았기 때문이다. 그런 사람 중에는 돈을 엄청나게 번 사람도 많다. 미국시민권을 따고 미국 이름을 쓰고 있기 때문에 한국인인지 미국인인지 아는 방법이 없다. 나는 이수만에게 모든 스케줄을 그를 위해 조정해주었고 (그런 정도는 담당 PD의 권한으로 어렵지 않게 해 줄 수 있는 것들이었지만, 다른 PD들은 그런 권한 행사를 몹시 귀찮아했다.) 그가 다른 방송국이나 TV 프로에 진출할 길을 알아보고 어떻게 해서든지 예전의 인기를 되찾을 수 있도록 여기저기 알아봐 주기도 했다. 와… 나, 무지 생색을 내고 있네? 아니다! 천재가 당연히 받아야 할 대접일 뿐이다.

나의 이런 노력 덕분이었는지(사실은 그의 천재적 능력이다!) 그는 연예인으로 승승장구하더니 돈을 모아 인천 월미도에 작은 레스토랑인 헤밍웨이를 사들어 고정적 수입을 얻을 수 있도록 그 자신을 잘 경영해 나갔다. 나는 방송이 끝나면 가끔 그와 함께 월미도의 헤밍웨이에 들러 그 집 주방장이 만든 함박스테이크(햄버그스테이크)나 돈가스를 먹으며 앞으로 우리가 만들어갈 미래에 관해 많은 대화를 나눴다. 그때가 그의 천재성을 유감없이 듣고 탐색할 수 있는 계기가 된 시절이었다. 나의 판단대로 그는 컴퓨터와 음악제작의 천재임이 확실했다!

그는 계속 성장하여 방송국의 사회자로 승승장구하더니 어느샌가 상당한 영향력을 가진 음반제작자로 나서게 되었다. 당시 최고의 인기를 누리던 '현진영과 와와'라는 팀을 만들어 음반을 내고 젊은 팬들에게 엄청난 영향력을 행사했으나 현진영이 그만 대마초로 걸려드는 바람에 다 키워놓고도 돈을 벌지 못하고 손을 놓을 수밖에 없게 되었다. 그즈음 그가 다시 나를 불렀다. 나는 당시 어린이 음반제작으로 큰 인기를 끌던 뒤였지만 레코드회사의 농간에 휘말려 돈은 벌지 못하던 시절이었다. 그가 말했다. "같이 음반사업을 해 보는 게 어때?" 난 그의 제안에 흔쾌하게 동의했다. "그래! 한 번 한국을 깜짝 놀라게 할 스타를 키워 보자고!" 그는 내게 제안했다. "그럼 우리 업무분담을 하지…. 어린이 스타와 청소년 스타 중 누구를 맡겠어?" 나는 망설임 없이 대답했다. "내가 어린이 스타를 맡을게!" 나는 어린이 음반을 만들어 성공을 한 경험도 몇 번 있고 해서 자신 있는 분야를 선택했다. 당연히 청소년 스타 만들기는 이수만의 몫이 되었다.

나는 이수만에게 어린이 스타가 될 재목을 소개받았다. 마이클 잭슨 춤을 기가 막히게 추는 여섯 살짜리 남자애였다. 춤추는 것을 한 번 보자 나는 내 눈을 의심할 정도로 놀랄 수밖에 없었다. 그야말로 리틀 마이클 잭슨이었다. 이렇게 춤을 잘 추는 어린이를 본 적이 없었다. 세계적 수준의 춤꾼이었다. 저 어린이에게 빠른 템포의 음악을 만들어주고 안무를 그럴듯하게 만들어준 뒤 TV에 한 번만 출연시키기만 한다면 단박에 스타가 되는 것은 식은 죽 먹기였다. 나는 매우 만족했다. 저 어린이를 방송 PD들이 한 번 보기만 한다면 기절을 할 것이었다. 이수만으로부터 작곡 경비로 삼백만 원을 받고 작곡 작업에 착수했다. 정말 희망에 차고 신이 나는 하루하루였다. 두어 달쯤 지나고 이수만에게 경과보고를 하기 위하여 전화를 걸었다. 몹시 바쁜지 그날 전화 통화를 하지 못했다. 전화를 연결시켜주지 못한 직원이 내게 몹시 미안해했다. 나는 속으로 쾌재를 부르며 아직 완성하지 못한 작곡 작업에 좀 더 시간적 여유를 가질 수 있어서 매우 다행이라고 생각했다. 어린이의 부모와 가끔 만나거나 통화를 하며 기본적 발성 연습과 춤 연습에 좀 더 열중해줄 것을 주문했다.

다시 두어 달 후에 그의 사무실에 전화했으나 그와 통화할 수 없었다. 무진장 바쁜 눈치였다. 그의 사무실 근처에는 언제부터인지 여학생 팬들로 항상 복잡했다. 이수만 씨가 최근에 갑자기 바빠져서 숨도 못 쉬고 뛰어다니고 있다는 소식이 다른 사람으로부터 들려왔다. 나는 직원에게 연락해 줄 것을 요구하고 전화를 끊었다. 조금 더 기다려 주기로 했다. 작곡 작업에 박차를 가하며 조금 더 기다렸다. 일 년을 기다렸으나 소식은 오지 않았다. 그가 키워낸 청소년그룹 H.O.T가 대한민국을 강타하고 있었다. 역사상 최고의 슈퍼스타로 커가고 있었다. 그 정도의 슈퍼스타라면 그의 사무실에 얼마나 많은 일이 일어나고 있으며 얼마나 바쁘게 돌아가고 있는지 나는 잘 알고 있었다. 이수만은 나와의 약속대로 한국을 깜짝 놀라게 할, 아니 세계를 깜짝 놀라게 할 스타들을 키워냈다. 한류라는 새로운 장르의 음악 상품을 만들어냈다. 그는 정말 천재였다. 내가 처음 봤을 때의 평가가 현실로 증명되었다. 그렇게 해서 나의 평가는 현실로 증명되었고 나와 이수만과의 인연은 끝이 났다.

얼마 전, 모 여성 개그맨이 이수만과 친해서 그의 회사 주식을 소개받아 적지 않은 돈을 벌었다는 소식을 들었다. 친하기로 치면 나도 그녀에 못지않은 사이라고 생각된다. 이런 생각도 가끔 해 본다. 동업을 시작하면서 자주 만났던 그때…. 그냥 장난삼아서 주식의 10%만 달라고 했으면 아마 그가 내게 주식을 주었을 것이다. 그럼 지금 금액으로 따지면 수백억 이상이겠지? 아….

🐌 수만아! 건강 찰 챙겨라…. 우리도 이젠 건강 챙겨야 할 나이가 되었구나. 요즘엔 엑소… 참 좋더라…. 슈주와 소시도 정말 훌륭한 선택이었어. 그러나 나랑 같이 동업 안 한 건 정말 네 인생 최고의 선택이었어! 이제 와 생각해 보니 우린 서로 인생 장르가 너무나 다르다는 걸 알았어. 그래서 나랑 동업은 안 좋은 선택이 됐을 거야.

이수만에게 작곡비로 받은 돈 삼백만 원을 주식으로 받았더라면….

당신은
김연아입니다!

#05

내가 처음 김연아를 본 것은 우연한 기회였다. 과천이었던가? 방송국에 다니는 친구와 우연히 과천운동장에 들러 공연장의 무대를 살펴야 할일이 있었다. 아침 일찍 서둘러 과천운동장으로 갔다. 친구는 사무실에 들러 관계자와 이야기를 하고 나는 넓은 로비에서 서성거리며 창문 너머스케이트를 타고 있는 여학생들을 구경하고 있었다. '어? 여기 스케이트장이 있네…' 하는 생각을 하는 순간, 저 쪽에서 문을 열고 어떤 소녀(중학생이었다.) 하나가 나타났다. 멀리서 얼핏 보았는데 문을 열고 들어오는 순간, 뭔가 엄청나게 기분 좋은 섬뜩한 느낌이 들었다. 꽃 뭉치가 머리를 퍽! 하고 때리는 상쾌한 느낌이랄까? 팔다리가 길고 마른 이상하게 생긴소녀가 걸어오고 있었다. 그때까지 김연아는 아직 사람들에게 전혀 알려

49

지지 중학생 운동선수일 뿐이었다. 최근 한두 달 사이에 언론에 조금 소개된 정도였다. 삼 회전을 잘하는 피겨의 유망주라고…. 김연아에 관한 짧은 기사였다. 그 기사를 보는 순간, 나는 조만간 이 소녀를 만날 것 같은 예감이 들었다. 그럼 무슨 말을 해 줄 건가? 아무 생각도 못한 채 그냥 그 순간이 스쳐 지나갔다.

그런데 막상 눈앞에서 김연아가 다가오자 신문기사가 생각나면서 나는 앞으로 이 김연아가 대한민국의 위대함을 세계에 널리 알리는 빛나는 스타가 될 것으로 믿어 의심치 않았다. 나는 김연아를 불러 세웠다. "너, 수리중학교 김연아지?" "네? 네…." 김연아가 눈을 동그랗게 뜨고 나를 보며 대답했다. 어떻게 자기를 아느냐는 눈치였다. "너 피겨 참 잘하는구나." "아, 예." 김연아가 그 순간 무슨 생각을 했을까? 아마 피겨에 관계된 사람이거나 신문기자라고 생각했을 것 같다. 다음 이야기를 이어가야 한다고 생각되었으나 무슨 이야기를 해야 할지 알 수 없었다. 그러나 무슨 방법이든 연아를 도와주고 싶었다. 한국에서 피겨를 한다는 것이 얼마나 힘겹고 어려운 일이라는 것을 나는 잘 알고 있었다. 내가 다시 김연아에게 물었다. "너의 어머니는 어디 계시니?" 김연아가 의심의 눈초리를 거두고 대답했다. "저기 뒤에 계시는데요. 금방 오실 거예요." 잠시 시간이 흘렀지만 아무 일도 일어나지 않았다. 서로 어색하게 넓은 로비에 서서 어머니를 기다렸다. 어머니는 들어오지 않았다. 나는 김연아에게 내가 임시로 만들어서 갖고 다니던 명함을 꺼내주었다. "너의 어머니를 만나고 싶단다. 이 명함을 어머니에게 전해줄 수 있겠니?" 나는 지갑에서 명함을 꺼내어 김연아에게 주었다. 김연아가 내 명함을 받아 잠시

보는 듯하더니 주머니에 넣고 대답했다. 내가 갖고 있었던 명함은 작곡
가 명함이었다. "전해 드릴게요." "그래, 고맙다!" 김연아는 가던 길을 다
시 가다가 다른 쪽문을 열고나갔다. 그 자리에서 나는 잠시 그녀의 어머
니를 기다렸지만, 어머니는 나타나지 않았다.

　잠시 후, 나의 친구가 사무실을 나와 나는 관계자들과 함께 무대 쪽으
로 가서 무대를 점검했다. 어린이뮤지컬을 위한 공연무대였다. 나는 친
구에게 조금 전 김연아를 만났다고 자랑을 했다. "김연아가 누구야?"
"응…. 앞으로 한국을 빛낼 세계적 스타야!" "그래?" 친구가 놀라며 대답
했다. "몇 살이야?" "응…. 여중생이야. 여기 수리중학교에 다니는…."
친구가 맥 빠지는 반응으로 내게 말했다. "난 또 유명한 스타라고…. 아
니 그냥 운동 잘하는 유밍주 아냐? 그런 선수가 어디 한두 명인가? 앞으
로 어떻게 될 줄 알고?" 나는 목에 힘을 주고 말했다. "아니 분명히 세계
적 스타가 된다니까!" 친구는 나의 말을 하나도 안 믿는 눈치였다. 그도
그럴 것이 피겨라는 운동이 한국에서는 전혀 알려지지 않은 비인기 종목
에다 스타도 전무한 그런 운동 장르였다. 나는 친구에게 큰소리를 뻥뻥
쳐댔다. "보라고! 앞으로 김연아가 세계를 호령할 최고의 스타가 될 거
라니까!" 내 친구는 나의 말을 전혀 안 믿는 눈치였지만 나는 나의 감을
믿어 의심치 않았다.

　김연아의 어머니에게서는 연락이 오지 않았다. 만약 왔다면 나는 김
연아가 미국으로 건너가서 운동하는 것이 어떻겠냐고 제안할 생각을 하
고 있었다. 한국보다는 훨씬 운동을 잘 할 수 있을 것 같았다. 괜히 작곡
가 명함을 주었나 하는 생각이 들었다. 나의 명함은 어떻게 되었을까 궁

금해하며 나는 다시 한 번 그녀의 어머니를 찾아가볼까도 생각해 봤지만, 당시 미국 일정이 급해 연락을 취할 형편이 되지 못했다. 일 년 후, 김연아는 청소년대회에 나가 최고 점수를 얻으며 이름을 알리기 시작했다. 뒤이어 성인대회에도 모습을 드러내며 실력을 보이기 시작하면서 세계적 명성을 쌓기 시작했다. 그녀의 활약은 나의 예상을 뛰어넘는 놀라움의 연속이었다. 그럴 때마다 나는 내 명함의 소재가 궁금했지만 알아볼 방법은 없었다. 이미 김언이에겐 매니지먼트회사가 생겨서 모든 일정과 운동의 조력을 받을 수 있게 되었다. 내가 도와주려고 했던 역할도 그런 부분이었을 것이다. 그렇게 되자 나는 마음을 놓을 수 있었다.

김연아가 올림픽에 나가 역사상 전무후무한 점수로 금메달을 따며 시상대에서 눈물을 흘리는 모습을 보았을 때 나는 말할 수 없는 환희의 감정을 느낄 수 있었다. 다시 은퇴하고 소치에서 금메달보다 값진 은메달을 땄을 때 나는 또 한 번 감동의 마음을 느끼며 수년 전 그녀를 처음 보았을 때 나를 빤히 쳐다보는 모습을 떠올렸다. 그녀는 이미 소녀가 아니었다. 말도 안 되는 심판판정에 대하여 의연하게 대처하며 한국인의 어른스러움을 세계에 알린 것은 금메달보다 값진 고귀한 가치를 세계의 사람들에게 심어준 것이었다. 이제 김연아는 피겨화를 벗고 그냥 한 사람으로 돌아오기 바란다. 그 정도 했으면 인간으로 태어난 의무는 다한 것이니 이제는 편안히 쉬면서 책도 읽고 여행도 하면서 인생을 즐기기 바란다. 그리고 IOC 위원이 되어 한국의 평창올림픽을 세계에 알리는 아름다움의 전달자가 되어 항상 즐겁고 아름다운 삶을 살기 바란다. 이제 보통 여자 김연아로 돌아가서 멋진 사나이를 만나 평생 행복하게 살기를 바란다. 요즘도 내 친구를 만나면 가끔 그때의 이야기를 한다. 어떻게 중학생 김연아가 유명해질 걸 알았느냐고…. 김연아 얼굴에 다 써 있었는데! 너는 못 봤니?

'할 수 있는 건 다 했기에 만족한다'는 연아도 힘들었던 시절, 가끔 어머니 박미희 씨를 멀리 떠나 도망치고 싶었다고 말한 적이 있다. 얼마나 힘들었으면 그런 말을 했을까! 엄마의 소망은 금메달을 따달라는 것이었을 것이다. 나도 TV를 보며 그와 똑같은 생각을 했다. 너는 금메달을 따야 한다고…. 그런 말을 들어야 하는 연아는 얼마나 힘들었을까? 다시 만난다면 미안하다고 말하고 싶다. 엄마나 나나 왜 그리 연아에게 강하게 요구했는지…. 그건 연아가 잘 되기를 너무나 원했기 때문일 것이다. 절대로 내 개인의 욕심은 아니었다고 말하고 싶지만 사실은…. 내 욕심도 조금 들어가 있었다는 걸 고백한다. 미안함의 증거로 연아에게 '연아송'을 바치고 싶다. '퀸유나'라는 헌정곡도 나왔지만, 이 노래는 연아가 앞으로는 믿음직한 남자를 만나 행복하게 잘 살아달라는 나와, 엄마와 국민들의 기원을 담은 작은 정성인데 연아가 좋아하려나 모르겠다.

노랫말

2018년이 되면 연아는 스물여덟 살, 우리들 나이로는 꽉 찬 나이에요. 그때까지 연아는 싱글일까요. 피겨여왕 연아는 동계올림픽의 꽃! 누가 우리 연아를 지켜줄까요. 잘생긴 스포츠맨? 믿음직한 사나이 모두 모두 예스지만, 겁쟁이는 안 돼요. 벗(but) 모든 건 연아 마음에 달려 있겠죠.

연아송

이 천 십 팔 년 이 되 면   연 아 는 스 물 여 덟 살

우 리 들 나 이 로 는   꽉 찬 나 이 에 요

그 때 까 지 연 아 는   싱 글 일 까 요

피 겨 여 왕 연 아 는   동 계 올 림 픽 의 꽃

누 가 우 리 연 아 를 지 켜 줄 까 요   잘 생

긴   스 포 츠 맨 믿 음 직 한 사 나 이

모 두 모 두 예 스 지 만   겁 쟁 이 는 안 돼 요   벗
(but)

모 든 건 연 아 마 음 에   달 려 있 겠 죠

'공기 반 소리 반'의 거인 박진영을 내가 감히 오디션에 불합격시킨 사연

#06

'공기 반 소리 반' 이론의 창시자인 K-POP 스타 오디션의 심사위원 박진영이 정작 그의 첫 번째 오디션에 자기도 모르게 떨어진 경험이 있다는 사실을 아는 사람이 과연 몇이나 있을까? 지금은 오디션프로그램에서 합격과 불합격을 좌우하는 우리나라 최고의 권위 있는 심사위원이지만 그는 한때 내게 오디션을 보러 와서 보기 좋게 불합격을 당한 불행한 과거를 숨기고(?) 사는 연예계 대통령이란 사실을 나는 이 책에서 처음으로 공개한다. 그와 나만이 아는 비밀…. 아니 또 한 명의 증언자가 있지만, 그는 내게 박진영을 소개하여 오디션을 보게 한 뒤 외국으로 이민을 가버려서 사라졌고 지금 국내에는 오디션 심사자였던 나와 당사자인 박진영 밖에는 아무도 그 사실을 아는 사람은 없다. 내가 어떻게 감히

56

그런 거장 K-POP 스타를 왜, 어째서 오디션에 낙방시켰을까? 지금은 나의 어리석음을 몹시 후회하고 후회하지만, 그때 내 입장은…. 그럴 수밖에 없었다.

1980년대 초 어느 날, 나는 내가 운영하는 강남의 레코딩스튜디오에서 친구의 전화 한 통을 받았다. "지금 좀 시간 내줄 수 있어?" "있지…. 그런데 무슨 일이야? 뭐 좋은 신인이라도 있어?" "있지! 있지 말고…. 앞으로 우리나라 가요계를 빛낼 위인 같은 젊은이야. 만나보면 깜짝 놀랄 거야!" 나는 친구의 말에 커다란 기대를 하고 만반의 준비로 친구를 기다렸다. 약속시간이 되자 그는 연세대학교에 다닌다는 젊은 대학생을 데리고 나타났다. 겉으로 보기에는 신체도 좋고 몸도 유연하게 보였다. 그러나 당시에 언예계에 유행하는 소위 말하는 기생오라비 같은 곰상한 얼굴은 아니었다. 나는 속으로 '얼굴은 시청자들한테 환영받을 것 같지는 않은데…. 모르지, 요즘 팬들의 취향이 하루가 다르게 변하니…. 그건 그렇고….' 얼굴 점수는 중간으로 채점했는데 요는 노래 실력과 춤 실력이 문제였다. 마이크를 앞에 장착하고 그를 녹음실로 들이밀었다. 난생 처음…. 처음인지 아닌지는 모르겠지만, 녹음실에 들어서는 그의 얼굴은 무척이나 겁먹고 있는 것 같았다. '나 떨고 있나?' 하고 속으로 묻고 있는 얼떨떨한 표정이었다. 컴컴한 녹음실에 그가 홀로 헤드폰을 쓰고 서 있었다. '여기는 유대인 가스실인가?' 하며 주위를 두리번거리는 그에게 나는 평소에 다른 가수들에게 하던 대로 헤드폰에 연결된 마이크로 지시를 내렸다. "자, 한 번 노래를 불러봐" 그가 예고 없이 갑자기 헤드폰으로 들려오는 내 목소리에 '흠칫' 놀라는 것 같았다. "아, 이 사람아, 뭘 그리 놀라나! 노래하러 온 것 아닌가?" 그의 얼굴에서 혼이 반쯤 빠져나가는 모습이 보였다. 그걸 보고 있자니 노래가 전혀 나올 것 같지 않았다. 나의 반강요에 못 이겨 드디어 그의 목소리가 흘러나왔다. 완전히 주눅이 든 목소리였다. '공기 반 소리 반'이 아니라 '공기만 소리 꽝'이었다. 반주 음악에 맞춰 다 죽어가는 소리로 노래를 겨우 불렀다. 나는 옆에 있는 친구의 얼굴을 바라보았다. 친구도 무척 실망하는 눈치였다. "아니, 쟤가 평소엔 노래를 참 잘 부르는 앤데 오늘은 왜 저러지?" "네가 잘 못본 게 아니야? 소리가 영 안 나오고 공기만 나오고 있잖아!" 나는 마음속으로 불합격 카드를 꺼내고 있었다.

노래로는 도저히 안 되겠다 싶었는지 친구는 나에게 다른 제안을 했다. "쟤가 요즘 이태원 춤꾼들 사이에서 최고의 춤꾼으로 통한다고. 한 번 볼래?" 친구는 헤드폰 스피커로 박진영에게 춤을 출 것을 제안했다. "한 번 보여줘 봐!" 요즘 유행하는 음악을 들려줬다. 이미 뭔가 일이 잘못 되어가고 있다는 것을 눈치를 챈 박진영의 몸은 제비처럼 날아가는 이태원의 춤꾼이 아니었다. 몸은 뻣뻣했고 팔다리는 완전 따로 놀았다. 나는 고개를 가로저으며 친구에게 눈치를 보냈다. "무슨 춤을 저렇게 추지?" 친구도 도저히 참을 수 없었는지 스피커로 지시를 내렸다. "됐다! 그만. 수고했어…." 가스실에서 나오는 박진영의 이마에는 땀방울이 맺혀 있었다. 아마 생애 최초의 가장 고통스러운 오디션이었을 것이다. 결과는 아무도 말하지 않았다. 거기 있었던 세 사람 모두 결과는 이미 충분히 알고 있었다. 스튜디오를 나와 식당으로 향했다. 나는 오늘의 지원자 박진영에게 충고했다. "열심히 연습해! 훌륭한 가수가 될 수 있을 거야!"

예의상 뱉어낸 격려의 말이었지만 나의 그 말을 듣는 그의 눈동자는 빛이 나고 있었다. 내친김에 한 마디 더…. "앞으로 우리나라 가요계가 많이 달라질 거야! 너 같은 특색 있는 가수가 주인공이 될지도 모른단다!"

나의 이 성의 없는 예언은 보기 좋게 맞아 떨어졌다. 물론 나는 그를 오디션에 떨어뜨리고 더는 그와 인연을 맺지 않았다. '나는 바보다. 나는 바보다. 나는 바보다….' 이렇게 세 번 복창했으니 나의 실수가 가벼워질 것인가? 나와 헤어진 그는 춤과 노래에 더욱 열심히 정진했을 것이다. 무진장…. 안 봐도 비디오. 아마 그날 나의 오디션에 불합격한 것이 그의 삶에 엄청난 복수 에너지가 되어 큰 힘으로 작용했을 것이다. 그는 나와 헤어진 뒤 춤꾼으로서 자신의 세계를 완성하고 이어서 노래를 녹음하여 대한민국의 대표적인 K-POP 스타로 성장했다. 성장뿐만 아니라 우리나라의 대표적 스타를 양성하는 프로덕션을 만들고 대한민국 K-POP의 3대 산맥으로 우뚝 서게 되었다. 그 성장 에너지는 그날의 오디션 사건이라고 나는 생각한다. 지금 얘기지만 나의 몇 배나 되는 그의 능력과 힘을 내가 그 당시 알아볼 능력이 없었다는 것을 나는 인정하지 않을 수 없다. 알게 모르게 세상의 내부가 바뀌고 있다는 걸 말이다.

이후 우리는 만날 일이 없었다. 오랜 시간 동안 서로 바쁘게 살았고 나는 TV를 볼 시간도 없어서 한동안 연예계와는 담을 쌓고 살았다. 어느 날 우연히 TV를 보니 그가 나와서 노래를 부르고 있었다. 노래를 굉장히 잘 불렀다. 나는 속으로 말했다. '아니, 저렇게 노래를 잘하는 애였어? 그럼 왜 그날은 그렇게 못 했지? 발성이 완전 공기 반 소리 반이로군….' 오랫동안 외국서 살다가 친구를 만날 일이 있어서 국내에 들어오게 된 나는 어느 날, 친구를 만나려고 여의도에 있는 방송국의 담벼락을 걷게 되었다. 건물 내부로 통하는 길도 있었지만, 혹시나 아는 사람이라도 만나면 말이 길어질까 봐 일부러 사람이 안 다니는 건물 외벽의 담벼락을 돌아서 옆 건물로 이동하고 있었다. 저 멀리 어떤 사나이가 옷을 잘 차려입고 걸어오고 있었다. 방송국에 녹화하러 온 사람이려니 하고 나는 무심코 나의 길을 가고 있었다. 그 사나이와 나의 간격이 점점 좁혀졌다. 시야에 그 사나이의 얼굴이 들어왔다. 어디서 많이 본 얼굴이었다.

멀리서 오던 그가 먼저 나를 알아보고 '헉!' 하고 놀라는 얼굴로 나를 바라보았다. 누군지 모르는 그의 숨이 막히는 표정이었다. 누굴까? 나는 누군가의 '헉!' 하는 표정에 깜짝 놀랐다. 분명 날 아는 사람일 텐데…. 그것도 나에게 어떤 상당한 감정을 가진 사람이리라. 자세히 눈을 뜨고 바라보니 K-POP의 대스타 박진영이었다. 그는 이미 가요계의 거물이었고 나는 그런 세계를 떠난 일반인이었다. 그사이 십수 년이 지나고 세상은 이렇게 달라진 것이다. 그런데도 그가 멀리서 한눈에 나를 알아본다는 것이 너무나 신기했다. 순간적으로 완전히 놀라서 숨이 막히는 얼굴이라는 것을 나는 확실히 알 수 있었다. 나는 가까이 다가온 그에게 엉거주춤 반갑다는 제스처를 취했다. "오, 오, 오랜만이야…. 잘 되지?" 그도 엉거주춤 대답했다. "아, 아, 예…. 오랜 만이에요. 잘 되시죠?" 대화는 짧았다. 하지만 나는 안다. 돌아가는 그의 입속에서 이런 말을 하고 있었을 것이다. '제가 잘 되는 것, 잘 아시잖아요' 또 이런 말이었겠지? '당신이 그날 오디션에 떨구었던 내가 이렇게 크게 성장했습니다. 당신의 그 날 오디션 심사는 완전히 잘못된 것입니다. 잘 아시죠?' 나는 속으로 대답했다. '그럼, 잘 알지. 잘 알고말고…. 너무나 뼈저리게 잘 알고 있지.' 미안한 마음을 뒤로 한 채, 십 초간의 우리의 재회는 끝났다.

🐌 나는 안다. 그가 왜 나이 어린 K-POP 지원자들에게 그렇게 과도하게 친절한지를. 특히 아쉽게 탈락하는 지원자들을 보며 눈물을 글썽이며 용기를 잃지 말라는 메시지를 보내는 이유를…. 그런 그에게 박수를 보낸다.

🐌 그나저나 이젠 길거리에서 우연히 마주치더라도 놀라지 말기로 하자. 심사위원도 실수할 수 있다는 거 이젠 자네도 잘 알잖아? 아닌가? 나만 실수했나?

송해의
수난시대

#07

전국노래자랑을 26년간 이끌고 오시며 대한민국의 대표 MC로서 전 국민의 사랑을 받고 있는 터줏대감 송해 선생님께서도 한때 전국노래자랑 MC 자리에서 해임되는 수난을 겪었던 시절이 있었다. 내가 왜 이런 글을 쓸 수 있느냐 하면…. 내가 그 시작과 끝의 전말을 너무나 잘 알고 있기 때문이다. 나의 입방정으로 인해 엄청난 사단이 발생한 일의 유일한 증인이기 때문이다. 방송국의 담당 PD와 송해 선생님 그리고 나 사이에 어떤 일들이 일어났을까. 에이, 쓴다… 다 쓰고 말 것이다! 하나도 남김없이 현장에서 본 사실을 객관적으로 써서 역사적 기록으로 남겨야 할 책임을 느낀다. 그래야 송해 선생님에 대한 죄책감이 사라질 것 같기 때문이다.

사실 그 당시 나는 어떠한 영향력도 행사할 수 있었던 위치에 있지 않았다. 아니 전혀 영향력을 행사해서는 안 되는 정말로 객관적인 직책을 맡아 석 달째 일을 해 오고 있었다. 다름 아닌 고정 일인 심사위원 겸 심사위원장을 맡고 있었다. 심사위원을 맡은지라 모든 것이 공정하고 객관적이어야 했으며 방송국의 직원이나 악단의 많은 사람 특히 엄청나게 몰리는 참가자들과는 항상 일정한 거리를 유지해야 하는 위치에 있었다. 고정 심사위원 제도는 방송국에서 공식적으로 마련하는 자리는 아니다. 심사위원은 그때그때 지역의 특성에 따라서 담당 PD가 결정하는 그런 임무였다. 당시는 노래자랑을 통하여 가수로 데뷔도 하는 그런 때였다. 당시에는 지금처럼 공개오디션 제도가 흔하지 않았던 시절이었다. 전국을 돌며 TV로 노래사랑을 하는 방송국의 이 프로그램은 그래서 알게 모르게 엄청나게 예민한 면을 가지고 있었다. 그리고 그 프로그램의 고정 사회자인 송해 선생님의 영향력은 누구도 어떻게 할 수 없는 막강한 자리였다. 8년째 자리를 지키시며 터줏대감으로서 모든 것을 이끌어오고 계셨다.

그런데 그런 막강한 송 선생님에게 청천벽력 같은 사건이 벌어졌다. 송 선생님에게 천적 같은 이가 등장하는 사건이 벌어진 것이다. 다름 아닌 담당 PD의 교체 사건이었다. 그동안은 물갈이가 뜸해서 오랫동안 한 팀워크를 유지하며 프로그램을 진행해 왔다. 담당 PD는 프로그램이 잘 돌아가므로 특별히 신경을 쓰지 않고 평소에 하던 대로 편안하게 일을 해 왔다. 그런데 다른 프로그램을 연출하던 PD가 이 프로에 눈독을 들였다. 그리고 전국노래자랑에 대해 눈독을 들이며 강한 애정을 보여 왔다.

오랜 기간 동안 윗사람에게 청원하여 전국노래자랑을 연출하고 싶다고 신청했다. 그 결과, 그의 청원이 받아들여져서 담당 PD로 등극하게 되었다. 발령을 받자마자 개혁은 시작되었다. 오래된 팀워크에 활기를 불어넣는 작업이 시작되었다.

심사시스템부터 교체할 필요성을 느꼈나 보다. 평소에 담당 PD와 인연이 있었던 내가 심사위원장으로 급히 가게 되었다. 그리고 많은 인원의 익단과 제작진의 군기를 획실히 잡기로 마음먹은 것이다. 많은 인원을 이끌고 전국을 순회하며 다니는 프로그램의 특성상 한번 출장을 가면 두 주일 동안 전국의 유명 장소를 순회하며 방송프로를 녹화한다. 숙소는 지역의 장급 여관이었으며 예심과 본심을 거쳐야 하므로 한 장소에서 2박 3일 동안 기거하며 프그램을 제작 진행하는데 송해 선생님과 고정심사위원인 나는 대개 행사 당일이나 그 전날 정식 프로그램의 녹화 때에만 나타나서 프로를 진행하게 된다. 혹시나 있을지도 모르는 뒷말을 경계하였을 뿐만 아니라 일정상 두 사람은 많은 인원과 같이 다닐 필요는 없었다.

악단, 특히 악단의 군기는 확실히 잡아야 했다. 음악을 전공한 자유인들이라 버스 출발시간이 되어도 제시간에 잘 나타나지 못하고 쩔쩔맸다. 대개는 전날 함께 모여서 지역의 유명 술집에서 여행의 스트레스도 풀겸 한잔 하다 보면 취침시간이 늦어지고 대개 8시 출발인 버스 출발시간을 지키지 못하는 것이 가끔 있었다. 담당 PD는 악단원들에게 저녁을 먹으며 통보했다. "오늘 모두 수고하셨습니다. 내일은 경상도로 떠나야 하니 시간을 지켜서 8시에 승차해주시기 바랍니다." 그저 상투적인 담당자의 통보쯤으로 알고 평소처럼 방심을 하던 악단원들이 아침에 늦잠을 자고 8시에 맞춰 버스가 기다리는 곳으로 나타난 것이다. 예전 같으면 5분이나 10분 기다려주고 안 나오는 사람을 찾으러 여관방까지 찾아가 출발을 독려하던 관습이 있었지만, 담당자가 바뀐 첫날, 버스는 8시 땡! 소리와 함께 출발했다. PD가 8시 시보 소리를 듣고 말했다. "기사님! 출발합시다!" 저 멀리 미처 버스를 타지 못한 악단원이 손을 허우적대며 달려오는 것이 보였다. 버스 기사가 담당자의 눈치를 보며 버스를 잠시 세울까 망설이고 있었다. 그러자 담당자는 말했다. "8시가 넘었는데 뭐하세요? 출발하세요!" 그렇게 말하는 담당자의 말투는 차갑기 그지없었다. 뭔가 분위기가 엄청나게 달라졌다는 것을 버스에 탄 악단원들은 모두 느낄 수 있었다. 버스기사도 그걸 알아채고는 백미러에 뛰어오는 악단원을 본체도 않고 버스를 '부르릉' 출발시켰다. 단 한 번, 그렇게 버스를 출발시키자 새로 부임한 담당 PD의 프로그램 경영 방침이 확실하게 전 멤버들에게 각인되었다. 그날 이후로는 시간에 늦은 악단원들은 없었다.

내가 갑자기 심사위원으로 등극한 것도 그런 그의 경영방침의 한 방편이었다. 혹시 있을지도 모르는 전임 경영진과의 유착관계를 완전히 털어내기 위하여 과거에 이 프로와는 아무 연결이 없었던 나를 심사위원으로 징발한 것이다. 이제 악단원의 군기도 잡았고 심사위원과 제작진도 정비를 했으니 이제는 평소 좀 더 개선해 보고 싶었던 부분인 사회자 문제에 대하여 시동을 걸기 시작했다. 어느 날, 담당 PD가 나에게 뜬금없는 질문을 했다. "박 위원! 우리 프로의 사회자가 나이가 너무 많지요?" 나이가 많은 걸 누가 모르는가? 전 국민이 다 아는 사실을…. "나이 많은

65

편이죠." "그렇죠?" "예…. 왜요?" "아니, 그냥" 그냥이 아닌 것 같았다. 그 순간 뭔가 불길한 예감이 스치고 지나갔다. 이거 내가 무슨 실수를 하고 있는 거 아닌가?

그 이후 담당 PD와 나 사이에 아무런 후속 대화는 없었다. 정말이다. 이미 팔 년 이상 전국노래자랑을 진행하며 그 프로그램을 인기 프로그램으로 성장시킨 터줏대감 송해 선생님의 공로에 대하여 누가 의심을 할 수 있겠는가? 이 프로가 오늘날 국민들의 사랑을 받게 된 것은 수시로 교체되는 담당 PD의 공로도 아니요. 악단의 공로도 아니다. 콕 찍어 말하면 오직 사회자인 송해 선생님의 푸근하고 정열적인 프로 진행의 솜씨였다. 그렇게 인기 프로를 만든다는 게 쉬운 일이 아니다. 그런데 그의 이런 공로가 화근이었다. 담당 PD가 이 프로를 더욱 인기 있는 프로그램으로 만들기 위하여 사회자를 젊고 신선하며 키가 크고 말주변이 좋은 새 얼굴로 교체하고 싶어 했다.

사단은 곧 벌어지고 말았다. 어느 날, 먼 지역의 공개방송을 마치고 서울로 떠나는 자리였다. 담당 PD가 송해 선생님을 불렀다. 그런 일은 없었는데…. 담당 PD는 눈 하나 깜짝 안 하고 송해 선생님에게 최고의 예절을 갖추어 결정된 통보사항을 전달했다. "송 선생님, 십 년 가까이 수고 많으셨습니다. 연세도 많으신데 다음 주부터는 지방 다니느라 고생하지 마시고 집에서 쉬셔도 되겠습니다. 새 아나운서가 이 프로를 맡게 되었습니다." 으악…. 이 무슨 청천벽력과 같은 말인가! 담당 PD의 입어서 믿기 힘든 말이 나온 것이다. 버스를 타려던 악단원들도 모두 자기의 귀를 의심했다. 개혁치고 너무 파격적인 개혁이었다. 그 말을 들으신 송해 선생님은 아무 말씀도 안 하시며 한동안 그 자리에 꼼짝없이 서 계셨다. 이윽고 입을 여셨다. "그래⋯. 그러지 뭐, 내가 나이가 좀 많지? 그동안 나 땜에 고생이 많았어요, 나 때문에⋯." 송해 선생님은 뒤도 안 돌아보시고 자기 차를 타고 서울로 올라가셨다.

　다음 주가 되었다. 젊고 잘 생긴 아나운서가 방송 현장에 나타났다. 사람들이⋯. 출연자들이⋯. 방청객들이 수군거렸다. "아니⋯. 송해 씨는 어디 갔지? 어디 아픈가?" "어라? 저 사람은 또 누구야?" "이거, 서먹서먹하구먼⋯. 송해가 없으니까 영 어색하네⋯." "송해는 어떻게 된 거야?" 그럭저럭 프로그램 녹화를 마치고 방송이 나갔다. 방송을 본 시청자들이 하나같이 궁금해했다. 방송국으로 계속 사회자 송해의 안부에 관해 묻고 또 물었다. 지겨운 전화가 계속 사무실에 울려댔다. 그래도 새로 온 아나운서와 방송은 한 달 동안 계속되었다. 사람들은 잘생기고 진행 잘하는 세련된 새 사회자에 적응하지 못했다. 계속 방송국에 전화해댔다. 그렇다고 시청률이 올라가거나 떨어지는 것도 아니었다. 단지 이유는 십 년 동안 봐 왔던 송해가 아닌 다른 사람이 진행을 하니 '어색하다⋯.'라는 한 가지 이유였다. 현장의 분위기도 영 예전 같지 않고 출연자나 방청객 모두 어색해하며 서먹서먹하게 진행되었다. 분위기가 살아나지 않았다. 이런 소식이 높은 사람들 귀에까지 들어갔다. 간부들이 고심했다. 신임 PD의 개혁은 시도해볼 만한 가치가 있는 개혁이었다. 그러나 사람들의 지지를 받지 못한 김옥균의 갑신정변과 같은 사건으로 받아들인 것이다. 간부들은 용단을 내렸다. 다시 송해 씨를 모셔오기로 한 것이다. 모셔오는 현장에는 내가 있지 않아서 잘 모른다. 단지 소문으로 들기에 높은 간부가 송해 씨를 찾아 백배사죄를 했다고 한다. 다시 돌아오지 않으려고 버티는 송해 씨를 겨우겨우 설득하여 방송 현장으로 모셨다는 소문을 들었다. 한 달 만의 귀환이었다.

송해 선생님이 나타나자 제작진이나 출연자들이 다 안심하는 분위기였다. 금의환향? 그건 아닌데…. 어쨌든 그는 현장으로 돌아와서 예전처럼 능청스럽게 현장을 주물렀다. 담당 PD와의 조우도 삼 초 정도의 어색함이 있었을 뿐, 한 달 전과 똑같은 자연스러움으로 급히 연결되었다. 송해 선생님은 예전보다 더욱더 열과 성의를 다하여 출연자들과 함께 놀고 함께 호흡하며 프로그램을 이끌어나갔다. 지금까지 이끌어나가고 계신다. 아…. 그 때 정말 송해 선생님이 영원히 퇴출당하였다면 우리는 국민 MC 하나를 영원히 잃었을 것이다. 다행히 시청자들의 줄기찬 복귀 요구와 간부들의 용단으로 재개혁이 시의적절하게 일어났고 송해 선생님은 우리 곁으로 돌아올 수 있었다. 그 이후 나는 송해 선생님과 함께 3년 동안 전국을 돌아다니며 전국의 모든 맛있는 것을 다 먹어볼 수 있는 행운을 누렸으니 이 모든 것은 오직 송해 선생님의 공로라고 생각한다.

그날 담당 PD가 나에게 송 선생님의 나이에 대해서 물었을 때, 내가 현명하게 대답을 좀 더 잘했었더라면 그런 사건은 일어나지 않았을지도 모른다. 하지만 나도 그런 속마음을 가지고 질문하는 것인 줄은 사건이 터진 뒤에야 알게 된 일이다. 송 선생님, 죄송합니다!

송승환의 커피 그릇과
강수지의 등장

#08

내 책상 앞에는 30년 전, 난타의 창시자 송승환이 선물한 예쁜 도자기로 만든 일제 커피 통이 있다. 이 커피 통 안에는 인스턴트 커피가 들어있다. 원두를 내려먹기 귀찮을 때나 가끔씩 급하게 커피가 먹고 싶을 때는 이 커피 통을 열고 커피 두 숟가락을 더운물에 타서 마신다. 향긋한 커피 향을 느끼면서 가끔씩 송승환과 함께 일하며 즐겁게 지내던 나의 젊은 지난날의 시절을 생각해본다.

우리는 꽤 오랫동안 함께 일하며 친구처럼 지냈다. 청소년들에게 매우 인기가 있었던 '밤을 잊은 그대에게'라는 프로그램이었다. 사실 내가 '친구처럼'이라고 쓰지만, 그는 아마 나를 어려워했을 것이다. 그는 DJ였고 나는 그의 인사권을 쥐고 있었던 PD였다. 황인용 아나운서가 낮 프로그램을 맡으면서 밤 시간대는 젊은 사회자로 교체하기로 했는데 마침 미국에서 유학을 마치고 돌아온 송승환 씨와 연락이 되어 사회자로 급히 발탁한 것이다. 그는 예전에 이 프로그램을 맡았다가 유학을 떠나며 손을 놓았다. 뉴욕에 가서도 한인방송에서 진행자로 활동하며 학업을 병행하고 있었는데 최근 귀국한 것이다. 오랜만에 재회한 우리는 마치 '친구처럼' 즐겁게 지내며 프로그램을 함께하게 되었다. 그가 뉴욕에서 가져온 거라며 내게 상자에 담은 뭔가를 주었는데 집에 가서 펴 보니 예쁘게 생긴 도자기 그릇 한 개와 원두커피를 갈아 마시는 유리컵이었다. 도자기 그릇이 좀 이상하게 생겨서 무슨 용도인 줄 몰라 자세히 관찰했다. 위 뚜껑과 아래 뚜껑 사이에 고무패킹이 있는데 물도 새지 않을 정도로 견고했다. 용도를 잘 몰랐다. 지금은 많이 쓰는 물건이지만 커피 보관 통과 커피를 내려 마시는 유리컵이었다. 난 그때 커피를 마시지 않는 때였다. '이상한 그릇이군. 도대체 용도가 뭐지? 쓸데없이 고무패킹도 있네? 취향 독특한 친구군….' 그러다가 커피를 마시게 되고 그 후로 그게 참 좋은 물건이라는 걸 알아 오랫동안 정확히 30년 동안 잘 쓰고 있다. 지금 그런 걸 받았다면 아마 아주 좋아했을 것이다. 커피를 좋아하니까…. 유리컵은 이사 갈 때 벌써 깨 먹었고….

송승환이 어느 날 강남에 있는 자기 사무실로 날 데려갔다. 뮤지컬이나 난타 비슷한 공연물을 구상하고 있을 때였다. 사무실에서 기다리고 있었는데 옆방에서 이상한 소리가 들려오는 게 아닌가? 뮤지컬 가수의 목소리가 아니었다. 갈매가가 우는 소리 같았다. 속으로 '아니 저런 실력을 갖춘 사람도 뮤지컬 가수가 되나? 참 독특한 취향을 가진 분이군….'

하는데 잠시 후 송승환이 들어오더니 조금 전 이상한 소리를 내던 그분을 데려왔다. 여자였다. 어제 뉴욕에서 왔다는 가수 지망생이었다. "곡을 좀 써 줘야 하겠어." 아니, 이 여자를 위한 곡을 써 달라고? 나 같은 대작곡가에게 어떻게 그런 무리한 부탁을…. "미국서 한인 가요제를 했는데 대상을 탄 사람이야. 인사해." 나에게 인사를 하는 그 가수는 여리고 나약하고 힘없는 모습이었다. 옷차림도 전혀 뉴욕서 온 것 같지 않았다. "잘 부탁합니다." 뭘 잘 부탁한다는 건지 모르겠다. 음악성을 무지 따지는 나에게는 어울리지 않는 타입이었다. 그렇다고 송승환의 부탁을 거절할 수는 없었다. 예쁘고 멜로디가 아름다운 곡을 하나 써 주었다. 제목은 여성스러운 '외로움의 계절'이었다. 직접 연습을 시키고 싶지는 않았다. 연습해봤자 개선될 것 같지 않았다. 송승환도 그걸 알았는지 연습하자는 말이 없었다. 악보만 던져줬다. 그 여자가 내 노래를 안 불러주어도 좋았다. 왜냐하면 그렇게 되면 노래가 하나 저축되는 것이기 때문이다.

송승환으로부터 그 가수의 음반이 다 완성되었다는 소식을 받았다. 음반을 받고 노래를 들어보았다. 내 노래도 수록되어 있었다. 깨끗하게 잘 불렀다. 생각보다 잘 불렀다. 깨끗한 목소리가 마음에 들었다. 송승환이 진행하는 프로그램에서 노래를 방송했다. 밤 분위기와 어울리는 아름다운 발라드였다. 다른 곡을 들어보니 분위기가 완전히 달랐다. 빠르고 경쾌한데도 참 귀여웠다. 윤상이라는 신인 작곡가의 곡이었는데 귀여운 타입의 여성에게 딱 어울리는 그런 노래였다. '보랏빛 향기' 제목도 아름다웠다. 이 여자는 귀엽지는 않은 것 같은데…. 가수의 이름은 강수지라고 한다. 송승환이 내게 말했다. TV 사무실에 한 번 데려갔더니 PD들한

71

테 난리가 났다고 한다. 신인인데도 서로 섭외를 하려고 난리가 났단다. '아니 그때 봤던 그 갈매기 여인을 뭘 보고 그러는가? TV는 참 이상한 동네군….' 하며 흘려들었다. 강수지가 TV에 한 번 나왔는데 전국의 남성팬들이 들끓었다. 그런 얘기를 송승환에게서 계속 좀 자주 지겹게 들었는데 나는 속으로 과장이 매우 심한 친구라고 생각하며 계속 흘려들었다. 그런데 어느 날인가 그 가수가 가요톱텐의 1위를 한다는 얘기가 들렸다. 나는 속으로 '에이 벌써? 설마….' 하면서 우연히 그 화면을 보게 되었다. 강수지였다. 아름다운 여인 강수지였다. 내가 지난번에 보았던 갈매기 여인이 아니었다. 귀여웠다. 상큼한 얼굴에 세련된 무대 매너, 귀여운 목소리… 전국의 남성팬들이 좋아하지 않을 수 없는 그런 가수였다. '아니, 저럴 수가….' 도저히 믿어지지가 않았다.

강수지는 TV에 출연하자마자 단박에 스타가 되었다. 청순가련형의 여성 가수 시대가 열린 것이다. 이제까지 봐왔던 그런 가수의 이미지가 아닌 신세대형의 가수였다. 그녀는 그 이후로 많은 히트곡을 생산하며 가요계의 역사를 장식했다. 그녀가 그렇게 클 수 있었던 것은 다 송승환의 탁월한 문화창조 능력이 있었기 때문이었다. 세계의 중심부인 뉴욕에서 문화 산업의 진보된 모습을 보고 국내에 들어와 새로운 문화를 창조하는 그의 능력이 빛을 발하는 첫 사건이었다. 송승환은 그 이후 난타를 만들어 우리나라 한류의 창시자로서 세계시장에서 경쟁력 있는 세계적 문화상품을 만들어내는 대한민국의 선구자적 문화창조자가 되었다. 나와는 보는 눈이 많이 달랐다. 내가 본 미운 갈매기를 그는 아름다운 백조로 만드는 능력을 갖추고 있었다.

정권 초기에 송승환이 문화부 장관으로 추천되었다는 기사를 보고 나는 급히 강남에 있는 그의 사무실을 방문했다. "박 PD! 오랜만이야…. 연락 좀 하고 살자고." "아니, 근데 문화부 장관직을 왜 고사한 거야? 내 생각에는 최고 적임자라고 생각하는데…." 나의 강한 어필에 송승환은 허허 웃으며 "글쎄…. 뭐랄까 창작자에게는 안 맞는 자리 같기도 하고…." 겸양이었을까? 나는 재차 그에게 물었다. "혹시 청문회를 통과할 자신이 없는 거야?" "아니, 그런 건 아니지만, 청문회라는 자리에 나가기도 싫고…."

　　하긴 문화예술을 하는 사람을 불러놓고 갖은 사생활에다가 먼지 털기처럼 사적인 것까지 꼬치꼬치 캐묻는다면 아마 장관이 되기 전에 먼저 반신창이가 될 것이다. 이혼을 시니 번 한 영화배우가 만약 장관 후보가 된다면 아마 첫째 부인, 둘째 부인, 셋째 부인들의 지인들이 엄청나게 그 배우를 씹어댈 것이다. 그렇지만 문화현장에서 직접 문화를 제작하며 숨 쉬었던 사람이 문화부 장관을 한다면 우리나라 문화는 많이 개선될 것이다. 문화는 우리나라가 앞으로 먹고살 미래의 먹거리라고 소리만 치면서 정작 문화에 대한 배려는 쥐 털 만큼도 안 하는 것이 우리의 문화인식이다. 아니 문화를 먹거리라고 생각하는 그 자체가 공무원적인 저급발상이다. 문화는 먹는 게 아니다. 문화는 우리의 삶 그 자체다. 내가 왜 이렇게 흥분하나? 그렇다고 하나도 달라지지는 않을 텐데…. 제조업 일색인 우리나라가 변신하지 않으면 살기 힘들다고 생각한다.

　　한 시간 동안 이런저런 얘기를 하며 커피를 마시다 보니 옛날 생각이 나기 시작했다. "아이고, 이러다 밤 새우겠네…. 자주 좀 봅시다." 나와 송승환은 사무실을 빠져나와 송승환의 야심작인 새로운 뮤지컬 『웨딩』의 제작 현장으로 차를 타고 떠났다.

커피, 빵집, 초콜릿 케이크, 정육점 같은 생활과 문화가 밀접하게 연결되어있는 산업이 앞으로 우리의 미래산업이 되어야 한다. 한 번도 이런 산업이 미래산업으로 거론된 적이 없었다. 그만큼 우리나라는 미래 생활에 대하여 무지하다. 나노 산업이나 플라스마, 핵융합, 수소차 3D 프린팅 같은 첨단 과학만이 미래산업이 아니다. 빵점카산업의 매출액이 자동차, 반도체에 못 미친다고 우습게 본다면 고급 문화국가가 될 수 없다. 이런 산업의 잔뿌리 같은 파급효과를 알아야 선진국이 된다. 중국인이 무엇을 보고 무엇을 느끼기 위해 한국에 오겠는가? 고급 문화국가가 되지 않으면 최고의 국가가 될 수 없다. (나와 송승환의 일치된 생각)

빵점카산업 = 빵집, 정육점, 카페 같은 개인들의 세련된 문화 욕구를 충족시켜주는 모든 업종을 미래산업으로 보는 나의 관점. 이런 산업이 발전한다면 상상할 수 없는 사회적 파급효과와 일자리 창출이 되겠지만, 우리나라에서는 요원한 일이다. 금융대출도 안 되고 각종 사치 산업으로 묶여 있으며 사회 양극화를 상징하는 분배정의적 편견과 각종 법률, 지자체의 규칙으로 묶여있는 규제대상 업종이다. (한마디로 나나 송승환 씨가 좋아하는 산업)

'바람아 멈추어다오'
이지연의 등장

#09

이지연이 등장한 것은 하나의 대사건이었다. '재뉴어리' 그녀가 다니던 학교의 여성밴드이름이었다. 이지연은 그 밴드의 리드싱어였다. 유현상 씨는 매우 오래전부터 알고 지내던 사이였다. 메탈그룹 백두산 때 공연을 많이 시키며 기타리스트와 함께 내가 연출하던 프로그램에 자주 출연하며 음악성을 키우던 사이였다. 그러던 유현상이 어느 날 나에게 녹음테이프를 가지고 오더니 들어봐 달라고 했다. 여성 가수의 목소리…. "이게 뭐야? 정식 음반인가?" "아니. 혹시 가능성이 있는 목소리인가 해서…." 신선하고 듣기 좋은 여성 발라드 가수의 목소리였다. "듣기 좋은데. 어디서 좀 들어본 소리 같은데?" "응, '재뉴어리'라고 여고생 밴드야." "그렇구나…. 그런데 왜 락가수가 이런 걸 제작하려고 하지?" 유현

75

상은 힘없는 소리로 대답했다. "락가수는 먹고 살기 힘들잖아. 무대에서는 폼 나지만 공연이 없으면 수입이 없어서 불안하거든…." 그가 신인가수의 음반을 제작하려는 이유는 먹고살기 위해서였다. 나는 흔쾌히 동의했다. "한번 제작해 봐! 가능성이 높은데. 성공할 수 있을 것 같아!" 가수의 음반을 제작하려면 많은 돈이 필요했다. 그런 돈은 다 레코드회사나 지인들로부터 빚을 내어 제작하는 것이 관행이었다. 그러나 그 음반이 인기를 얻지 못하고 제작에 실패하면 커다란 빚을 지고 파산을 하는 것이다. 그런 가능성을 줄이기 위하여 사전에 데모테이프를 가지고 나에게 왔다. 나는 이 목소리 주인공의 성공을 확신했다. "녹음 과정이 오래 걸릴 거니까 생방송 하는 곳으로 데려와! 우선 방송 환경에 익숙하도록 훈련을 시켜야 실제 방송에 나가도 실력을 발휘할 수 있을 거야!"

나의 제안을 들은 유현상은 매주 한 번씩 아직 여고생인 풋내기 연예지망생 이지연을 방송실로 데려왔다. 나는 그녀에게 청취자의 사연을 방송에서 읽어주고 DJ와 대화하는 고정코너를 만들어 그녀를 훈련했다. 처음에는 많이 떨더니 이내 익숙해졌고 목소리도 밤 시간에 어울리게 고왔다. 이제 노래만 나오면 똑같은 목소리이므로 인기를 얻는 것은 시간문제였다. 음반이 나오고 그녀의 노래가 방송을 타기 시작했다. 편지를 한참 읽어주고 대화를 나눈 뒤에 틀어주는 노래라서 그 효과는 매우 컸다. 서너 달 그렇게 방송을 계속하자 여기저기서 신인가수 이지연의 얼굴을 보고 싶다는 요청이 쇄도했다. TV에서 출연 요청이 들어왔다. TV에 나가서 노래를 불렀다. 육 개월 이상 생방송에 단련된 그녀는 하나도 떨지 않고 아름답게 노래를 불렀다. '그 이유가 내겐 아픔이었네….'로

가수의 반열에 올랐다. "자 이젠 빠른 곡으로 승부하자고!" 마침 준비된 빠른 곡으로 녹음해서 TV에 나가 불렀다. 아직 2집 음반이 나오기 전이었다. '바람아 멈추어다오!' 첫날 방송이 나가자 전국이 폭발했다. 그럴 줄 알았다. 청초하고 깨끗한 노래를 부르던 여고생이 무대에서 몸을 흔들고 노래를 부르니 전국이 난리가 난 것이다. 도저히 감당할 수 없을 정도로 전국적인 히트가 났다. 나와 유현상은 예상된 대로 모든 것이 잘 진행되자 성취감을 느꼈다. 물론 나에게 그 어떤 돈이 생기거나 그런 것은 아니었지만, 기분은 매우 만족스러웠다. 이젠 변신이 필요했다.

"자, 이젠 제3단계를 진행해 보자고!" 유현상이 대답했다. 3단계라면 어떻게 해야 하지? "시청자들의 허를 찔러야 돼!" "허를 찔러야 한다고? 어떻게?" "예상을 깨는 그런 작전 말이야…. 트로트!" "뭐라고? 아니 청소년 가수에게 트로트라니" 신선하게 설정된 이미지를 망칠 것 같다고 유현상이 결사적으로 반대했다. 제작자가 반대하면 나라고 별수가 없었다. "빠른 템포의 뉴트로트 음악을 하는 것이야. 정말 신선하고 친근하게 보일걸?" 요즘 같으면 아마 장윤정 같은 음악을 말하는 것이었다. 그러나 그때는 그런 음악이 없었다. 음악 시장에 충격이 될 것이 분명했다. 나는 급히 그녀의 목소리에 잘 어울리는 트로트 곡을 써줬다. 멜로디 흐름이 뚜렷하고 가사가 트로트 같은 원초적 냄새가 나는 곡이어야 했다. 써 준 곡의 제목은 '늦지 않았어요'였다. 유현상이 연습을 시키고 곡을 들어보더니 대만족을 표시했다. 아마 다른 전문가들의 조언을 많이 참고했을 것이다. 노래가 거의 완성되고 음반이 나왔다. 반주와 창법 모두 가장 세련되고 우리 정서와 어울리는 곡이었다. TV에 나가서 노래를 불렀다. 단박에 가요톱텐 10위에 올랐다. 훌륭한 진입이었다. 다음 주에는 순위가 올라 8위까지 진출했다. 1위 진입은 시간문제였다. "이번에도 성공이야!" 유현상과 나는 웃으며 우리의 성취를 축하했다. 그런데 그다음 주부터 이상한 일이 벌어지고 있었다.

소위 말하는 PD 사건이 일어난 것이다. 가요계, 연예계와 방송 PD 사이에 돈거래가 있다는 뇌물사건이 터진 것이다. 검찰에서 전국의 모든 연예프로그램 연출자와 매니저를 소환하는 사건이 벌어졌다. 니는 유현상에게 물었다. "당신, 혹시 연출자에게 뇌물 준 거 있어?" 유현상이 극구 부정하며 내게 말했다. "내가 인기가수를 데리고 있는데 연출자에게 뇌물을 줄 이유가 없지. 아마 내가 받아야 할걸…." 유현상이 자신 있는 어조로 내게 말했다. 그러면서 검찰에 불려간 매니저 친구들이 거기 있는 명단을 보고 앞으로 소환될 연출자의 이름이 백 명이 적혀있다고 말했다. 나는 궁금하여 "혹시 내 이름도 있어?" "아니." 나는 속으로 조금 섭섭했다. 하긴 돈 먹은 것이 없으니 이름이 들어갈 일이 없었지만 그만큼 인기 프로그램 연출자가 아니라는 반증도 됐다. "우리가 검찰에 들어간다면 함께 들어가자고…." 사건과는 아무런 연관이 없었던 그와 나였기에 사건이 빨리 지나가기를 기다리고 이지연의 방송순위에 관해 관심을 가지고 지켜보았다. 그런데 이상하게도 유현상의 전화가 연락이 안 되는 것이었다. "무슨 일이야?" 나는 설마 PD 사건에 연루되리라고는 생각도 하지 못했다. 그런데 알고 보니 TV 연출자들과 방송이 끝나고 함께 식사한 비용을 계산하여 횟수를 곱하여 뇌물금액을 낸다는 것이었다. 한 끼에 20만 원씩 20회를 식사했다고 하면 400만 원이 뇌물액

수가 되는 것이었다. 유현상이 그 사례에 해당한 것 같았다. 그가 잠적한 것이다.

그가 잠적하자 이지연이 흔들리기 시작했다. 모든 스케줄을 관장하고 방송을 관리해주는 그가 사라지자 그녀는 방송국 출입하는 방법도 몰라 헤매야 했다. 갑자기 사막 한가운데 떨어진 느낌을 받았을 것이다. 하루하루가 허둥대는 일이었고 밤무대의 공연계약을 어기면 엄청난 위약금을 물어야 하는 처지가 되었다. 여기저기서 듣도 보도 못한 사람들이 찾아와서 계약사항에 대하여 이지연을 추궁하기 시작했다. 그때 그녀의 곁에 있던 어떤 연주자가 그녀를 보호해주기 시작했다. 가수는 마음의 안정을 찾아갔지만 노래하는 것이 점점 어려워졌다. 새로 녹음한 3집 앨범의 '늦지 않았어요'는 가요톱텐 5위까지 올랐나. 그러나 그게 끝이었다. 피로에 지친 그녀가 방송 녹화를 펑크 냈다. 다른 프로그램도 펑크를 냈다. 이지연은 지인을 따라 미국으로 떠나버리고 말았다. 가요계를 떠난 것이다. 환멸을 느꼈을 것이다. 아, 조금만 참고 견디었더라면…. 그녀는 그녀에게 다가오는 1차 해일을 견뎌내지 못하고 쓰러진 것이다. 그녀의 세 번째 노래는 절반의 성공을 거둔 채 사람들의 시야에서 사라졌다. 문제는 그 곡을 내가 썼다는 데 있다. 내가 인기 작곡가로 다시 재기할 기회가 사라진 것이다.

이지연을 탓하는 것은 아니다. 모든 것은 운명이 아니겠는가? 처음 PD 사태가 터질 때만 해도 나에게는 아무런 관련이 없을 줄 알았다. 몇 달 지나니 사라졌던 매니저들은 다시 돌아오고 연출자들도 약간의 벌금만 낸 채 본직에 복귀했다. 그러나 나의 가수 이지연과 나의 노래 '늦지 않았어요'는 너무 늦어버렸다. 몇년 후 이지연은 귀국하여 새로 음반을 내고 다시 재기를 시도했지만 나는 이미 현직에서 떠났고 이지연의 어리고 예쁜 여자 후배들이 이미 자리를 꽉 잡고 있었다. 재기는 실패로 끝이 났다. 이제는 미국에서 권위 있는 여성 셰프가 되어 자기 길을 힘차게 개척하고 있다고 한다. 애틀란타인가 어디라는데…. 한 번 찾아가 볼까?

🐌 이지연 씨! 지금 와서 말하는 건데 당신이 재기하려고 나를 방문했을 때 내가 좀 더 친절하게 대하지 못한 이유는 내가 현실적으로 당신을 도와줄 수 있는 아무런 힘이 없었기 때문이었지 결코 이지연 씨에게 개인적인 감정이 있어서 그런 것이 아니었음을 알아주기 바랍니다.

인순이와
김완선
#10

인순이는 우리나라 최고의 가창력을 가진 가수다. 이건 누구나 인정하는 진리다. 데뷔곡 '밤이면 밤마다'를 히트시키고 '인순이와 리듬 터치'를 결성하여 밤무대의 여왕으로 군림하며 전국적인 인기를 누리고 있었다. 당시에는 가수가 노래를 부를 수 있는 무대가 방송무대와 밤무대밖에 없었다. 당연히 인순이는 낮 방송무대를 마치고 나서 밤무대에서 노래하는 최고의 가수가 되어 전국을 누비고 있었는데, 인순이와 함께 공연하는 댄스팀으로 리듬 터치가 있었다. 이 리듬 터치의 주 멤버로 김완선이 있었다. 바로 매니저인 한백희 사장님의 조카인 김완선이 연예인 수업을 하려고 이 팀에서 댄스 수업을 하고 있었다. 여중생이었지만 키도 크고 춤도 매우 잘 추는 미래 유망주였다.

제1집을 히트시키고 제2집을 만드는 일이 나에게 주어졌다. 음반 전곡을 다 만들어야 한다. 열 곡의 신곡을 작곡하고 그에 따르는 녹음 작업을 해야 한다. 엄청난 노력과 수고가 뒤따르는 일이었지만 음악 창작을 하는 일이라 즐거운 마음으로 작곡에 임했다. 나는 '아름다운 우리나라'라는 노래를 작사, 작곡하여 인순이에게 연습을 시켜야 했다. 이 노래는 요즘에도 삼일절이나 광복절에 국립합창단이 부르곤 하는 국민가요가 되었는데 당시 이 곡을 직곡할 때는 애국적 정서가 사람들에게 잘 통하던 시대였기 때문이었다. 노래를 새로 만들었으니 이제 가수에게 노래를 가르쳐야 한다. 인순이는 자정이 지나야 모든 스케줄이 끝난다. 하루에 수십 개의 출연스케줄을 마치고 쉬어야 할 시간에 다시 노래 연습을 해야 했다. 엄청나게 피곤한 나날이었을 것이다. 그런데 정작 피곤한 것은 나였다. 인순이의 체력과 열정은 나를 압도했다. 가르치는 선생으로서 정말 훌륭한 제자가 아닐 수 없었다. 순식간에 모든 곡을 배운 인순이는 녹음 작업을 마치고 음반을 내게 되었다. '아름다운 우리나라 내가 태어나 살고 있는 곳….' 인순이의 목소리로 들리는 이 노래는 정말 듣기 좋고 애국심을 고취하는 훌륭한 노래였다. 지금도 그때 생각을 하면 인순이에게 고마운 생각이다.

　한밤중에 인순이에게 노래를 가르치는데 가끔 물이나 과일 심부름을 하러 들어오는 학생이 있었다. 리듬 터치의 멤버인 여중생 김완선이었다. 자꾸 우리가 연습하는 곳으로 들어오며 호기심을 가진 것 같았다. 자기도 언젠가 가수가 되어 무대에 서고 싶었을 것이다. 그러나 아직 나이도 어리고 때가 아니다. 인순이가 그런 김완선을 보고 한마디했다. "얘,

지금은 잘 시간인데 뭐 하고 안자니? 빨리 숙소에 가서 자야 해!" 내일 소화해야 할 스케줄에 리듬 터치의 주 멤버인 김완선이 빠지면 안 되는 것이다. 인순이는 책임감이 강하고 자기에게 부여된 임무를 하나도 빠뜨리지 않고 모두 잘 해내는 것이 가수의 의무라고 생각한 것이다. 호기심에 가득 찬 김완선에게 인순이의 이런 걱정의 말은 좋게 들리지 않았을 것이다.

그런 김완선에게 가수로서의 훈련을 시킬 기회가 찾아왔다. 바로 내가 작곡하고 녹음 제작하는 '김치 주제가'의 여성 코러스 목소리 녹음이었다. 나는 한백희 사장에게 부탁하여 김완선에게 녹음실 경험도 시킬 겸 해서 여성 코러스를 부탁했다. 녹음하는 날, 김완선과 서너 명의 여성들이 코러스 부분을 녹음하기 위하여 스튜디오에 모였다. 헤드폰으로 사전 녹음한 정광태의 노래 목소리가 흘러나왔다. '만약에 김치가 없었더라면'(짜!) '무슨 맛으로 밥을 먹을까'(짜, 짜, 짜) 여자 코러스는 짜! 소리만 박자에 맞춰 내주면 되는 것이었다. 그런데 자꾸 빨라지는 것이었다. 녹음이 늦어지면 경비를 많이 내야 한다. 큰소리로 꾸짖을 수밖에 없었다. "뭐하는 거야? 놀러 왔니? 장난 아니야! 정신 차려!" 헤드폰으로 들려오는 나의 호통에 김완선은 깜짝 놀라는 눈치였다. "정신 안 차리고 한 번만 더 빠르게 부르는 사람은 집으로 보낸다!" 집에 보낸다는 말이 뭐가 그리 무서웠을까? 나의 이 말이 효과가 있었는지 김완선은 있는 정성을 다하여 '짜!'를 불렀다. 그 음반을 들어보면 그녀의 목소리가 나온다. 녹음은 훌륭하게 마쳤고 그 음반은 무사히 출반되어 방송에 많이 소개되었다. 그러니까 김완선의 데뷔곡은 서른두 번의 '짜!' 소리이다. 그때에는 김완선이 그렇게 큰 가수로 성장할 줄은 몰랐다.

얘기가 다소 엇나갔다. 아무튼, 인순이와 김완선은 한 소속사에서 같이 연예활동을 한 사이였는데 이 두 사람의 매니저는 김완선의 이모인 한백희 사장이다. 미군 부대에서 댄스공연을 하며 수십 년간 무대 경험을 쌓은 현역 최고의 댄스가수 출신이었다. 삼십 년 전의 일이지만 어제 일처럼 생생하게 기억난다. 한백희 사장님은 돌아가시고 김완선은 댄스가수로서 최고 인기를 누리다가 전성기가 지났는지 요즘은 활동을 활발하게 하지 못하고 있는 것 같다. 이모에 대한 트라우마가 너무 심해 그것을 벗어나려는 그녀의 노력이 아직도 계속 중인 것 같다. 그러나 그 사이, 가창력을 더욱 다진 인순이는 국민가수로 거듭나고 있었고 가창력 최고의 가수로서 대한민국을 대표하고 있으니 정말 자랑스러운 일이 아닐 수 없다.

인순이는 강원도 홍천지역에 사는 다문화가정의 아동들을 위하여 '해밀학교'를 설립하고 자신과 처지가 비슷한 이들 아동을 위한 교육사업을 진행하고 있다. 정말 아름다운 일이 아닐 수 없다. '이창섭의 피플 인사이드'라는 프로그램에서 그 이야기를 들어본 적이 있다. 그 프로를 보고 그녀의 아름다운 마음에 감동하여 이들 아동을 위한 교가를 작곡하였다. 다문화가정의 아이들에게 꿈과 희망을 주기 위한 노랫말로 만들었다. 작곡한 노래를 인순이에게 전하려다가 바쁜 삶의 일정에 쫓겨 그냥내 책상 서랍에 넣어두었다. 혹시 기회가 닿으면 한 번 만날 수 있겠지.

🐌 나도 최근 이창섭 MC가 진행하는 '피플 인사이드'라는 프로그램에 초대를 받아 그 프로에 출연한 적이 있었다. 20분간 독도 작곡가로서 감회와 과거의 이야기, 내가 작곡한 노래들을 들어보는 시간이었는데 오랜만에 기타를 들고 나와서 노래를 하려니 마음대로 잘 안 된다. 말주변도 없고…. 기타 연습을 좀 더 하고 출연할 걸 그랬다는 후회가 든다. 나는 인순이의 발밑에도 못 미치는 예술가인 것을 알았다.

최수종과 하희라는
어떻게 결혼하게 되었나?

#11

최수종과 하희라! 우리나라 연예인 중에서 가장 모범적인 부부애의 상징이다. 이들이 어떻게 결혼하게 되었나? 나는 감히 나 때문에 결혼할 수 있게 되었다고 자신 있게 말 할 수 있다. 이제는 말할 수 있다. 무슨 일이 있었냐 하면….

때는 1985년경이다. 내가 '밤을 잊은 그대에게'라는 프로그램을 연출하고 있을 때였다. 라디오프로그램 중에서 청소년층에 매우 인기 있는 프로그램이었다. 전임자가 그만 둬 새로운 사람을 DJ로 뽑아야 했다. 청소년 스타 중에서 가장 성장 가능성이 많은 사람을 선정하여 새로운 스타로 키워내야 한다. 누굴 뽑는 것이 좋을까? 그때는 최재성, 최수종 등이 청소년 TV 드라마 '사랑이 꽃피는 나무'에서 인기를 누리고 있었다.

나는 두 사람 중에서 고민하다가 최수종을 선택했다. 최재성은 이미 성인 탤런트로 커 나가고 있었고 최수종은 아직 아무런 후속타가 없이 애매한 세월을 보내고 있었다. 최수종을 불렀다. 유학 중에 부친의 사망 소식을 듣고 급히 귀국하여 탤런트로 TV 출연은 있었으나, 광고도 없었고 출연료도 정말 적어서 당시 생활이 말이 아니었다. 라면만 먹고 사는 것 같았다. 그러면서 그는 미국에서 물만 먹고 며칠을 버티기도 했다고 말하며 지금은 부자가 되었다고 말하는 것이었다. 그의 '맨발투혼'이 맘에 들었다.

"나랑 밤 프로 같이 하자!" 신인을 새로운 DJ로 기용하는 것은 일종의 모험을 하는 것이었다. 이 모험이 실패로 끝나면 나도 최수종도 교체되는 것이다. DJ와 PD는 일체이다. 그의 성공이 나의 성공이고, 그의 실패는 나의 실패가 되는 것이다. 나는 그에게 한 가지 원칙을 제시했다. "어떤 일이 있더라도 방송 30분 전에는 반드시 방송실로 올 것!" 다른 프로그램의 진행자들은 방송 10분 전에 나타나서 그제야 대본을 보며 연습을 하지만 나는 원칙을 세워 방송 30분 전에는 반드시 방송국에 나올 것을 명령했다. 그는 나의 원칙을 받아들였고 30분 전이 아닌 한 시간 전에 나타났다. 나는 그에게 다른 TV 프로그램에서도 반드시 약속시간보다 30분 일찍 현장에 나갈 것을 주문했다. 대개 연기자들이 약속시간보다 30분 늦게 나오는 것이 보통인 시절이었다. 그들은 인기를 믿고 시간 약속을 잘 지키지 않는 일이 다반사였다.

예전에 없던 원칙을 세워 놓았는데, 이 원칙을 지켜낼 수 있을지는 의문이었다. 한두 주일은 지켜낼 수 있다 하더라도 시간이 가고 군기가 빠지면 5분 전이나 10분전쯤에 나타나서 허겁지겁 방송실로 들어가면 꾸중을 할 수도 없고 안 할 수도 없는 사례를 많이 보아왔다. 사람의 말이나 신념은 믿을 것이 없다는 것이 나의 지론이다. 나는 특별 대책을 마련했다. 바로 미인계였다. 공동 MC로 아름다운 여자 연예인을 생각해냈다. 예뻐야 했다. 그래야 청년 최수종이 방송국에 즐겁게 일찍 나타날 것이 아닌가! 주변을 둘러보고 조사를 했는데 아역탤런트 출신인 하희라가 눈에 딱 들이왔다. '옳디! 이기구나! 나는 히희라의 부모를 설득하여 밤 프로의 공동 DJ를 맡아달라고 요청했다. 이윽고 두 사람의 청춘남녀가 DJ로 방송을 시작하게 되었다. 최수종은 내가 생각했던 것보다 더 열심히 방송에 최선을 다했다. 나도 놀랄 지경이었다. 어떤 때는 두 시간이나 먼저 나타나서 엽서를 정리하고 원고도 정리하며 하희라를 위한 대본에 빨간 동그라미도 치고 두 시간 동안 해야 할 방송 준비를 철저히 준비하고 생방송실로 들어갔다. 방송은 자연 매끄럽게 진행되었다.

노래가 나가는 중간마다 두 사람의 휴식시간이었다. 혈기 왕성한 남녀가 한 방에 그것도 아주 가까이 매일 밤마다 붙어 있으니 사단이 안 날 리가 있겠는가! 육 개월이 지나니 하희라가 최수종을 바라보는 눈빛이 남달랐다. 그러나 아직은 학생 신분인지라 서로 조심하는 것 같았다. 다시 일 년이 쏜살같이 지나갔다. 나는 속으로 두 사람에게 마법의 주문을 중얼거렸다. '사랑해라. 사랑해라. 결혼해라. 결혼해라…' 그래야 나의 프로그램이 잘 풀릴 것이라고. 가끔 부스 안에서 나누는 이야기를 몰래 들을 기회가 있었다. 두 사람의 사이가 공동 DJ가 아닌 오누이나 사랑하는 연인같이 친근하고 다정했다. 그런 그들의 마음을 담은 목소리는 고스란히 전파를 타고 밤하늘에 흘러나갔다. 청취율이 계속 올랐다. 프로그램은 대성공을 거뒀다. 그리고 두 사람은 모두 다 잘 되어 TV 드라마의 주연으로 발탁되었다. 최수종은 '아들과 딸' '첫사랑' 등의 주연이 되어 청춘드라마의 우상이 되었다. 하희라도 주연이 되어 맹렬히 활동할 수 있었다. 두 사람은 나의 주문대로 결혼하여 아이를 낳고 행복한 가정을 꾸리게 되었다. 이쯤 되면 내가 그 두 사람의 인연을 만든 사람이 아닐까? 만약 내가 그때 최수종이 아닌 최재성을 선택했더라면 지금쯤 하희라는 최재성과 살고 있을지도 모른다. 생각만 해도 재미있는 상상이다.

최수종, 하희라와 함께 나도 그즈음에 방송의 현장에서 크게 인정을 받고 한 직급 승진도 하게 되었으니 두 사람에게 고마운 마음이다. 이것이 진정한 서로 이익이 아닐까?

89

쉘부르의 추억과
음악의 대부 이종환

#12

내가 통기타 듀엣 '논두렁 밭두렁'을 결성하고 처음으로 프로 무대에 나선 것은 '쉘부르' 무대였다. 통기타 가수들이 팀을 결성하면 으레 한 번쯤 가서 노래를 불러야 하는 신고 무대였다. 물론 출연료는 안 줬다. 희망자가 원해서 하는 무대였기 때문이다. 먼저 무대 담당자를 찾아서 노래하고 싶다고 신고하면 대개 손님이 없는 대낮의 한 타임에 무대를 내어준다. 사회자가 오늘 처음 데뷔하는 팀이라는 소개와 함께 무대에 올라가면 30분 동안 연습한 팝송과 자신들의 곡을 부른다. 대개는 한 타임만 하고 내려오지만, 그 무대에서 노래를 잘한다고 인정되면 저녁 무대로 이동시킨다. 심사는 대기실에 앉아 있는 동료 가수들이 한마디씩 하는 것으로 결정된다. "쟤들 잘하네." "목소리 좋다." 등의 평가를 받으면 연예부장은 그런 평가를 참작하여 저녁 시간을 배정해 준다. 그렇게 해서 우리는 이종환 씨가 경영하는 쉘부르의 고정 멤버가 되었다. 물론 주인인 이종환 씨의 얼굴은 감히 볼 수 없는 신인가수일 뿐이다. 이종환 씨는 방송 스케줄이 바빠 하루에 한 번 정도 잠깐 들르는 것으로도 살롱은 잘 굴러가고 있었다. 그러다 우연히 이종환 씨의 눈에 뜨이면 노래 녹음을 할 수 있는 행운을 잡는 것이다.

우리는 한 달 정도 무료봉사를 하고 쉘부르의 고정 멤버라는 한 달짜리 경력을 가지고 청계천의 '아마존' 살롱과 무교동 막걸리 살롱인 '원두막'으로 진출했다. 그러다가 명동의 여러 살롱으로 진출하여 정식으로 방송에 데뷔하게 되었다. 소문으로만 이종환 씨가 연예계의 막강한 실력자라는 것을 들었지만 정작 우리가 그의 일굴을 볼 수 있는 위치에 있었던 것은 아니다. 그의 얼굴을 직접 볼 수 있다는 것은 연예계의 인기가수가 되었다는 증거가 되기 때문이었다. 얼마 지나지 않아 막강한 이종환 씨의 얼굴을 볼 기회가 생겼다. 쉘부르에서 라디오 공개방송이 있었기 때문이다. 우리는 이미 잘 연습 되고 세련된 창법을 가지고 있는 실력 있는 듀엣이 되어 있었다. 이종환 씨가 거기 있었다. 첫 인상은 코가 정말 크고 뾰족한 게 전체 얼굴 면적의 대부분을 차지한다고 느껴졌다. 우리는 일 년 전의 쉘부르 새내기가 아니었다. 상당한 팬층도 확보했다. 물론 음반이 나온 것은 아니었다. 음반은 당시 상당한 인기를 이미 획득한 가수들만이 낼 수 있는 자격증이었으므로 가벼운 공인인증 절차에 불과했다. 이종환 씨가 나의 파트너에게 제의했다. "음반을 내야지?"

그가 그렇게 말한다는 것은 즉 자기 돈으로 음반을 내 주겠다는 뜻이었다. 그의 매형이 경영하는 애플레코드사에서 우리는 노래 한 곡을 녹음하여 음반 가수로 등극했다. 음반은 내자마자 엄청난 인기를 누렸다. 전국 순위 1, 2위를 다툴 정도로 아름다운 노래였다. 제목은 '영상'이라는 노래였다. 지금 들어봐도 애처롭고 아름다운 목소리였다. 이렇게 해서 나의 첫 데뷔와 첫 음반을 이종환 씨가 내주게 되었다. 은인이었다. 우리는 음반을 내고 방송활동을 하다가 나의 입대를 앞에 놓고 팀을 해체할 수밖에 없었다. 군 복무를 마치고 사회에 돌아와 보니 이종환 씨가 각종 사건에 휘말려서 엉망이 된 채로 숨도 못 쉬고 살고 있었다. 여성 가수 이수미 씨가 자해를 했다는 등 또 쉘부르에 소속되어 있었던 개그맨이 무슨 이유로 자살했다는데 그게 이종환 씨와 관계가 있다는 등 확인할 수 없는 소문들이 요동치고 있었다. 물론 그의 방송활동은 완전 금지상태였다. 나는 속으로 이종환 씨의 그런 상태를 매우 안타까워했다. 그의 능력과 역량이 이런저런 소문과 사건으로 묻혀 있는 것이 아까웠다.

그러다가 나는 방송국에 입사시험을 봐서 PD로 일하게 되었다. 내가 맡은 FM 방송의 음악프로 담당자로 하루 세 시간을 담당해야 하는 막중한 업무를 맡게 되었다. 그러나 마음 한구석에서는 어떻게 해서든지 이종환 씨를 살려내야 하겠다는 희미한 보은 의식에 시달리고 있었다. 차일피일하다가는 그가 영원히 잊힐 것 같았다. 나는 이종환 씨를 불러냈다. 방송국 커피숍에 불려 온 이종환 씨는 내가 쉘부르에서 노래하던 그 시절의 이종환 씨가 아니었다. 몰골은 초췌하고 자신감 결여와 지난날에 대한 회한으로 말투도 어눌했다. 수년 만에 방송국에 들어온 이종환 씨에게 모든 것은 낯설었다. 나는 이종환 씨에게 전격적으로 제안했다. "형님! 방송을 하셔야죠!" 이종환 씨가 그 말에 깜짝 놀라며 손사래를 쳤다. "아니, 박 PD! 큰일 날 소리하지 말게! 아이고, 이거 내가 괜히 방송국에 왔구만…." 이종환 씨가 얼굴이나 보자는 나의 제안에 아무런 생각없이 놀러 왔다가 청천벽력 같은 소리를 듣고 자기 귀를 의심하고 있는 것 같았다. 사회적 죄인이 어떻게 감히 방송에 나갈 수 있겠냐는 것이었다. 엄청난 죄의식에 시달리고 있었다. 나는 한 시간 동안 그를 설득했다. 그에게서 겨우 출연 약속을 받아냈다. 우선 딱 한 번만 출연해보자는 나의 제의에 그는 마지못해 수락하고 말았다. 나는 속으로 쾌재를 불렀다. '됐다!' 나의 작전은 시동을 건 것이다.

첫 방송을 시작하게 되는 날이었다. 한 시간이나 일찍 오셨다. 저녁 8시 30분부터 30분 동안 추억의 팝송을 소개하고 해설하는 그에게는 정말 식은 죽 먹기 같은 코너였다. 나의 프로그램을 진행하던 DJ가 5분 전에 나타나 급히 방송실로 들어가려다가 레코드판을 옆구리에 끼고 쭈그려 앉은 사람을 보고 '어?' 하며 잠시 놀라는 표정을 보이더니 고개를 갸웃거리며 방송실로 들어갔다. 잠시 후 내가 쪽지를 써서 DJ 부스로 들여보냈다. 그 쪽지를 보던 DJ가 깜짝 놀라며 내선 스피커로 긴급히 물었다. "아니…. 이거 이래도 되는 거예요?" 그 소리에 이종환 씨가 흠칫 놀라며 더욱더 주눅이 드는 것 같았다. "걱정하지 마…." 난 그렇게 대답을 하고 딴청을 부렸다. DJ가 걱정스러웠는지 고개를 갸웃거리며 할 수 없이 내가 전해준 쪽지를 읽으며 예고멘트를 날리고 있었다. "잠시 후에는 오랜만에 DJ계의 선구자이신 이종환 씨를 모시고 애창하는 추억의 팝송을 소개해드리는 시간을 갖겠습니다. 많은 애청 바랍니다." 자신보다 훨씬 선배인 이종환 씨…. 감히 이종환 씨와는 상대도 되지 않는 그였지만 왠지 그 멘트를 읽어내는 그의 목소리가 영 내키지 않는 목소리였다. 속으로 걱정이 되었지만, 어차피 한 번은 치러야 할 통과의례였다.

이종환 씨가 드디어 방송실로 들어갔다. 도살장으로 기어들어 가는 그런 얼굴이었다. 완전 주눅든 모습 그 자체였다. 담당 DJ는 칼을 들고 도살장으로 들어오는 소를 기다리는 얼굴로 이종환 씨를 맞이했다. "어서 오십시오! 오~~랜 만에 뵙겠습니다. 오늘 소개해주실 곡목은 뭔가요?" 듣기에 따라서는 정말 건방지고 거친 소개였다. 이런 속마음이랄까? '오랜만에 죄인 한 분을 모셨습니다. 무슨 죄를 지었는지 한 번 들어볼까요?' 그러나 듣는 청취자는 분위기를 볼 수 없으므로 이런 사실을 모를 것이다. "예…. 제가 소개해 드릴 팝송은…. 음 음…." 평소에 보아오던 자신 있고 말발 좋던 이종환이 아니었다. 다 죽어가는 목소리에 기어들어가는 음색, 죽음을 앞둔 사형수의 속죄하는 유언이랄까? "제가 이렇게 여러분 앞에 설 수 있는 자격이 될 수 있는지는 모르겠지만, 청취자 여러분들의 양해를 구하면서 죄송한 마음으로 팝송 한 곡을 소개해 올리겠습니다." 완전 참회록을 방송하는 그런 분위기였다. 팝송 세 곡을 소개하고 이종환 씨가 부스를 나왔다. 땀이 범벅되고 죽음의 계곡을 빠져나온 것 같은 얼굴이었다. 나는 좀 더 잔인해져야 한다! 정신이 하나도 없는 그에게 통보했다. "다음 주에도 세 곡 준비해 오세요! 수고하셨습니다!" "예…." 그가 나의 말의 내용을 듣고 '예.'라고 한 것 같지는 않았다. 그냥 '시키는 대로 모든 것을 복종하겠사옵니다.' 하는 의미로 '예….'라고 한 것이었다.

이렇게 육 개월 동안 이종환 씨는 어둠의 터널을 뚫고 자신의 중심을 찾아가기 시작했다. 나는 윗사람에게 요청하여 그에게 한 시간짜리 '추억의 팝송'이라는 프로그램을 신설해서 DJ를 맡기고 내가 연출을 맡았다. 이미 십 년 넘게 최고 인기 스타로서 진행을 맡아온 그의 기량이 발휘되기 시작했다. 나는 아무 일도 안 했다. 모든 것을 그가 하자는 대로 맡겼다. 나는 알고 있다. 그가 나보다 훨씬 더 방송을 잘 알고 있다는 것을…. 나의 예상대로 모든 것이 잘 굴러갔다. 이종환 씨의 컴백에 대해서 시비를 거는 사람은 아무도 없었다. 정부에서도, 방송국 간부들도, 아무도 시비를 걸지 않았다. 천만다행이었다. 모두 자기 삶에 바빠 이종환 씨에 대하여 잊고 있었다. 그렇게 해서 이종환 씨는 방송계에 컴백했고 방송계의 대부로 다시 자리를 잡아가기 시작했다. 이후 그의 황금기는 30년 이상 계속되었다. 나는 생각한다. 그가 나의 데뷔 시절, 나에게 베풀어 주었던 은혜를 나는 충분히 갚았다고….

🐌 그가 세상을 등졌다는 소식을 들었을 때, 나는 나의 젊은 날의 기억이 또 하나 무너져내리는구나 하는 느낌이 들었다. 어린 나를 이끌어주며 나와 함께 한 시대를 풍미했던 당대의 거인들… 연예계의 황제 이종환 씨나 국내 최초의 영어도사이신 팝 칼럼니스트 서병후 씨들이 제 수명을 누리지 못하고 일찍 세상을 떠났다. 나는 왜 그들이 먼저 세상을 떠났는지 안다. 하늘나라에서도 그들의 출중한 재주가 필요했을 것이다.

95

그 두 분과 함께 또 한 분, 내가 존경하는 포크계의 전설, 김진성 PD도 생각난다. 우리나라 포크문화를 설계하신 분이다. 그의 손에 의해서 제1세대 포크문화가 창조되었다. 요즘 건강이 많이 안 좋으시다는데, 오래오래 내 곁에 남아주셨으면 좋겠다. 김진성 PD에 관한 이야기는 책 한 권도 모자란다. 요즘 사람들은 알 수도, 상상할 수도 없는 이야기들….

심수봉의 '그때 그 사람'은 누구일까?

#13

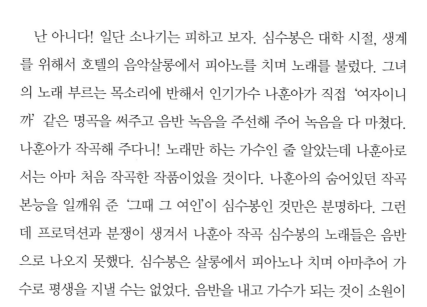

난 아니다! 일단 소나기는 피하고 보자. 심수봉은 대학 시절, 생계를 위해서 호텔의 음악살롱에서 피아노를 치며 노래를 불렀다. 그녀의 노래 부르는 목소리에 반해서 인기가수 나훈아가 직접 '여자이니까' 같은 명곡을 써주고 음반 녹음을 주선해 주어 녹음을 다 마쳤다. 나훈아가 작곡해 주다니! 노래만 하는 가수인 줄 알았는데 나훈아로서는 아마 처음 작곡한 작품이었을 것이다. 나훈아의 숨어있던 작곡 본능을 일깨워 준 '그때 그 여인'이 심수봉인 것만은 분명하다. 그런데 프로덕션과 분쟁이 생겨서 나훈아 작곡 심수봉의 노래들은 음반으로 나오지 못했다. 심수봉은 살롱에서 피아노나 치며 아마추어 가수로 평생을 지낼 수는 없었다. 음반을 내고 가수가 되는 것이 소원이었던 그녀는 희망이 꺾이자 그 실망은 이루 말할 수 없었다. 나훈아도 더는 역할을 해주지 못했다. 희망이 사라진 심수봉은 마지막 방법으로 대학가요제에 도전하기로 마음먹고 예선을 봐서 통과했다.

이런 얘기를 하게 된 것은 KBS라디오 '임백천의 7080'에 내가 초대손님으로 출연했다가 우연히 나오게 되었다. 이문세, 조용필, 김광석…. 등 나와 사적으로 관련이 있었던 연예인의 7080시절 얘기를 하다가 우연히 심수봉의 얘기까지 나온 것이다. 나와 심수봉은 사실 세상에 알려지지 않은 특별한 인연이 있다. 아마 내가 아니었다면 심수봉은 이 세상에 가수로 알려지지 않았을지도 모른다.

그런데 MC 임백천 씨가 자신도 심수봉이 출전했던 그 가요제에 나왔다는 것이다. 생각해보니 맞다. 이게 1978년도의 일이라 그동안 까맣게 잊고 잊었는데 그 얘기를 듣는 순간, 갑자기 생각이 났다! 임백천 씨가 '그 가요제에서 심수봉 씨도 상을 못 탔고 저도 상을 못 탔습니다.' 하고 말했다. 그런데 이상한 일이다. 상도 못 탔는데 어떻게 두 사람이 지금 연예인이 되었을까? 이상하지 않은가? 임백천 씨는 아마 꼴찌인 장려상을 탄 것 같다. 장려상을 탄 사람은 아무 데서도 부르지 않는다. 연예인이라고 인정해주지 않는 그런 상이다. 더군다나 친구와 둘이서 통기타를 치며 듀엣으로 나왔다. 여기서 나와의 개인적인 인연이 시작된다. 나는 당시 인기개그맨 고영수 씨와 TBC-FM에서 '밤의 다이얼'이라는 프로그램을 맡고 있었다. 하루는 MC 고영수 씨가 내게 와서 주눅이 든 얼굴로 말했다. "박 PD, 내가 이런 부탁 안 하는 거 알지? 근데… 저… 이번에 내 동생이 대학가요제에 나가서 장려상을 탔어! 그런데 아무도 안 불러준대. 우리 프로에 초대손님으로 한 번 불러 볼까?" 아마추어 가수를 부르는 그런 프로는 아니었지만, MC가 자기 친동생을 은근히 봐달라고 하는데 거절할 수가 없었다. "뭐, 담 주에 아무때나 한 번 오라 그러세요."

다음 주가 되어 기타를 든 두 대학생이 나타났다. 고영수 씨의 동생과 함께 듀엣으로 딸려 나온 사람은 대학생 임백천이었다. 나는 두 사람을 생방송 스튜디오에 집어넣었다. 두 사람이 노래하는데 그냥 밋밋했다. 그런데 이상하게 임백천 학생의 말이 재미있었다. 나는 방송을 마친 임백천에게 말했다. "야, 너는 MC로 가라!" 쉬운 말로 번역하면 '너는 노래로 성공하기는 힘드니, MC로 성공하는 게 더 빠르겠다!' 그 이후 두 학생의 듀엣은 깨지고 임백천은 MC로 진출하여 인생 최고의 전성기를 누렸다. 그리고 그 이후, 그가 부른 멋진 노래 '마음에 쓰는 편지'는 정말 아름다운 발라드로서 MC뿐만 아니라 노래에서도 훌륭한 성공을 하게 되었다. 아 참, 심수봉 얘기를 한다는 것이 임백천의 데뷔 얘기를 하게 되었다. 그러나 두 사람은 나에게는 한 세트의 저장파일에 담겨있기 때문에 같이 엮여서 나올 수밖에 없다. 자, 그럼 지금부터는 다시 심수봉의 얘기로 돌아가자!

대학가요제 본선에 진출한 임백천은 장려상에 그치고 노사연은 '돌고 돌아가는 길'로 당당히 은상을 받았다. 최종 발표 순간, 금상까지 발표되었고 마지막 대상을 남겨놓았다고 한다. 심수봉은 당연히 자신이 대상자로 호명되어 나훈아도 성원해 준 가수의 꿈을 이룰 수 있겠구나 하고 생각했다고 종편 TV '아궁이'의 출연자들이 증언했다.

그러나 대상은 심수봉이 아닌 '썰물'로 돌아갔다. 그녀에겐 매우 썰렁한 사건이었다. 희망은 사라졌다. '아궁이'에서는 심수봉의 이야기를 한 시간 동안이나 했는데 심수봉 집안이 대대로 명창 집안이었다는 것과 가수가 되기 위하여 나훈아의 곡까지 받았고 대학가요제까지 출전했으나 결국 가수는 되지 못했다고 했다. 그런데 출연자 중 아무도 그녀가 정말로 어떻게 해서 가수가 되었는지 말해주는 사람은 없었다. 그냥 지나가는 말로 '저절로 히트가 나서⋯.'라고 밀했는데 이 세상에 저절로 되는 일은 하나도 없다! 출연자들의 그 말을 듣는 순간, '아, 참, 그렇지!' 하는 탄식이 내 입에서 나오면서 오랫동안 저장됐던 기억 파일들이 일순간에 열렸다.

나는 방송국에 취직하면서 이 세상에 나온 음반은 모조리 다 들어보고 싶었다. 방송국 음반 실에 들어가 본 나는 입이 '쩍' 벌어지지 않을 수 없었다. 지금까지 한국에 나온 음반들이 모두 모여 있는 것이 아닌가? 그걸 들어볼 생각을 하니 너무나 즐거웠다. 음악을 좋아했던 나는 매일매일 음반자료실에 처박혀서 가수의 노래와 음악을 들었다. 천국에서의 생활이었다. 평생을 그 속에서 썩는다 해도 좋았다. 온종일 듣던 노래 중에서 맘에 드는 곡을 골라 MC인 고영수 씨에게 전달해 방송했다. 얼마후, 음반자료실에 있던 모든 팝송과 클래식 음반은 다 들었다. 이제 한국 음반을 들을 차례다. 순서가 되어 대학가요제를 들었다. 임백천의 가요제 음반 노래도 들었는데 역시 내 판단이 틀리지 않았다. 수상 곡들은 역시 좋은 노래였다. 그런데 맨 구석에 '그때 그 사람'이라는 심민경의 노래가 있었다. 그 노래를 듣는 순

100

간, '아, 이거구나!' 하는 느낌을 받았다. 이런 트로트 뽕짝은 대학가 요제에서 절대 수상할 수 없었다, 가요제가 끝난 지 벌써 오래됐다. 아마 그녀는 지금쯤 엄청나게 좌절하고 있을 것이었다. 레코드 회사에 수소문해서 가수의 전화를 알아냈다. 전화를 받는 무명가수 심민경의 목소리가 떨렸다. 좌절과 흥분 때문이리라. 이유 불문하고 생방송에 육 개월 고정 출연시키는 파격 특혜를 주었다. MC 고영수 씨가 나의 뜻을 알아채고 그녀를 엄청나게 띄웠다. 드디어 그녀의 노래가 전국에 알려지게 되었다. 이 세상에 저절로 되는 일은 아무것도 없다. 고영수 씨! 우리가 한 건 했지?

🐌 몇년 후, 디너쇼 관계로 그녀를 다시 만날 수 있었다. 그런데 그녀가 나를 보고도 못 본 척하는 것이 아닌가? 이럴 수가! 아니, 대가수가 됐다고 발굴해 준 사람을 '안면 몰수'를 하다니…. 사실 지면이 적어 이런저런 사적인 사연을 쓸 수가 없었을 뿐이지 결코 그녀가 나를 잊을 수는 없을 것이다. 차라리 '그때 그 사람' 나훈아 씨를 잊었으면 잊었지….

🐌 알고 보니 그녀는 너무나 엄청난 일을 겪은 직후였고 강제로 정신병원에 입원당했는가 하면 강제 약물투약까지 당했다는 걸 '아궁이'를 보고 알게 되었다. 기간 기억상실증에 걸린 것이다. 그 이야기를 듣는 순간, 나의 오해는 풀렸고 오히려 그녀에게 미안한

마음이 들었다. 한 여인으로서, 음악인으로서 감당할 수 없는 시련을 겪었는데 내가 그 매개체 역할을 한 게 아닌가 하는 생각이 들었다. 내가 그녀의 기억에서 편집된 것이 그녀에게 조그만 위안이 된다면 나는 아무 상관이 없다. 그녀에게 미안하다, 오래전 일이지만.

논두렁 밭두렁의 추억

#14

70년대 초, 통기타 붐이 불었다. 나는 대학을 갓 입학한 신입생이었다. 무엇을 위해 살아야 하는가? 앞으로 어떻게 내 삶을 살아야 하는가? 우린 그런 한가한 생각을 할 수 있는 시대가 아니었다. 당장 배가 고팠다. 이 가난을 벗어날 수만 있다면 무엇이라도 닥치는 대로 해야 했다. 기타를 배웠다. 뭔가 먹고 살 방법이 있을 것 같았다. 코드는 고교 시절부터 어느 정도 알고 있었다. 그러다가 완전히 기타에 빠지고 말았다. 유행하는 모든 팝송은 나오는 대로 배우고 외웠다. 팝송 백여 곡을 그 자리에서 부를 수 있었다. 자, 이제부터는 이걸로 돈을 벌어보자! 학비를 벌기 위하여 하루도 빼놓지 않고 과외 아르바이트를 해야 하는 상태에서 빠져나올 수 있는 유일한 탈출구였다.

우선 가수가 되면 뭔가 돈이 생길 것 같았다. 가수인증이 필요했다. 당시 유일한 가수선발 프로그램이 있었다. 중앙방송국에서 하는 '전국노래자랑'이란 프로그램이었다. (송해 선생님이 진행하는 시골 사람 출연시키는 그런 프로가 아니다.) 남산의 방송국에서 전국의 가수지망생들을 서울로 불러 철통같이 진행하는 유일한 가수 등용 프로였다. 거기서 주말 톱 싱어를 따내면 가수로 공인이 되는 분위기였다. "주말 톱 싱어? 그까짓 거 내가 한 번 도전해보지!" 밥줄이 달린 문제였다. 1학기 공부는 안 하고 육 개월 동안 노래 연습만 했다. 학사경고가 나왔지만 나는 이미 미쳤다! 말리지 마! 방학이 되자 2학기는 아예 휴학을 해버렸다. 어느 정도 연습을 마치자 기타를 메고 나는 예선이 진행되는 남산으로 향했다. 정문으로 걸어올라가는 데 웬 긴 줄이 보였다. 방송국에 무슨 일이 있겠거니 하면서 정문 경비실로 향하는데 아뿔싸! 그 긴 줄은 그날 예선을 보러 전국에서 모여든 사람들이었다. 줄을 따라서 왔던 길로 계속 내려가니 퇴계로까지 연결되었다. 맨 뒤에 섰는데 내 뒤로도 계속 꾸역꾸역 줄을 서는 것이었다. 한 삼천 명 쯤 되려나?

1차 예선은 열 명씩 들어가서 5초씩 노래를 불렀다. 2차 예선도 열 명씩 올라가서 10초씩 노래를 불렀다. 마지막 공개방송의 본선 15명 중에 선발되었다. 방송 날짜를 기다리다가 그날이 되어 방송하러 남산 방송국으로 향했다. 방청객은 수천 명, 전국의 모든 가요학원에서 응원부대가 올라왔다. 본선에 뽑혀서 TV에 얼굴이 나오는 것 자체가 그 학원의 영광이었다. 나는 기타로 연습한 양희은의 '작은 연못'을 불렀다. 심사는 작곡가 황문평 선생님이 하셨는데 나를 보고 노래를 '또박또박' 부른다고 심사평을 했다. 뭐야? 이 노래는 포크송이고 가사가 중요한 노래인데 그럼 그렇게 부르지 않으면 어떻게 부르란 말인가? 원곡가수 양희은은 나보다 더 또박또박 부른다! 나는 속으로 투덜거리며 결과가 나쁘면 뒤집어엎을 참이었다. 다행히 결과는 주말 톱 싱어로 금메달을 목에 걸었다. '또박또박'은 칭찬이었구나…. 가수로서의 인증은 받은 것이다.

　친구들 사이에서 주말 톱 싱어로 이름이 나자 먼저 통기타 살롱에서 노래하던 지인의 지인으로부터 통기타 듀엣을 만들자는 제의가 들어왔다. 그중에서 가장 기타를 잘 치는 김은광이란 친구를 선택하여 듀엣을 만들기로 하고 연습에 들어갔다. 서너 달을 합숙하면서 프로로서의 진짜 연습을 마치고 쉘부르로 향했다. 연예계의 마당발인 DJ 이종환 씨가 경영하는 통기타 살롱이있다. 떨리는 마음으로 첫 무대를 마치자 연예부장이 고정시간을 배정해주어 가수로 입적할 수 있게 되었다. 그러나 돈이 필요해서 우리는 쉘부르 고정출연이라는 명함을 가지고 진짜로 돈을 받고 노래를 할 수 있는 무대를 찾았다. 너무 바쁜 나날들이 계속되었다. 방송 스케줄도 들어오고 음반 섭외도 들어와 밤무대와 심야방송을 오가며 체력의 한계를 느끼며 노래를 불렀다. 한 무대에서 30분 동안 휴식시간 없이 신청곡과 함께 당시에 유행하던 모든 팝송을 불러야 했다. 그렇게 네 차례 정도의 무대공연을 하다가 공개방송에 나가서 또 노래를 부르는 생활이었다. 당시의 대세는 '사이먼 앤 가펑클' 같은 인기팝송이었으나 방송에 나가서는 한국 노래를 불러야 하므로 '개구리 노총각', '너', '영상' 같은 한국창작곡을 불렀다. 인기를 끌었지만 버는 돈은 그리 많지 않아 겨우 식비를 하고 학비를 낼 수 있는 정도였다. 나의 어린 시절을 짓누르던 배고픔으로부터 해방되는 순간이었다.

심야방송이 끝나면 야간통행금지가 있었는데 방송국 자동차로 집에까지 데려다 주었다. 한밤중의 경치를 볼 수 있는 기분 좋은 경험이었다. 한밤중에도 이 세상이 존재하고 있었다는 걸 알았다. TV 공개방송은 여학교들을 순회하며 공개방송으로 진행되었는데 문제는 방송이 끝나고부터였다. 우리는 몇 차례 여학생들에게 포위되어 봉변을 당한 뒤라 녹화가 끝나자마자 기타를 들고 전속력으로 교문을 향하여 달렸다. 만약 그러다가 여학생들에게 잡히는 날이면 옷이 찢기고 잘못하면 밟힐 수도 있기 때문이었다. 통기타살롱마다 자주 보던 여성들이 계속 보였다. 나는 속으로 '굉장히 할 일이 없는 족속들인가 보다…' 하는 생각을 하며 열심히 노래를 부르고 다른 살롱으로 가면 거기 또 그 여성들이 죽치고 앉아 있었다. '집안이 무진장 부자인가 보다. 살롱마다 다니며 돈을 내려면 엄청난 돈이 들 텐데 매일 그 많은 돈을 어떻게 대나?' 하는 생각만 할 뿐 나의 극성 팬인 줄은 꿈에도 생각하지 못했다. 그런 한가한 생각을 할 여유가 없었다. 우리 팀의 기타 심부름을 해주던 '장고'라는 내 친구가 우리에게 월급도 안 받았는데 무척 열심히 도와주었다. 알고 보니 이 친구가 중간에서 여성 팬들을 만나면서 못된 짓을 혼자 다 해먹고 나한테는 아무 이야기도 안 했단다. 몇 년 전에야 그 사실을 알았다. 그 친구가 자백을 안 했으면 나는 아마 그 사실을 알지 못하고 눈을 감았을 것이다.

그런데 내 친구에게 애인 겸 팬이 생기게 되었다. 정말로 돈이 엄청나게 많은 집안의 딸이었다. 얼굴도 예쁘고 학벌도 좋았다. 나는 질투가 났지만, 친구의 사랑을 축복해 주었다. 그 여자로부터 상당히 많은 경제적

지원과 정서적 지원(?)을 받고 있는 것 같은 눈치였으나 같은 남자로서 눈감아 줄 수밖에 없었다. 급기야 좀 빠른 감이 있었지만, 결혼 이야기까지 나오는 것 같았다. 장관 집안인 그 여자의 집에서 '딴따라'와 연애한다는 소식이 알려지자 부모들이 노발대발하며 그 여자에게 외출금지라는 금족령을 내렸다. 내 친구와 그 여인과의 연애는 그렇게 깨지고 말았다. 그 여자, 지금 어디쯤에서 남편과 함께 잘살고 있겠지? 그 충격으로 불쌍한 내 친구는 결핵을 앓게 되었다. 매일 주사를 맞으며 힘들게 실연의 아픔을 이겨나갔다. 주사를 놓아준 친구는 약품 도매상을 하던 '엄지 검지' 조규봉 씨였다. 고마운 나의 지인들이다. 지금은 모두 연락도 안 되지만. 아⋯. 옛날 이야기 하려니까 정말 눈물이 나려고 한다. 결핵⋯. 먹지 못하고 쉬지 못하여 걸리는 병이다. 체력 좋고 기타 잘 치는 그가 그럴 정도였으니 허약하고 체력 없는 내가 버티어낼 재간이 있겠는가? 우리는 의논하여 기타학원을 운영하던 김영 씨를 매니저로 기용하기로 했다. 하나부터 열까지 방송 스케줄에서부터 모든 것을 가르치고 유명 연출자들을 소개한 후 매니저로 쓰기로 했다. 이때 방송계에 입문해서 연예계를 알게 된 그는 '동아뮤직'을 창설하여 이후 우리나라의 모든 음악계의 선구자가 되어 들국화, 김현식, 김현철, 한영애, 이소라 등 우리나라 80년대 음악을 창조하는 거물이 되었다.

괜히 얘기가 길어졌다. 이제는 논두렁 밭두렁을 해체할 시간이다. 처음 방송국에 다니면서 인사를 할 때는 연출자들이 우리 흉을 많이 봤다. "야, 이름이 '논두렁 밭두렁'이 뭐냐? 촌스럽게⋯." 그냥 투에이스나 트윈폴리오같이 세련되게 이름을 지었어야 했는데 그만 너무 한국적인 것을 주장하다 보니 이름이 투박하게 나왔다. 많이 주눅이 들었다. 그런데 웬걸, 얼마 있더니 정부에서 듀엣 이름들이 너무 영어라고 영어 이름 쓰는 것을 금지했다. 우와 이렇게 좋을 데가…. 어니언스는 양파들, 투에이스는 금과은, 딕페밀리는 서생원 가족…. 이렇게 이름들을 바꾸느라고 바빴지만 우리는 아무 피해가, 아니 오히려 칭찬을 들었다. 그때부터 뭔가 선견지명이 있었던 것 같다. 최고의 전성기가 바로 최고의 해체 위기가 된다. 왜냐하면, 최고로 피곤한 시기이기 때문이다. 나는 그만 체력이 고갈되어 인기 프로인 기독교방송을 출연할 수 없게 되었다. 펑크였다. 방송국에 당일 오전에 소식을 전했다. 비상이 걸리고 급히 대타를 찾는 임무가 개그맨 전유성에게 떨어졌다. 전유성은 쉘부르로 달려가 닥치는 대로 기타 치는 아무나 끌고 방송국에 달려갔는데 그게 이문세다. 그 이야기는 이문세 편에 써 있다. 그냥 이 글을 여기서 끝내자!

🐌 나의 친구는 먼저 하늘나라로 떠났고 중간에서 내 친구를 소개해 주던 초교동창 친구는 그 삼 년 전에 먼저 죽었다. 그 친구가 죽은 날, 어릴 적 친구 세 명, 김은광과 장고 그리고 나는 강남의 길거리 주점에서 만나 먹지도 못하는 소주를 마시며 먼저 간 친구를 애도하며 말했다. "야, 우리는 오래 살자. 왜 그런지 알지? 되게 쓸쓸하다." 그러더니 내 친구도 뭐가 그리 급한지 그를 따라서 갔다. 하늘나라에서 무슨 큰 공개방송이 있나 보다.

'젊은 연인들'의
슬픈 이야기

#15

공대를 입학했더니 여기저기서 노랫소리가 들려왔다. 공대캠퍼스가 있었던 태릉 근처 공릉동의 공대휴게실이었다. 수업이 없는 시간에는 기타를 들고 노래연습을 하던 친구들이다. 입시로부터 해방감을 맛보던 신입생 시절이었다. 그중 멋진 화음과 노래를 부르던 친구들이 있었다. 나와 같은 건축과 친구, 그리고 자원과 친구였다. 같은 고교···. 내 기억으로는 경기고 같았는데···. 친구들이었다. 나도 '노래' 하면 한 가닥 하던 시절이라 곁눈으로 그 노래를 배웠다.

"다정한 연인이 손에 손을 잡고 걸어가는 길, 저기 멀리서 우리의 낙원이 손짓하며 우리를 부르네. 길은 험하고 비바람 거세도 서로 위하며 눈보라 속에도 손목을 꼭 잡고 따스한 온기를 나누리···." 아름다운 화음

109

으로 두 친구가 노래를 부르고 있었다. 나도 그들과 합류하여 노래를 부르며 화음도 맞추고 노래를 배웠다. 그런데 그 친구들은 이미 듀엣으로 팀을 결성하고 있었다. 고교 시절부터 알고 지내던 사이였던 것 같았다. 듀엣으로 연습하다가 트리오로 바꿀 수는 없었다. 그들은 '훅스'라는 이름으로 방송에 진출했다. 나는 닭 쫓던 개처럼 그들의 활동을 지켜볼 수밖에 없었다. 당시에는 기독교방송이 포크음악을 가장 많아 방송해주는 젊은이들의 방송이었다. 버스를 디먼서 그들이 방송에 나온 것을 들었다. 물론 생방송이었다. 프로그램 이름도 생생히 기억한다. 영에잇포티! YOUNG 840! 기독교방송의 주파수는 840킬로 헤르츠였고 '영'은 그야말로 젊은이들을 위한 방송프로라는 것이다. 그 프로는 젊은 팝 칼럼니스트 최경식 씨가 진행하며 외국의 최신 팝송을 소개하며 대학가의 젊은 신인들을 소개하는 프로였다. 팝 칼럼니스트라는 생소한 호칭도 신기했지만 내 친구들이 나보다 먼저 인기 프로에 진출했다는 것은 충격이었다.

나는 마음이 급해 뭔가 돌파구를 찾지 않을 수 없었다. 당시 유일한 오디션 프로인 '전국노래자랑'에 도전하기로 마음먹고 연습을 하기 시작했다. 인기 사회자인 위키리 씨가 진행하는 그 프로의 경쟁률은 상상을 초월할 정도였다. 무사히 그 프로에서 일등을 하고 가수로서의 타이틀을 획득할 수 있었지만 두 친구는 이미 프로의 길을 저 멀리 달려나가고 있었다. 나만 혼자 쳐진 것이다. 그렇다고 이제 와서 트리오로 팀을 만들자고 구걸할 수는 없는 노릇이었다. 나도 자존심이 있었다. 나는 나대로 다른 길을 찾아야 했다. 부러우면 지는 거다! 그렇지만 방송에 나가서 두 친구인 '훅스'가 부르는 노래 '젊은 연인들'의 멜로디는 내 입에서 떠나지 않았다. 나도 팀을 결성하고 프로의 길을 준비하느라 그들에 관한 소식은 관심에서 멀어지게 되었다. 아마 몹시 바쁜 일정을 지내고 있는 것 같았다. 이제는 얼굴도 볼 수 없는 상태가 되었다.

겨울이 오고 크리스마스가 다가왔다. 징글벨이 울려 퍼지고 교회의 종소리가 울리던 날, 바로 크리스마스 아침이었다. TV를 보게 되었는데 무슨 일인지 크리스마스에 관한 프로그램을 안 하고 어떤 화재현장을 보여주는 것이었다. 서울 한복판에 있는 대연각호텔의 화재현장을 보여주는데 생방송이라는 것이었다. 잠시 후 공중에서 어떤 사람이 매트리스 같은 것을 들고 뛰어내리는 것이 카메라에 잡혔다. 그러더니 그 사람이 방금 죽은 것 같다고 기자가 말하는 것이었다. 대형 참사가 일어나고 있었다. 성탄절 날 죽었으니 천당에 기겠구니 하고 생각하며 나와는 아무 관련이 없는 일로 치부하였다. 개강이 되어 건축과의 명단을 보니 한 명이 비어 있었다. 누가 자퇴를 한 건가? 그런 생각을 하고 있는데 친구들이 설명해 주었다. 우리 과 친구 한 명이 대연각호텔에 성탄절 공연을 하러 갔다가 그만 화재로 목숨을 잃었다는 것이다. 으악! 이게 웬일인가! 혹시 내 친구 훅스? 그랬다. 같은 과 동기인 남성듀엣 훅스가 성탄절 초대를 받아서 높은 층으로 공연을 갔다가 빠져나오지 못하고 생을 마감한 것이다. 물론 자원과 친구와 같이 말이다…. 놀라지 않을 수 없는 대사건이었다. 내가 그토록 같이 노래하고 싶었던 친구들이었다. 만약 그 친구들이 나의 이런 요청에 흔쾌히 수락하여 팀을 트리오로 만들었다면 나도 그 자리에 있을지도 모를 일이었다.

애처로움, 슬픔과 함께 나는 가슴을 쓸어내리고 있었다. 그렇게 갑자기 나도 모르게 친구들이 내 곁을 떠나고 나는 나대로 논두렁 밭두렁이라는 통기타 듀엣을 만들어 바쁘게 살았다. 그러나 가끔 머릿속에서 떠오르는 멜로디를 지울 수가 없었다. 정말 아름다운 멜로디였고 노랫말은 보석처럼 빛나는 시였다. 나의 히트곡을 부를 때마다 그 멜로디가 떠올랐다. '내가 한 번 그 노래를 다시 불러볼까?' 이런 생각을 할 즈음 나는 서서히 통기타그룹 생활을 정리하고 있었다. 입대가 결정적인 계기가 됐다. 복무를 마치고 나는 방송 PD로 복귀했다. 십여 년 전에 불렀던 '젊은 연인들' 그 노래를 복원하고 싶었지만, 하루에 세 시간 맡은 프로그램 제작의 압박감으로 인하여 실천에 옮기지 못하고 있었다.

나는 대학생들이 참가하는 가요제를 기획하고 있었다. 내가 대학생 시절 부르고 즐겼던 많은 노래가 대학가에 흘러다니고 있을 것이었다. 대학가를 찾아다니며 그런 학생들을 수소문하고 다녔다. 그런 가운데 조하문이라는 학생도 만났다. 훌륭한 가수라고 지나가는 말로 칭찬도 하고 그랬는데 나중에 조하문 씨가 말하기를 자기가 가수가 된 동기가 바로 박문영이라는 방송 PD가 자신을 보고 노래를 잘한다고 칭찬을 해서 가수가 되었노라고 고백하기도 했다. 나는 그런 말을 한 기억이 남아 있지 않는 데 말이다. 분명 내가 말한 것은 확실할 것이다. 그즈음 대학가를 많이 찾아다니며 많은 이야기를 나누었으니 말이다. 앞으로 대학생 가수들이 우리나라 가요계를 이끌고 나갈 것이 분명했고 그 태동은 이미 십여 년 전부터 시작된 것이다. 내가 우리나라 대학생을 타락시키기 시작한 장본인이라면 할 말은 없다. 그러나 대학이 꼭 공부만 해야 하는 곳은 아니라고 생각한다. 공부할 자는 하고 안 할 자는 어차피 안 한다면 예술

활동이라도 하자는 것이 내 취지다. 그러나 부작용은…. 공부할 애들도 안 하게 된다는 것이다. 그만큼 우리나라 대학생들은 문화예술이 결핍되어 있다. 방송 준비를 하다가 어느 날 우연히 TV를 보게 되었다. MBC에서 대학가요제가 시작되었다. 그 방송국에서도 나와 같은 생각을 한 모양이었다. 대학생들이 나와서 노래를 부르는데 듣기에 매우 신선했다. '나 어떡해…' 등이 끝나고 서울대 트리오의 노래가 시작되었다. 세 명의 이름을 보는데 기분이 매우 이상했다. 멤버 중에 십년 전 죽은 내 친구의 이름과 비슷한 이름이 있는데 두 글자나 비슷했다. 그런데 그들이 부른다는 노래가 바로 그 '젊은 연인들' 아닌가? 전주 부분이 예전에 내가 듣고 부르던 슬로우 락의 기타멜로디였다. 전율이 몸을 휘감았다. 잊고 지내던 나의 그때 시절이 떠올랐다. 그들의 얼굴을 자세히 보았다. 분명 그의 동생임이 확실했다. 노래가 끝날 때까지 그 자리에 서서 그 노래를 한음 듣고 있었다. 내 입에서 저절로 그 노래가 흘러나왔다. 그 노래를 절대로 잊고 있지 않았다는 걸 나는 알았다. 눈물이 흘렀다. 친구, 내 음악, 학창시절, 공대 휴게실의 모습들이 떠올랐다. 그의 동생들이 형님이 불렀던 노래를 가지고 대학가요제에 출전한 것이었다. 동상을 받았다. 나는 수소문을 하여 그들을 불렀다. "내가 너의 형 건축과 친구였단다. 그 노래는 내가 너의 형과 함께 부르던 노래였고." 우리는 먼저 간 그의 형이자 내 친구의 이야기를 하며 긴 시간을 보냈다. 만감이 교차하는 시간들이었다. 44년 전의 이야기…. 내 청춘의 이야기들이다.

🐌 시간은 흘러가지만, 추억은 남는다. 나는 이 이야기를 가지고 소설을 써보고 싶다. 기회가 닿는다면….

113

삼성전자
권오현 부회장은…

#16

나의 고등학교 동창이다. 고교 시절 우리 학교에 삼총사가 있었다. 나 혼자 마음속에 정한 삼총사다. 판사를 지낸 박현순 씨와 삼성전자 부회장을 하는 권오현 그리고 나 이렇게 세 사람의 인생유전을 비교하며 써보려고 한다. 두 사람의 인생유전은 사실 잘 모른다. 그러나 공적으로 나타난 것만 보고 나와 비교해보자는 것이다. 그냥 재미로…. 한 학교 한 교실에서 몇 년을 함께 공부했고 같은 대학에 진학하여 4년을 함께 보냈지만, 이후의 인생경력은 판이하다. 달라도 너무 다르다. 물론 도착 지점도 판이하다. 같은 대학을 다녔으니 영원히 비슷한 길을 걸어갈 수도 있었을 세 사람이었지만 인생의 역정이 달라 중간에 겨우 한두 번 정도 만났을 뿐, 지금도 서로의 전화번호도 모른다. 몰라도 서로 사는 데 지장은 없지만 그러나 한 가지 확실한 것은 모두 자기 분야에서 최고의 인물이 되었을 거라는 거다. 난 아직 멀었지만….

세 명 중 가장 사회적으로 두각을 나타내는 친구는 단연 삼성전자 부회장을 하는 권오현이다. 물론 박현순 전임 판사가 사회적으로 못하다는 건 아니다. 그는 지금 한국의 대표적 법무법인에서 대표 소송 전문가로 활동하고 있으며 우리나라에서 가장 큰 사건을 맡고 있다. 특히 우리나라 최고의 민사소송 전문가로서 거대 민사사건을 총지휘하고 있다. 그에 비하면 나는 방송 PD로 편안한 곳에서 안주하며 편안히 먹고 살았다. 인생의 우여곡절은 많이 있었지만 다른 사람과 비교해 보면 꽃동산에서 논거나 다름없다.

고교 시절 나와 박현순은 문과 출신이었는데 공대 바람이 불었다. 이과로 전향했다. 당연히 수학 공부가 어려웠다. 그러나 박현순은 중학교를 수석으로 졸업하고 가끔 치르는 전국 고사에서도 수석을 하던 인재 중 인재였다. 나는 바이올린에 빠져 관현악단 연습을 하느라 공부를 할 수가 없었다. 수업 좀 할라치면 음악 선생님이 교실로 들어와서 나를 잡아갔다. 끌려간 곳은 악단연습실! 거기서 수업이 끝날 때까지 다른 애들과 함께 악보를 보며 악기 연습을 했다. 그게 좋기는 했지만, 마음 한구석에 음대를 가고 싶은 생각은 없었다. 공부하고 싶다는 생각이 간절했으나 마음대로 되지 않았다. 이과로 전향하고 나서 당연히 수학이 제일 부족했다. 영점이 나왔다. 그러나 두 친구는 이미 수학 천재였고 거의 100점을 맞았다. 특히 권오현은 항상 백 점만 맞아서 그의 실제 수학 점수는 천 점인지 만 점인지 알 수가 없었다.

두 친구가 일등을 두고 다투는 사이 나는 100등 밑에서 헤매고 있었다. 특단의 대책이 필요했다. 수학의 정석 참고서를 사서 몽땅 외우기로 했다. 외우는 건 그래도 좀 자신 있었다. 삼 개월 외우니 이상하게도 수학 문제가 나오면 전혀 이해를 못 하는데도 답을 써낼 수 있었다. 원리는 하나도 몰랐는데도 정답을 맞힐 수 있었다. 수학 선생님의 강의를 집중해 들었더니 '아하, 그래서 그런 거구나.' 하는 깨달음이 계속되었다. 수학 성적이 50점을 돌파했다. 국어와 영어는 나름대로 자신이 있었기에 석차가 10등 이내로 들어올 수 있었다. 입시까지는 육 개월, 그 이후로 성적은 지루하게 한 등씩만 올랐다. 100등 뛰어오르기는 석 달밖에 안 걸렸는데 한 등 뛰어오르기는 한 달도 더 걸렸다. 가까스로 마지막 시험에 3등 이내로 들어올 수 있었다. 선생님께서 성적순으로 학과를 지정해주셨다. 두 친구는 그때 가장 취업이 잘 되는 전기과를 배정해주어서 전기과 수석 수준으로 들어갔고 나는 건축과로 들어갔다.

　대학에 들어온 나는 친구 박현순을 꼬드겼다. "야, 우리 고시공부를 하는 게 어때? 붙기만 하면 금방 취직이 되는 거잖아?" 나는 그를 설득해서 고시과목을 수강했다. 일차 고시과목인 헌법과 민법총칙을 들었다. 공대생 두 명이 법대생 강의를 듣고 있었다. 당시에는 그게 가능했다. 그런대로 좋은 학점을 땄다. 박현순은 나랑 함께 다니며 법학 강의에 맛이 들었는지 공대를 2년 만에 그만두고 아예 법대로 시험을 봐서 1학년으로 다시 들어갔다. 내가 그의 인생진로를 변경시킨 것이다. 그사이 권오현은 무얼 했는지 모르겠다. 아마 수학에 푹 빠져 있었을 것이다. 한 캠퍼스에서 4년을 같이 다녔건만 한 번도 우연히 마주치는 경우가 없었다.

앞으로도 그렇겠지? 하긴 내가 음악에 빠져 방송이다 공연이다 돌아다녔으니 도서관에 박혀 있는 그를 발견할 수 없었을 것이다. 순전히 내 상상이지만.

졸업하고 무얼 할까? 미국으로 유학을 갈까? 다시 가수가 될까? 고민하다가 방송국에 취직하여 PD가 되었다. 박현순은 뒤늦게 법대를 졸업하고 사법고시에 합격하여 판사가 되었다. 권오현의 소식은 여전히 모른다. 스탠퍼드로 유학 갔다는 말을 들었을 뿐이다. 뭐 박사를 하고 돌아오겠지. 우리의 30대가 시작되었다. 40대도 지나갔다. 가끔 그들의 소식이 언론을 통하여 들려오지만 한 번도 인생길에서 마주친 적은 없었다. 학교에서 그런대로 서로 잘 알고 지내던 사이도 일단 사회에 나와 서로 다른 길을 가면 절대로 다시 만날 수 없다는 것이 확실했다. 만날 일도 없고 우리 세 명은 달라도 너무 다른 인생길을 걸어가고 있었다. 권오현이 박사학위를 마치고 삼성전자에 들어가서 반도체의 신화를 주도한다는 소식을 들었다. 속으로 '잘하고 있군. 그가 한다면 잘 거야.' 나는 우리나라 반도체의 성공을 믿어 의심치 않았다. 박현순이 판사를 그만두고 변호사를 개업한다고 했다. 나는 난인가 꽃인가를 사 들고 그의 사무실을 방문했다. 방금 개업한지라 사람이 없었다. 한편으로는 반가웠지만 한편으로는 걱정도 됐다. '손님이 없으면 어쩌나…. 악질 사무장이라도 고용해야 하는 거 아냐?' 그 후로 박 변호사는 대형 법무법인에 들어가 그곳을 대표하는 변호사가 되어 잘 나가고 있다. 권오현은 부회장이 되어 우리나라 반도체 산업을 이끌고 있다.

어느 날 나의 방송국 지인이 상을 당하여 상가를 방문했다. 나의 지인은 여성 언론인이다. 그런데 얼굴이 낯설지 않은 사람이 검은 완장을 차고 있었다. '어? 여기 웬일이지?' 알고 봤더니 그의 상가였다. 그녀의 남편이 나의 고교, 대학동창이었던 사실을 인생살이 바쁘다 보니 까맣게 잊고 있었다. 이중 상가였다. 안 갔다면 이중으로 말을 들을 수 있는 경우였다. 오랜만에 만난 우리는 잠시 지난 얘기를 하고 있었다. 잠시 후 한 명의 문상객이 들어오는데 역시 아는 얼굴이었다. 어라? 고교, 대학동창인 권오헌이었다. 대학에서도 길거리에서도 절대로 마주치지 않던 그 아닌가? "오랜만이야. 이게 한 사십 년 만인가?" "그렇지?" "잘 되지?" "응…. 외국서 지금 들어오는 길이야." 세계를 돌아다니며 바쁘게 일하고 있는 부회장님의 얼굴은 많이 늙어 있었다. 그게 내 얼굴일 것이다. 귀엽고 눈이 반짝이는 영리한 그였는데…. 그도 동창의 상가에서 연락을 받고 급히 귀국길에 들른 것이다. 사십 년 동안 만나지 못하더니 이런 데서 만나게 된 것이다. 반가운 마음이 들었지만, 그는 오래 머물지 못하고 이내 바쁜 발길을 돌려 업무 현장으로 떠났다. '그래 네가 있어서 마음이 든든하다. 자주 보지는 못하지만 그래도 한번 친구는 영원한 친구 아닌가!'

존칭을 생략한 걸 용서해주게. 인생길이 이렇게 달라질 수도 있다는 걸 젊은 사람들에게 말해주고 싶었네. 소송할 일도 없고 전자 할 일도 없으니 앞으로도 만날 일이야 없겠지만 모든 걸 다 성취한 뒤에 먼 훗날 홀가분히 한 번 만나세. 살아있는 다른 친구하고도 같이 말이야.

노래 '독도는 우리 땅'의 탄생 배경

#17

    '독도는 우리 땅'이란 노래가 탄생한 지도 벌써 30년이 지났다. 이 노래는 1982년에 KBS-TV 개그 프로 '유머일번지'를 통해서 탄생한 노래다. 대학생 시절 결성한 통기타 듀엣 '논두렁 밭두렁' 시절에도 이런 종류의 노래를 만들고 싶었던 마음이 있었지만 바쁜 가수활동에 이은 입대, 그리고 졸업에 이은 취직을 하면서 실행하지 못하다가 우연히 정식으로 방송을 탈 수 있는 계기가 만들어져서 그동안 수첩에 메모해두었던 아이디어 차원의 소재를 손을 보아 가사와 곡으로 완성할 수 있게 되었다. 나는 그 당시 KBS라디오에서 PD 생활을 하면서 TV의 김웅래 선배 PD의 권유로 개그 작가로 이 프로그램의 창설에 참여하게 되었다. 작사, 작곡을 마친 후 네 명의 개그맨에게 포졸복을 입히고 창으로 땅을 두드리며 노래를 부르게 했는데 반응이 대단히 좋았다. 노래는 임하룡, 이상운, 장두석, 정광태 등 당시로는 덜 바쁜 개그맨들이 노래를 불렀는데, 이 노래 방송 이후로 모두 한국 최고 인기연예인이 되었으니 이 노래는 그들의 운명을 바꾼 노래라고 할 수 있겠다. 아니 그들의 운명뿐만 아니라 이 세상 어느 누구도 모르던 '독도'라는 외로운 섬의 운명이 완전히 바뀌어 국민의 가슴속에 들어오게 된 것이다. 방송 후에 이 프로를 보고 어느 음반제작자가 연락을 취해왔는데 약속시간에 늦어 도착하지 못하자 인기 순서대로 임하룡, 이상운, 장두석이 떠나고 정광태만이 끝까지 남아 제작자를 만난 후, 제작자의 권유로 혼자 부르게 되었다. 끈질긴 기다림이 행운으로 이어진 것이다. 임하룡 씨는 두고두고 그때 일을 후회하곤 했다.

정광태의 솔로로 2분 20초라는 짧은 노래의 녹음제작이 완성되어 LP 레코드판의 시간 조절용으로 A면의 마지막인 5번 트랙에 겨우 삽입될 수 있었다. 카세트를 제작할 경우 A면이 더 길어야 하므로 그런 용도로 A면에 들어갔는데 방송가에서는 첫 곡만 듣고 5번 곡까지는 듣지 않기 때문에 히트할 확률은 0%에 가까웠다. 라디오 PD를 하면서 TV개그프로의 구성작가를 겸직하던 당시, 나의 제안으로 하나의 개그코너로 기획되었던 이 노래는 그렇게 끝날 운명이라고 생각되었다. 그러나 내 생각은 적중하지 않았다. 당시의 시대 상황은 이 노래를 국민들에게 널리 알리는 방향으로 진행되었다.

당시는 신군부가 정권을 장악하고 방송을 통폐합했던 직후였고 광주 전남의 강력한 시민투쟁을 무력으로 진압한 이후라 정국은 살기등등했고 방송, 언론계는 검열과 폭력으로 매우 삼엄했던 시대였다. 군홧발, 구둣발의 발길질이 방송국 내에서도 백주에 벌어지는 그런 삼엄한 환경이었다. 이러한 환경 속에 놓인 방송인들과 언론인들은 모두 자아정체성의 혼란과 자존감의 상실에 빠져 삶의 의욕을 잃었고 군사정권에 대한 투쟁의지는 완전히 꺾인 상태였다. 언론인으로서의 존재와 국가권력에 대한 부정적 생각들로 모두 정신적 혼란에 빠진 상태였다. 이러한 때에 민족의 정체성을 강하게 자극하는 특이한 노래가 한 곡 나오자 방송계의 라디오 PD들은 묘한 기분을 느끼며 음반 구석에 깔렸던 이 노래를 찾아내서 방송하기 시작했다. 이 노래가 전하는 메시지는 직접적으로는 드러내놓고 지칭하지는 않았으나 신군부에 우회적으로 반항하는 이미지와 느낌을 주었다. 그리고 당시 신군부에 의해 무자비하게 훼손된 민족 정체성을 방송인들이 다시 살려내고 있다는 의지의 표현으로 여러 프로그램에서 노래를 계속 방송하기 시작했다. 누구도 시키지 않은 일이었다.

작곡자인 나도 그 당시 KBS 라디오 PD로 근무하며 상황이 돌아가는 것을 유심히 관찰하였는데 노래가 방송에 나오기 시작하자 나는 혹시나 나의 의도를 들키게 되지 않을까 하여 극도의 불안과 공포를 느끼며 하루하루를 지내게 되었다. 물론 본명도 바꿔 박인호라는 예명을 써서 작사, 작곡자를 숨겼고 내가 제작하는 프로에서는 절대로 방송을 하지 않았으며 혹시라도 무슨 일이 일어나지 않을까 하여 전전긍긍하며 숨어 있었다. 아니나 다를까…. 다른 PD가 그 노래를 트는 것을 KBS의 간부가 우연히 듣고 노발대발하며 '어떤 놈이 이상한 노래를 만들어 틀어대느냐?'고 화를 내며 노래를 즉시 금지했다. 신군부의 눈치를 보는 방송국

간부의 과잉행동이었지만 말단 PD인 나로서는 안도의 한숨이 나오는 조치였다. KBS에서는 이렇게 방송 초기에 금지가 되어 거의 방송이 나가지 않았으나 다른 방송에서는 계속 간간이 방송되며 입소문으로 계속 화제가 되었다. 나는 다시 불안해지기 시작했다. 작사, 작곡자가 현직 방송인으로 알려지는 날에는 나의 불온성이 곧 탄로가 날 것이고 독재 정부 시절, 반정부 노래활동을 하던 나의 이전 활동도 드러나게 될 소지가 있었다. 그러나 별 탈 없이 노래는 계속 알려져 나갔다.

그러는 사이 일본국회에서 매년 연례행사처럼 '독도는 일본 땅'이라는 총리의 발언이 있었다. 이 발언이 한일 양국 언론에 보도되었다. 한국의 권력이 신군부의 수중에 들어가자 한국인의 국가적 정체성이 매우 약화한 것으로 판단하고 일본 총리와 국회, 언론이 합작하여 한국을 압박하기 위한 독도 망언을 강하게 쏟아낸 것이다. 이때, 우리 외교부는 괜히 국제문제가 되면 우리에게 불리하다는 종래의 판단을 내리고 이를 묵살했다. 그러나 모순적이게도 신군부의 실세인 당시 전두환 대통령이 이 보고를 받고 발끈하면서 '우리에게는 〈독도는 우리 땅〉이란 노래도 있으니 독도를 잘 지켜내야 한다…'라는 식의 대처 발언을 하였다. 최고의 권력자가 한마디 하자 회의석상에서 이 말을 들은 허문도 당시 문공부 차관이 회의를 마치고 급히 가수와 작곡자를 수배하여 문공부 차관실로 호출하였다. 방송국에서 방송 준비를 하던 나는 급히 가수와 함께 중앙청으로 택시를 타고 들어갔는데 삼엄한 경비를 통과하면서 '도대체 무슨 연유로 나와 가수를 부르나…' 하는 불안감으로 초조했으나 나쁜 일이라면 경찰이나 기관원을 불러 나를 이미 구속했을 것으로 생각하면서 불안감을 누르며 차관실로 향했다.

차관실에서 허 차관을 본 나는 차관께서 매우 바쁜 와중에 나를 만난 것을 직감하고 나쁜 일은 아닐 것 같다는 안도의 한숨을 내쉬며 생전 처음으로 '녹차'라는 것을 맛보며 그의 말을 기다렸으나 별 이야기가 없었다. 여기저기 바쁜 전화를 해대며 우리 얼굴을 힐끗 보기도 하며 일을 하던 허 차관이 뚱딴지같은 한마디를 뱉어냈다. "각하께서 좋아하는 노래야…. 잘 만들었어." 한마디를 던지고 다시 수첩을 보며 일을 보다가 말했다. "그래. 수고했소…."(내가 무슨 수고?) "뭐…. 할 얘기는 없는가?" 갑작스러운 질문을 던지는 것이 아마 용무가 끝났으니 가라는 말인 것 같았다. 혹시나 돈 봉투(?)라도 받지 않을까? 하며 내심 기대를 했지만 아마 주무차관으로서 각하가 관심을 두는 사안에 대하여 직접 챙기기 위하여 우리를 부른 것이라는 목적을 이해하는 순간, 잠자코 앉아 있던 가수 정광태가 입을 열었다. "KBS에서 금지곡이 되었어요…." 냅다 고자질한 것이다. 그 말을 듣는 순간, 허 차관의 눈꼬리가 위로 휙 올라가며 "그래?" 하더니 즉시 전화기를 들어 "아. 거기 KBS요?" 하면서 "각하께서 관심을 갖는 노래니 특히 신경을 쓰시오." 하고 간단하게 전화를 하는 것이었다. 잠시 정신을 가다듬은 허 차관이 다시 전화기를 들어 전화를 하면서 같은 내용을 반복했다. 이렇게 서너 군데 전화를 마친 차관이 우리에게 말했다. "가 봐!" 조금은 황당한 십 분간의 면담이었지만 허 차관을 십 분간이나 면담한 것은 당시로는 엄청난 파격이었다는 것은 나중에 안 일이다. 그렇게 높은 정권의 실세라는 것을 알았다면 나의 인사문제를 부탁했어도 아마 당장 들어주었을 것이었다. 이렇게 해서 문공부를 나오면서 가수와 나는 택시를 잡아타고 광화문에서 여의도로 향했다.

택시를 타고 가는데 '독도는 우리 땅' 노래가 흘러 나와서 그러려니 하면서 듣고 있다가 정광태가 말했다. 당시의 라디오에는 버튼이 대여섯 개 달려 있어서 쿡 누르면 채널이 변경되는 방식이 있다. "아저씨, 다른 데 좀 틀어주세요." 기사가 아무런 대꾸도 없이 다른 채널을 쿡 누르자 거기서도 '독도는 우리 땅'이 흘러나왔다. '어라?' 우리는 서로 얼굴을 마주 보고 의미 있게 웃으며 말했다. "아저씨, 다른 데도 좀 틀어주세요." 기사가 이상하다는 듯이 우리를 힐끗 쳐다보더니 다른 데를 틀자 거기서도 같은 노래가 흘러나왔다. 그날 이후, 전 채널에서 '독도는 우리 땅'이 도배되었다. 노래 금지조치가 즉시 풀렸을 뿐만 아니라 온종일 노래가 나오더니 급기야 TV 출연 섭외가 여기저기서 진행되었고 가수인 정광태 씨는 매우 바쁜 몸이 되었다. 그해 연말 가요 대상 프로그램에서 가수 정광태 씨는 조용필 씨를 누르고 최고 인기상을 받았고 이어서 신인상도 수상하는 영광을 누리게 되었다. 그 후 노래는 전 국민의 애창곡이 되어 어린이에서부터 할머니에 이르기까지 모두가 애창하는 한국의 현대민요가 되어 오늘날까지 불리고 있다.

단순한 멜로디와 백과사전식 가사는 고육지책으로 만들어진 것이다. 그 당시는 인터넷도 없었고 독도에 관한 사진이나 자료가 거의 없었을 뿐만 아니라 세종실록지리지란 책이 이 세상에 실존하는 책인지도 불분명한 시대였다. 단지 백과사전에 강수량과 위도, 경도, 평균기온에 관한 자료가 있었을 뿐이었다. 나는 오로지 그것만을 가지고 종전에 없었던 방식으로 노래의 가사를 만들었는데 가사가 백과사전식으로 어렵게 나왔다. 어려운 가사를 잊지 않게 하려고 나는 멜로디를 아주 단순하게 만들어서 개그맨들에게 부르게 한 것이었는데 이것이 민족 정체성을 갈망하던 시대적 상황과 국민의 요구가 맞아떨어진 것이다. 이 노래가 한국에 크게 알려지자 일본 정부는 노골적으로 독도의 영유권을 공개적으로 주장하기 시작했다. 매년 국회에서 독도가 '일본 땅'임을 선언하고 의원들도 집단적으로 자기네 땅이라고 우기는 사태가 벌어지고 시마네 현 일본인과 일본 우익들이 이 노래에 대해 시비를 걸고 독도의 영유권을 주장하는 사태가 벌어졌는데 작사, 작곡자인 나로서는 괜히 벌집을 건드리지 않았나 하는 생각도 들었다.

일본도 지금까지 잘 경영되고 있었던 독도의 지배 논리에 갑자기 위기를 느낀 모양이었다. 그런데 우리 외무부에서는 실효 지배를 하는 독도에 대해 괜히 분쟁 지역화를 부추긴다면서 독도 노래에 대해 매우 못마땅한 반응을 보였다. 나도 그런 생각을 하지 않은 것은 아니었다. 그러나 생각해보니 이웃 나라가 우리 땅에 대해 억지 주장하는 데 대하여 우리가 무반응을 보이는 것은 그들의 주장을 도와주는 처사라는 것을 깨닫게 되었다. 일본은 항상 우리에게 "냉정한 대응"을 하라고 요구하였는데 냉정한 대응을 하여 이익을 보는 측은 일본밖에 없었다. 그들이 50년 동안 독도 영유권을 줄기차게 주장할 때, 우리가 아무런 반응을 보이지 않으면 제삼자인 외국인들은 우리가 불법점유를 하고 있고 이에 대하여 한국이 할 말이 없으므로 무반응과 냉정한 대응을 한 것으로 생각할 것이며 이는 곧 독도의 영유권 주장이 일본이 더 합리적이라는 논리가 성립되는 것이다. 이러한 논리는 내가 미국에서 십 년간 체재하면서 관찰한 결과와도 일치하는 것이었다.

일본 측의 냉정한 대응요구 논리에 말려들어간 한국의 외교가와 일부 국민들 그리고 일본의 입장을 지지하는 한국어 사용 일본인과 일본 우익들은 지금도 인터넷과 각종 신문에 이런 논리를 계속 주장하면서 우리의 독도 사랑 열기가 식어가기만을 바라고 있다. 그러나 독도 사랑은 중단될 수 있는 사랑이 아니다. 독도는 이제 우리 국민들에게 마음의 성지가 되었다. 우리 국민 누구나 한 번쯤은 독도를 순례하여 독도의 위용을 바라보며 독도 사랑의 마음을 다져야 하는 의무 코스가 되었으며 각종 공무원교육, 청소년교육, 역사교육의 핵심 콘텐츠가 되었다. 나는 노래가 히트한 다음 해에 울릉 군수의 공식초청을 받아서 가수 정광태 씨와 함께 행정선을 타고 민간인 최초의 독도 방문을 하는 영광을 누리게 되었다. 정광태와 나는 독도경비대의 열렬한 환영을 받으며 독도 정상에 올라 뜨거운 감격을 느끼며 독도수호의 의지를 불태웠고 그날 이후 가수 정광태는 독도 명예 군수로서 한평생 독도 수호를 하리라 마음먹게 되었다. 이 와중에 독도를 너무나 홀로 외롭게 멀고 먼 길로 묘사하면서 간밤에 독도가 잘 있는지를 걱정하는 패배주의적인 여러 노래가 뒤따라 나와 국민정신을 어지럽히게 되었다. 독도를 역사적으로 우리 민족의 가슴에 안긴 나로서는 너무나 애통한 느낌을 지울 수 없었다.

'독도는 우리 땅'이 국민들에게 알려지고 나서 여러 가지 애통한 일들이 벌어졌는데 첫째는 그 노래가 정부 당국으로부터 공식적으로 금지된 사건이다. 1984년경, 정부는 한일청구권 자금의 마지막 부분을 일본으로부터 받게 되었는데 이때 일본 측에서 독도 노래가 일본 국민들의 정서에 좋지 않으니 자제해주기를 바라는 요청이 들어왔다. 전두환 정부와 외교팀들은 비겁하게도 그들의 요구를 수용하여 독도 노래를 금지하고 방송가에서 퇴출했다. 그동안 꾸준히 노래가 방송되다가 갑자기 모든 방송에서 노래가 사라지자 나는 너무나 황당한 기분이 되었다. 가수 정광태는 풀이 죽어서 미국 이민을 도모할 지경이 되었다. 이 와중에 독도수비대장님이신 홍순칠 대장님께서도 '독도는 우리 땅'의 노래 히트 이후, 방송에 자주 출연하시어 독도수비대의 활약상을 이야기하시면서 자랑스러워하셨는데 하루아침에 노래가 금지되자 당국에서 독도에 관한 발언을 하지 말 것을 강요받고 이에 대해 저항하시다가 모처에 끌려가 고초를 당하셨다. 모처가 정보당국이라는 것은 미국 LA의 라디오방송에 출연하면서 알게 된 사실이다. 고초를 당하신 이후, 홍순칠 대장님은 실의에 빠지셔서 그만 화병으로 돌아가시고 말았는데 이 사실이 너무나 억울하여 미국에 사는 그분의 따님이 미국의 교포신문에 제보한 기사를 읽게 되었으니 정말 통곡할 일이다! 지금도 그 생각을 하면 분하고 억울하다. 이런 종류의 일들이 지금도 벌어지고 있는데 지금은 주로 인터넷을 통하여 독도 영유권에 대한 냉정한 대응을 논리적으로 요구하는 한국어 사용 일본인들의 논리에 휘말려 이를 따르는 네티즌들이 많이 생겨나고 있으니 기가 막힌다.

이러한 사태를 방지하고자 30년이 되는 지난 2012년에 현재의 실정에 맞추어 가사 12곳을 바꾸어 새로 노래를 만들어 독도 듀엣을 만들고 원작자인 나와 테너 최태경 씨의 목소리로 새로 음반을 내고 길거리콘서트나 여러 가지 방법으로 알리고 있다. 또한, 새로 바뀐 가사를 댄스곡으로 편곡하여 독도 플래시몹을 만들어 사람들이 많은 곳이나 학교, 군부대 등에서 댄스를 춤으로써 사람들에게 독도에 대한 사랑의 마음을 다시 불러일으키는 활동을 하고 있다. 이미 유튜브에는 수백 개의 동영상이 올라오고 있으며 수백만의 사람들이 동영상을 보고 즐기는 한편 인디밴드들과도 독도 사랑의 노래를 다시 기획하여 작품을 만들고 있다.

🐚 독도는 우리 민족의 성지가 되었다. 독도로 가는 길목인 포항 앞바다에는 미니 독도가 만들어져 날씨 때문에 독도를 갈 수 없는 많은 이들이 독도를 체험할 수 있는 현장도 만들어지고 있다. 이렇게 다양한 독도콘텐츠가 계속 생산된다면 독도를 즐기고 사랑하는 마음이 더욱 크게 퍼져나갈 것이다.

CHAPTER 2

인생을
바꿀 수 있는
기회는
찾아온다

(우화 I)

인생이란 무엇인가?

시련을 넘어 서는 자신감

시
련
을

넘
어
서
는

자
신
감

여왕의 왕관

여왕의 왕관은 정말 화려했다. 왕관이 화려한 이유는 바로 왕관의 한 가운데 박혀 있는 보석 루비 때문이었다. 붉고 은은한 왕관의 루비를 한 번이라도 직접 본 적이 있는 사람은 모두 그 빛깔과 광채에 넋이 나가 "역시 루비구나!" 하는 감탄사를 쏟았다. 왕실의 색깔이 짙은 붉은색으로 결정된 이유는 바로 왕관에 박힌 루비의 색깔이 짙은 붉은색이었기 때문이었다.

여왕은 가끔 왕관을 벗어서 아름답고 붉은 루비의 색깔을 바라보곤 했다. 그리고 처음으로 이 왕관을 받아 머리에 쓰고 대관식을 올리던 그때를 떠올리곤 했다. 왕관이 머리에 씌워질 때, 대주교의 늙고 거룩한 두 손으로 왕관을 자신의 머리에 씌워 주었을 때를 여왕은 결코 잊을 수 없었다. "여왕은 신의 명령과 헌법에 따라 나라와 국민을 위하여 봉사할 것을 맹세하겠는가?" 대주교님의 말은 나직하고 어눌했지만 젊은 여왕은 한마디도 빼놓지 않고 다 알아들을 수 있었다. "네, 맹세합니다." 낮고 힘찬 목소리로 여왕은 대답했다. "이제 신의 명령과 헌법에 따라 이 왕관을 새 여왕에게 씌우노라!" 대주교는 선왕이 쓰던 그 왕관을 여왕에게 씌웠다. 곁에서 의젓하게 지켜보며 서 있던 여왕의 부군은 왕관을 쓴 여왕의 모습에 흐뭇한 미소를 지었다.

여왕은 그때 처음으로 가까이서 왕관을 보았다. 가까이서 본 왕관에는 영롱한 붉은빛을 내는 커다란 보석이 박혀 있었다. 그 보석의 이름이 루비라는 사실은 어렸을 때부터 이미 잘 알고 있었다. 선왕의 군대가 아시아를 점령했을 때 거기서 생산된 가장 큰 보석이었다. 그 지역 총독이 선왕의 생일 선물로 바친 것 중에서 가장 귀중한 것이었다. 보석을 받은 선왕은 크게 기뻐하며 이 보석으로 새 왕관을 만들었다. 루비의 크기는 이제까지 발견된 것보다 두 배는 더 큰 것이었다. 웬만한 새의 알보다도 더 큰 것이었다.

새 왕관을 만든 선왕은 몹시 흡족하여 총독에게 큰 선물을 내렸다. 선왕은 이 왕관을 너무나 사랑한 나머지 잠자리에서도 왕관을 머리에 쓰고 잤다. 왕과 왕실의 권위는 바로 이 왕관에 박힌 보석에서 나온다는 사실을 선왕은 잘 알고 있었다. 왕실의 색깔이 붉은색으로 바뀐 것도 그즈음의 일이다. 선왕이 예고 없이 갑자기 죽자 왕위는 첫 번째 계승자인 여조카에게 이어졌다. 선왕에게는 아들이 하나 있었지만, 아시아에서 열병을 얻어 죽었기 때문에 왕위가 여왕에게로 이어지게 된 것이다.

가까이서 본 루비의 빛깔은 정말 화려했다. 붉다는 말 하나로 표현하기에는 말이 너무 부족했다. "아, 이래서 사람들이 루비! 루비! 하는구나!" 선왕이 왕실의 색깔을 이 루비의 색깔을 따서 붉은색으로 결정한 것은 참 잘했다는 생각이 들었다. "이제 왕위에 올랐으니 신과 백성을 위하여 열심히 봉사해야 하겠구나!" 여왕은 왕관을 쓸 때마다 성스러운 의무를 새록새록 느꼈다. 여왕은 신과 나라를 위하여 몸과 마음을 바쳐 열심히 일했다. 그리고 가는 곳마다 잊지 않고 꼭 왕관을 쓰고 다녔다.

여왕은 부군과의 사이에서 예쁜 아들도 갖게 되었다. 아들이 태어나던 날, 여왕은 새근새근 자는 귀여운 아들의 얼굴을 바라보며 부군에게 이렇게 말했다. "여보, 이 왕관을 물려줄 아들이 드디어 태어났군요." 부군은 조용히 미소를 지으며 말했다. "이제 선왕처럼 왕위 걱정을 할 필요가 없게 되었습니다. 우리 아들이 왕위 계승 서열 첫 번째가 되었으니 말이오…."

왕자는 무럭무럭 자랐다. 영특하기가 이를 데 없어서 세 살이 되던 해에 글을 깨우쳤다. 여왕으로서는 도저히 이해할 수 없을 정도로 신기하고도 기쁜 일이었다. 겨우 세 살 나이에 말도 또박또박 잘할 뿐만 아니라 조리가 있었고 특히 의젓한 것은 부군을 쏙 빼 닮았다. 여왕의 가장 큰 기쁨은 이제 어린 왕자의 손을 잡고 대신들과 함께 공식 행사에 참여하는 것이었다. 여왕의 가족을 바라보는 대신들은 저마다 한마디씩 했다. "아이고, 정말 영특하셔라. 우리 왕자님!" 여왕은 그럴 때마다 이렇게 말했다. "이제 이 나라는 이 왕자가 이어나갈 것입니다. 이 왕관을 쓴 왕자의 모습을 여러분은 머지않아 곧 보시게 될 겁니다."

왕자는 자라서 학교에 다니게 되었다. 똑똑하고 영리한 왕자는 학교에서도 항상 모범생이었다. 왕자가 학교를 졸업하던 날 여왕은 기쁨의 눈물을 흘렸다. 졸업생들 앞에서 감격스러운 연설을 하면서 여왕은 말했다. "신의 가호와 함께 여기 이 왕자가 이 나라의 영광과 왕실의 권위를 이어갈 수 있도록 여기 계신 모든 이들은 축복하여 주십시오."

국법에 따라 왕자는 군대에 들어가게 되었다. 왕자는 아시아 지역으로 지원하였다. 그 지역에서 원주민의 폭동이 일어났기 때문이었다. 폭동 지역에서 왕자는 죽을 고비를 넘기며 싸웠다. 왕자의 활약에 힘입어 아시아에서의 문제는 평화롭게 해결되었다. 싸워봤자 양측 모두 절대적 승리를 얻을 수 없을 뿐만 아니라 서로에게 손해만 된다는 공감대가 형성되었기 때문이었다. 그런 결과가 온 것은 순전히 왕자의 전공 때문이었다.

왕자가 돌아오던 날, 전 국민은 왕자의 업적을 칭송하며 대대적으로 환영하였다. 그러나 가장 기뻐한 것은 여왕이었다. 수많은 외교 사절과 대신들 앞에서 왕자의 가슴에 훈장을 달아 주면서 여왕은 말했다. "이제 이 나라의 운명은 여기 이 왕자에게 달려 있습니다! 이런 어머니로서 나는 신에게 더할 수 없이 큰 축복을 받은 여자입니다. 이 왕관은 왕자의 것입니다." 여왕은 기쁨의 눈물을 글썽이며 덧붙였다. "곧 왕자의 배필을 여러분께 보여 드릴 수 있을 것입니다." 사람들은 여왕의 갑작스러운 말에 깜짝 놀랐지만, 왕자와 여왕만은 서로 눈을 마주치며 의미 있는 미소를 주고받았다.

왕자의 배필은 정말 아름다운 여인으로 바로 왕자가 다니던 학교의 동급생이었다. 결혼식은 국법에 따라 엄숙하고 권위 있게 치러졌다. 결혼식이 시작되던 그 순간 축복의 종소리가 온 나라에 울려 퍼졌다. 여왕은 말했다. "이제 이 나라는 여기 있는 이 왕자의 나라입니다. 이 왕관의 새 주인의 앞날을 모두 축복해 주십시오…." 왕자의 결혼식 날은 공휴일로 선포되었다. 많은 죄수도 석방되었다.

왕자는 여왕을 보필하며 나라의 큰일을 도맡아 했다. 새 왕비와의 사이에서 자녀도 많이 낳았다. 손이 귀했던 왕실로서는 새 왕비가 자녀를 낳을 때마다 큰 경사가 아닐 수 없었다. 아들이 셋이나 되었고 딸도 둘이나 두었다. 이제 왕위 계승의 걱정은 먼 옛날의 이야기가 되었다.

여왕의 부군이 병으로 죽자 여왕은 눈에 띄게 힘이 빠지신 것 같아 보였다. 여왕은 대신들 앞에서 말했다. "이제 나도 좀 쉬어야겠어요. 이 왕관을 이제 왕자에게 넘겨주어야겠어요." 대신들은 여왕에게 이 말을 들을 때마다 왕자에게 가서 고했다. "왕자님, 이제 왕위를 넘겨받으실 준비를 하셔야겠습니다." 왕자는 그 말을 들을 때마다 마음의 준비를 단단히 하였다. 왕자의 시종들은 왕위를 계승할 준비를 차근차근 해 나갔다. 이제 명령만 떨어지면 대관식을 치를 수 있었다.

준비를 모두 마친 왕자의 시종들은 명령을 기다리며 하루하루를 보냈지만, 어찌 된 일인지 명령은 떨어지지 않았다. 답답한 왕자의 시종들은 여왕의 시종들에게 물었다. "혹시 여왕님의 명령이 없었습니까?" 여왕의 시종들은 대답했다. "아직 명령이 없었습니다." 며칠을 더 기다린 왕자의 시종들은 다시 여왕의 시종들에게 물었다. "여왕님의 명령이…." 여왕의 시종들이 대답했다. "아직…." 다음 날도, 그다음 날도 시종들은 계속 물었다. 짜증이 난 여왕의 시종들이 신경질을 내며 크게 소리 질렀다. "이런 무례한 사람들 같으니…." 왕자의 시종들은 불쾌했다. "아니, 우리 왕자님께 무례하다니…." 시종들은 두 편으로 나뉘어 얼굴을 붉히며 큰소리로 싸웠다.

툭하면 싸우는 시종들의 이야기는 밖으로 새어 나갔다. 사람들은 저마다 수군댔다. 사람들의 의견도 둘로 갈렸다. "여왕님께서 어련히 왕위를 물려주실 터인데 그새를 못 참아서야 원…." "아 이 사람아, 왕자의 나이가 오십이 넘었네. 그러다 늙어 죽겠어." 그런 이야기들은 여왕이 사는 궁전에도 들어갔지만, 여왕은 나이가 너무 들어서인지 잘 못 알아듣는 것 같았다.

여왕은 노환으로 누워 있는 일이 많아졌다. 대신들이나 시종들에게 보고를 들을 때마다 왕자의 안부를 묻고 나서는 항상 덧붙이는 말이 있었다. "이 왕관을 어서 왕자에게 물려줘야 할 텐데…." 왕자는 여왕이 누워 있게 되자 업무가 더욱 바빠지게 되었다. 그리고 만약의 일을 대비해서 여왕의 곁에 왕실 주치의를 24시간 붙어 있게 했다. 왕자의 노력에도 불구하고 여왕의 병세는 회복되지 않았고 혼수상태로 헤매다가 가끔씩 헛소리를 하기도 했다.

왕자에게 주치의의 급한 전갈이 오던 날, 왕자는 드디어 올 것이 오고야 말았다고 생각했다. 급히 여왕이 누워 있는 방으로 뛰어갔다. 여왕은 잠을 자듯 조용히 누워 있었다. 주치의가 머리를 가로저으며 왕자에게 다가와 조용히 속삭였다. "다 끝난 것 같습니다!" 왕자는 여왕에게로 급히 다가갔다. 그때 여왕의 정신이 돌아오는 듯한 기미가 보였다. 사람들이 모두 놀라 여왕을 쳐다보았다. 아마 유언을 하려는 것 같았다.

여왕이 입을 열어 말했습니다. 허공을 보며 말을 하려고 하는 여왕의 모습은 필사적이었다. 침대에 누워 있는 여왕은 두 손으로 왕관을 잡고 있었다. "이 왕관을 왕자에게 물려줘야 할 텐데…." 여왕은 그 말을 남기고 더는 말을 하지 않았다. 말을 마친 여왕은 두 손으로 갑자기 힘 있게 왕관을 움켜잡았다. 그러고 나서 숨을 거두었다.

얼마 후 시종들은 장례를 치르기 위하여 왕관을 잡고 있는 여왕의 손에서 왕관을 빼내려고 하였다. 그러나 왕관을 움켜잡고 있는 여왕의 손아귀 힘이 너무나 세어서 도저히 왕관을 빼낼 수가 없었다. 난처해진 시종들이 왕자에게 말했다. "어떻게 할까요? 왕자님?" 왕자는 내뱉듯이 시종들에게 말했다. "그대로 놔두어라!"

그러고 나서 다시 시종들에게 말했다. "여봐라, 저기 있는 보석보다 더 큰 보석을 박아서 빨리 새 왕관을 만들어 오너라! 빨리!"

🐌 아들에게 왕관을 물려주겠다던 여왕의 말은 마음에도 없는 거짓말이었습니다. 권력욕은 핏줄보다 강한 것입니다.

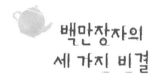

백만장자의 세 가지 비결

백만장자가 된 노인이 있었다. 평생 모은 그의 재산은 엄청난 것이어서 그 지역의 어려운 학생들에게 장학금도 대주고 좋은 일도 많이 하여 많은 사람의 존경을 받았다.

팔순 날, 그는 많은 사람을 초청하여 자신이 어떻게 하여 백만장자가 되었는지를 공개하기로 하였다. 사람들이 그가 어떻게 백만장자가 되었는지 그 비결을 알고 싶어서 여러 번 그에게 간청했기 때문이다. 많은 사람이 그의 강연을 들으려고 그의 앞에 모여들었다. 그가 소개되고 단상에 올랐다. 노인은 천천히 입을 열었다.

"내가 백만장자가 된 데에는 세 가지 비결이 있습니다." 사람들은 숨을 죽이고 그가 무슨 말을 하려는지 뚫어지게 그를 쳐다보았다. "백만장자가 된 첫 번째 비결은 바로 절약입니다." 사람들은 "역시" 하면서 고개를 끄덕였다. 그가 다시 말했다. "백만장자가 된 두 번째 비결은 역시 절약입니다." 사람들은 그가 어떤 말을 할 것인가 궁금해하며 계속 그를 주시했다. "백만장자가 된 세 번째 비결도 역시 절약입니다."

말을 마친 노인은 천천히 단상에서 내려와 자리에 앉았다. 사람들은 일제히 일어나 그에게 뜨거운 박수를 보냈다. 그리고 그 이후 아무도 그에게 백만장자가 되는 비결을 다시 묻지 않았다.

🐌 돈을 모으는 비결은 간단합니다. 쓰지 않으면 모이게 됩니다.

색소폰의
비밀

"선생님의 색소폰에는 뭔가 비밀이 있을 거야!" 뭔가 특수한 장치가 있지 않고 어떻게 한 구멍에서 동시에 두 음정이 나올 수 있단 말인가? 물리학적으로 생각해 봐도 떨판이 하나이고 바람 들어가는 입구가 하나이니 당연히 하나의 소리가 나와야 하는 게 정상인데, 선생님이 색소폰을 불면 두 사람이 부는 소리가 나오니 귀신이 곡할 노릇이었다.

학교 밴드부에서 제일 나팔을 잘 분다고 소문났던 그는 처음 선생님이 색소폰 부는 소리를 듣고 자신의 귀를 의심하지 않을 수 없었다. 소리가 아름답고 힘찬 것은 이해가 되었지만, 클라이맥스 부분이 되자 두 대의 색소폰 소리가 나오는 것이 아닌가? 처음에는 잘못 들었나 하고 생각했다. 그러나 그 소리는 분명 두 대의 색소폰 소리였다. 혹시 누가 한 사람 더 있나 해서 고개를 쭉 빼고 무대 뒤쪽을 살펴보았지만 아무도 없었다. 분명 연주자는 한 사람이었다. 그날 이후, 그는 그 소리를 내고 싶어서 그의 제자가 되기로 했다.

3년간 그는 선생님에게 정말 많은 것을 배웠다. 음악의 기초와 소리의 본질 그리고 악기를 부는 순간에 마음을 어떻게 가져야 하는지 등, 예전에 학교에서 배웠던 것들의 진짜 의미를 깨닫게 되었다. 말이나 글로 표현되는 것들의 밑에는 엄청나게 많은 뜻이 들어 있다는 것도 알게 되었다. 음악도 음악이지만 소리를 통하여 나타나는 인간의 본질적인 것들에 대해서도 많이 알게 되어 인생살이에도 매우 유익한 기간이었다. 그러나 한 입으로 두 소리를 내는 비법만은 배우지 못했다.

가끔 그가 조심스럽게 선생님께 묻기도 했지만 특별한 내용은 없었다. "아, 이거는 네가 자연 터득할 때까지 기다리다 보면 어느 날 낼 수 있는 거야.""그래도 조금만 가르쳐 주셨으면 좋겠는데요." 그는 물러서지 않고 선생님께 재차 간청했다. "글쎄, 이걸 어떻게 말로 표현하나?" 하시며 자신의 혀를 오므리는 모습을 시범해 주시곤 했다. 그러나 선생님이 가르쳐 주신대로 아무리 혀를 오므려도 두 음정은 나오지 않았다. 아니, 비슷한 소리조차 나오지 않았다. "아, 단 일 초 만이라도 한 번 그 소리를 내 봤으면…."

생각다 못한 그는 어머니에게 졸라 매우 엄청나게 비싼 악기를 사달라고 요구했다. 좋은 악기로 불면 좀 더 빨리 그 소리를 낼 수 있을 것 같았다. 외국에서 수입한 악기라 역시 소리가 달랐다. 음색이 훨씬 부드러웠고 소리에 깊이가 느껴졌다. 이전에 불었던 악기는 더는 들을 수가 없었다. 아마 그가 가진 악기는 국내에 몇 안 되는 가장 값비싼 것이었을 것이다. 역시 비싼 게 제값을 했다. 악기를 바꾸고 나서 선생님과 협연의 기회도 갖게 되었고, 연주 기회도 예전보다 훨씬 많아졌다. 사람의 귀란 게 정말 간사한 것이어서 한 번 좋은 소리를 듣고 나면 다른 소리는 귀에 들어오지 않는 법이다. 그는 새 악기를 산 후 거의 매일 혀를 오므려 그 소리를 내기 위해 연습을 했다. 어쩌다 바람이 잘못 들어갔는지 순간적으로 두 소리가 잠깐 나온 적이 딱 한 번 있었을 뿐 그 소리는 다시 나오지 않았다.

'그 소리'가 나와야 했다. "왜, 나는 안 되는가?" 그는 자신에게 반문하면서 무수히 많은 시도를 해보았지만 그 소리는 나오지 않았다. 문득 자신은 결코 죽을 때까지 그 소리를 낼 수 없을지도 모른다는 생각이 들었다. 살아서 그 소리를 낼 수 없다면 그에게 있어서 사는 것은 특별한 의미가 없었다. 갑자기 죽음이라는 단어가 떠올랐다. 고개를 가로저으며 그는 부르르 떨었다. "안 돼, 어떻게 해서든지 그 소리의 비법을 알아내야 해." 그 순간 아하! 하는 생각이 머리를 스치고 지나갔다. 색소폰이었다. 바로 선생님의 색소폰이었다. 그의 색소폰에는 뭔가 있을 거라는 생각이 들었다. "그래, 바로 그거야!" 그는 무릎을 쳤다. "왜 내가 진작 그 생각을 못했을까?" 그는 자리에서 벌떡 일어났다. '밤새도록 색소폰을 불고 자리에 들어가셨을 테니 지금쯤 꿈나라에서 헤매고 계실 시간이지!'

그는 택시를 잡아타고 선생님 댁으로 달려갔다. 지금 시각이면 아이들은 모두 학교에 일찍 갔을 테고 사모님은 아이들 밥을 차려주고 대개 다시 잠자리에 드시니까 악기가 있는 지하방으로 가는 것은 문제가 되지 않았다. 아니 눈을 감고도 찾아갈 수 있는 곳이었다. 거의 매일 가는 집이니까…. 그리고 어차피 사모님이나 누굴 만나더라도 그냥 뭐라고 아무 얘기나 둘러대면 되는 거였다. 그는 회심의 미소를 지으며 지하방으로 내려갔다.

선생님의 악기는 거기 있었다. 다 낡은 악기 상자의 손때 묻은 손잡이가 선생님의 세월을 말해 주는 것 같았다. 악기를 집어 드는 순간, 가슴이 두근두근 뛰었다. 이런 일은 처음이었다. 잠시 빌리는 것뿐이지만 도둑질 같다는 느낌이 들기도 했다. 악기를 집어 들고 급히 집을 나와 그의 집으로 향했다. 한편으로는 가슴이 뿌듯했다. 이제 바로 그 소리의 비밀을 알 수 있는 시간이 온 것이다. 자신의 이런 용기가 대견하기까지 했다. 방으로 들어온 그는 조심스럽게 악기 보관함의 열쇠를 밑으로 당겨 내렸다. 탁! 하는 소리와 함께 케이스의 열쇠가 위로 젖혀졌다. 손이 조금 떨리는 것 같았다. 조심스레 상자를 열자 매일 보던 선생님의 악기가 노란 수건에 싸여 거기에 있었다. 매일 보다시피 하던 악기였지만 오늘따라 좀 신비하게 보였다.

악기를 대충 훑어본 그는 리드를 끼고 악기를 입에다 댔다. 선생님이 피우시는 담배 냄새가 약하게 배어 있는 것 같았다. 숨을 빨아들이고 나서 후! 하고 소리를 내어 보았다. 익히 듣던 바로 그 음색이었다. 손가락으로 스케일을 연주해 보았다. 악기가 길이 잘 다듬어진 게 기분이 좋다는 느낌이 들었다. 그도 그럴 것이 아마 이 악기로만 삼십 년을 불었을 거라는 얘기를 들은 적이 있었다. '대니 보이' 앞부분을 불어 보았다.

'오~ 대니 보이~.' 훌륭했다. 역시 악기는 주인을 잘 만나야 길이 잘 드나 보다. 이제 그 소리를 내 볼 차례다. 선생님이 가르쳐 주신 대로 혀

143

를 오므리고 생각을 '두 소리'에 집중했다. 그리고 힘차게 바람을 불어 넣었다. 힘찬 소리는 나왔다. 하지만 음정은 한 음정뿐이었다. 다시 정신을 집중해 불어 보았다. 두 소리는 나오지 않았다. 다시 한 번 불어 보았다. 소리는 여전히 한 소리뿐이었다. 답답한 생각이 들었다. 부는 것을 멈추고 그는 손가락이 닿는 구멍 쪽을 찬찬히 살피기 시작했다.

악기는 굉장히 오래된 거였다. 바람 마개 중 어떤 것은 너무 오래되어서 연결하는 고리를 철물점에서 철사를 사다가 해 놓은 것 같은 것도 있었다. 구멍 밑에 혹시 비밀 구멍이라도 있지 않을까 해서 악기를 거꾸로 들고 자세히 살펴보았지만 단지 오래된 악기라는 것만을 확인할 수 있었을 뿐 비밀 구멍 같은 것은 없었다. 그냥 보통 악기였다. 값도 그다지 비싼 악기는 아닌 것이 분명했다. 다시 악기를 제대로 잡고 나서 혀를 오므려 있는 힘을 다해 불어보았지만 '그 소리'는 나오지 않았다. 그냥 그의 악기와는 조금 음색이 다른, 평상시에 많이 듣던 선생님의 악기 소리였다. 도저히 방법이 없었다. 맥이 탁 풀리는 기분이었다.

악기는 다시 선생님께 되돌려드렸다. 그 이후, 그는 더 이상 '그 소리'를 내려고 애쓰지 않았다. 그 대신 그는 자신이 낼 수 있는 가장 아름다운 소리를 내기 위하여 매 순간 열심히 색소폰을 불었다. 선생님의 소리는 여전히 신비하고 아름다웠지만 그는 자신의 악기로 그 순간에 낼 수 있는 소리를 최선을 다하여 만들고 있다는 그 사실이 더 없이 행복했다.

선생님에게도 다시는 그 소리를 내는 법을 가르쳐 달라고 조르지 않았다. 그러나 선생님이 어떻게 해서 그 소리를 낼 수 있게 되었는지에 대해서는 조금 이해할 수 있을 것 같았다.

모든 악기는 그 악기가 있는 자리에서 가장 아름답게 낼 수 있는 소리를 내고 있습니다. 사람도 자신의 위치에서 가장 잘할 수 있는 것을 하고 있을 때 가장 아름답습니다.

어머니 표 세탁기

　어머니는 아들이 대기업에 취직했다는 말을 듣고 더없이 기뻤다. 어렵게 키운 아들이 다 자라서 이제 사람 구실을 하게 되었구나 하고 생각하니 무척이나 자랑스러웠다. 더구나 평소 기계를 좋아하던 아들이 냉장고나 세탁기 만드는 가전 회사의 개발부에 배치되었다는 사실이 무척 기뻤다.

　희망 부서였던 신제품 개발부에 배치된 아들은 자신의 적성을 마음껏 펼칠 수 있는 부서에서 일하게 된 것이 너무나 고마웠다. 첫 명령은 믹서기 개발이었다. 종래의 믹서기들은 과일이나 음식 등을 넣고 나서 전기를 돌리면 요란한 소리와 함께 믹서기 안에 있는 음식물들이 밖으로 튀거나 입자가 불규칙하게 갈리는 경우가 많았다. 이런 점은 소비자들도 잘 알고 있었지만 극히 사소한 불만 사항이라 그냥 넘어가는 것이 보통이었다. 아들이 개발한 율동형 믹서기는 이러한 소비자들의 불만에 착안하여 만들어진 것으로 소음도 대단히 적어졌고 모터의 회전 속도도 리듬을 타게 되어 있어 내용물이 훨씬 잘 분쇄되었다. 아들이 만든 믹서기는 시장에 나가 타사 제품을 누르고 서서히 시장을 확장해 드디어 그 해의 베스트셀러 믹서기로 선정되었다. 아들은 자신이 만든 믹서기를 어머니께 가져와 자랑을 늘어놓으며 토마토도 갈아 드리고 우유를 넣어서 만든 신기한 과일 칵테일도 만들어 드렸다. 함께 온 아들의 애인은 아들이 개발한 믹서기에 대해 회사 내에서의 평이며 시장의 반응 등을 어머니께 소개하는 데 주저하지 않았다. 어머니는 그런 아들과 애인의 모습을 바라보면서 '이젠 어린애가 아니구나.' 하는 마음이 들면서 지난 세월이 마음속에 떠오르자 눈시울이 뜨거워졌다.

아들의 결혼과 거의 동시에 아들에게 내려진 명령은 새로운 세탁기의 개발이었다. 종래의 자동 세탁기를 획기적으로 개량하여 가장 편리하고 가장 세탁이 잘 되는 신제품을 개발하는 것이 그의 임무였다. 세탁기 개발은 가전 회사의 자존심이 걸린 문제였다. 가장 우수한 사원이 차출되었고 주어진 시간은 겨우 육 개월이었다.

이미 모든 홍보 계획과 예산 배정이 끝난 터라 주어진 시간 안에 반드시 훌륭한 세탁기를 개발해야만 했고 어떤 제품을 개발하든 엄청난 광고가 예정되어 있었다. 밤을 새워 가며 그는 새로운 개념의 세탁기 개발에 매달렸다. 특히 외국의 세탁기를 분해해 보고 나서 많은 것을 배웠다. 그것들의 장점만을 살려서 새로운 세탁기를 개발하여 시험 운전에 들어갔다. 결과는 대성공이었다. 세탁물은 깨끗하게 빨렸고 이제까지 나온 세탁기 중에서 가장 우수한 제품으로 평가받기에 이르렀다. 신제품은 즉시 시장으로 팔려 나갔고 홍보 매체를 통한 광고는 융단폭격하듯 매일매일 계속되었다.

아들의 세탁기 개발 성공의 소식을 들은 어머니는 뛸 듯이 기뻤다. TV만 틀면 예쁜 탤런트들이 아들이 개발한 세탁기로 빨래를 하고 나서 "빨래 끝!" 하며 외치는 것이 너무나 신기했다. 어머니는 그걸 볼 때마다 신이 났다. 명절이 되자 아들은 자가용에다 자신이 개발한 세탁기를 싣고 어머니를 찾아왔다. 한바탕 개발의 에피소드며 어려웠던 순간들을 어머니께 말씀드리며 세탁기를 샤워실 구석에다 설치해 드렸다. "어머니, 이제 손으로 빨래하지 마세요. 이제 세탁기만 돌리면 빨래가 저절로 된다고요." 어머니는 아들이 설치해 준 세탁기를 보며 뿌듯한 마음을 억누를 수 없었다. "자, 이제 보세요. 처음에 전원 스위치를 넣고 그다음에…." 아들과 며느리는 신이 나서 어머니에게 세탁기 사용 요령에 대해 자세하게 설명을 하였다.

집으로 돌아온 아들은 자신이 만든 세탁기를 쓰며 편리해하실 어머니의 모습을 그려 보곤 했다. 평생 손빨래만 해 오셔서 손이 다 갈라진 어머니, 아들은 그런 어머니의 손이 생각나자 콧등이 시큰거렸다. 다음 명절이 되자, 아들은 아내와 함께 어머니가 좋아하는 음식을 싸들고 시골에 있는 어머니의 집으로 향했다. 반년이 지난 후라 어머니께서 세탁기를 잘 사용하시는지 궁금하기도 했다. 평생 손으로 빨래해 오셨던 어머니도 이제 문명의 이기의 편리함을 느끼시고 즐거워하시리라 생각되었다. 어머니는 아들이 명절 때마다 내려오는 것이 좋았지만, 한편으로는 내려오는 길이 고생스러울까 봐 안쓰러운 마음도 들었다. 막히는 길을 겨우 뚫고 고향에 내려온 아들은 어머니의 변치 않은 모습과 고향의 모든 것들이 편안했고 안심이 되었다.

명절날 밤, 어머니와 함께 온 가족은 이야기꽃을 피우며 함께 잠이 들었다. 다음 날 아침, 이제 아침을 먹고 나면 아들은 다시 고향을 떠나서 도시로 나가야 했다. 어머니는 벌써 일찍 일어나신 모양이었다. 아들은 아침 용변을 보러 샤워실로 들어갔다. 어머니는 거기에 계셨다. 손으로 아들과 며느리의 양말을 빨고 계셨다.

아들을 보자 어머니는 황급히 놀라시는 것 같았다. 아들이 어머니에게 말했다. "어머니, 아니 왜 세탁기를 돌리시지 손으로 빨래하세요?" 아들의 말에 어머니는 우물쭈물하시며 말했다. "응, 저… 얼마 안 되는 건 손으로 하는 게 더 빨라." 어머니는 말꼬리를 흐리시며 말을 돌렸다. "아침 먹어야지?" 아들은 어머니의 호들갑스러우신 행동이 조금 이상하다고 생각되었다. "아니요, 천천히 주세요. 어차피 차는 밀릴 텐데요 뭐." 어머니는 빨랫감의 물을 짜고 나서 샤워실을 나가시며 말했다. "그래도 일찍 먹고 나가야지." 황급히 부엌으로 들어가시는 어머니의 뒷모습을 바라보며 아들은 구석에 놓여 있는 세탁기에 눈을 돌렸다. 세탁기는 육 개월 전에 놓은 그 자리에 그대로 잘 있었다. 먼지도 그대로였고 종이로 인쇄되어 붙어 있는 상표도 그대로였다. 물이 묻은 흔적이 전혀 없었다. 사용을 거의 안 하신 것 같았다.

아들의 말을 들은 며느리는 어머니의 행동이 너무도 이해가 되지 않았다. 혹시 팔려고 세탁기를 아끼시는 것이 아닐까 의심도 해보았지만 어머니는 절대 그럴 분이 아니었다. 육 개월 전, 세탁기를 설치하던 날 기뻐서 어쩔 줄 모르시던 어머님의 모습을 기억한다면 그런 생각을 한다는 자체가 불효였다. 그리고 이 세탁기가 누가 만든 세탁기인가? 어머니가 가장 사랑하는 아들이 만든 세탁기가 아닌가? 세탁기를 들여놓고 동네방네 자랑을 하신 어머니가 아닌가? 아들과 며느리는 어머니가 세탁기를 사용하지 않으시는 이유가 궁금해 미칠 지경이었다.

아침 식사를 마친 며느리는 조용히 어머니에게 다가가서 물었다. "이머니, 왜 세탁기로 빨래를 안 하세요?" 그러자 어머니는 며느리에게 손을 휘저으시며 말했다. "아니다, 아니야. 얘는…. 세탁기를 내가 왜 안 쓰니? 빨래가 적으면 손으로 하는 게 빨라." 어머니의 얼굴은 미안해하는 표정으로 꽉 차 있었다. 며느리는 어머니의 손을 잡고 샤워실로 들어갔다. "어머니, 세탁기를 사용하시면 손도 거칠어지지 않으시고 빨래 돌아가는 시간에 다른 일도 하실 수 있잖아요." 세탁기 앞에 끌려오신 어머니는 어쩔 줄 모르시며 쩔쩔매고 있었다. "어머니, 여기 빨래를 넣으시고 그다음에 전원 스위치를 누르세요. 그러면 빨래가 되잖아요." 그러자 어머니가 모기만 한 목소리로 말했다. "얘야, 그럼 여기 헹굼이라고 쓴 거는 빨래를 미리 다 헹구고 나서 세탁기 안에 빨래를 넣으라는 거니?" "예?" 며느리는 어이가 없어 어머니의 얼굴을 빤히 쳐다보았다. 그러자 어머니가 말했다. "아니, 내 얘기는 세탁기 안에 빨래를 넣기 전에 손으로 헹구는 거라면 그냥 손으로 빨래를 다 해 버리는 것이 더 빠를 것 같아서…." 어머니는 뭔가 잘못을 저지르고 있는 것 같은 표정으로 며느리의 시선을 피하려고 애쓰고 있었다.

돌아오는 길에 아내에게 어머니가 세탁기를 사용하지 않은 이유를 전해 들은 아들은 기가 막혔다. '헹굼'이란 단어는 빨래가 진행되는 과정 중 하나를 표시한 것이었는데 어머니는 그것을 '빨래를 미리 다 헹구고 나서 세탁기 안에 넣어라.'라는 뜻으로 잘못 이해하셨다. 어머니께서 새로 들여온 세탁기를 써 보려고 세탁기와 함께 땀을 뻘뻘 흘리시며 애쓰시는 모습을 생각해 보니 웃음과 함께 죄송한 마음이 솟아올랐다. 어머니는 아들이 개발한 세탁기에 혹시라도 잘못된 점이 있을까 봐 마음을 졸이시고 아무에게도 이야기하지 못 하시며 혼자 삭이신 것이다. 아들은 그 길로 다시 세탁기 연구에 골몰했다.

일 년 후, 아들은 다시 새 세탁기를 개발해 어머니께 가져왔다. 그 세탁기는 이전 세탁기와 성능 면에서는 특별히 다른 점은 없었다. 세탁 능력도 이전 것과 크게 다르지 않았다. 그러나 한 가지 시각적인 특징이 있었다. 세탁기 몸체가 모두 투명으로 되어 있어서 기계 돌아가는 모습과 세탁물이 어느 정도 빨아지고 있는지가 뚜껑을 열지 않고도 훤히 들여다보이는 것이었다.

그리고 또 한 가지, 세탁기 작동 스위치가 어디에도 없었다.

그냥 세탁물을 세탁기 안에 넣고 나서 세제를 넣은 후 뚜껑을 덮으면 저절로 세탁기가 돌아가는 것이었다. 그리고 세탁기 돌아가는 것은 밖에서 눈으로도 다 보였다. 개발도 그렇게 어렵지는 않았다. 단지 센서가 한두 개 더 부착된 정도였다. 그리고 '헹굼' '퍼지' '코스 선택' 등의 글자는 어디에도 보이지 않았다. 단지 글자가 있다면 영어로 된 상표 'FOR MOTHER'뿐이었다.

'어머니 표' 세탁기는 후진국으로 많이 수출되었다. 그러나 오래지 않아 선진국으로 더 많이 수출되었다. 선진국 안에 후진국 사람들이 그렇게 많이 숨어 살고 있었는지는 그 세탁기가 세계적으로 대성공하기 전까지는 아무도 몰랐다.

🐌 아무리 성능 좋은 물건이라도, 그 물건을 쓰는 사람에 내한 배려가 없으면 무용지물입니다.

컴퓨터 황제의
집

컴퓨터로 큰 돈을 번 사람이 있었다. 그는 대학을 중퇴하고 젊은 나이에 앞으로 컴퓨터가 미래를 지배하게 될 것으로 생각하여 창업을 결심하였다. 그의 예상은 적중하여 그는 창업 십 년 만에 컴퓨터 업계에서 가장 성공한 사업가로 명성을 얻었고, 이십 년이 되자 아무도 넘볼 수 없는 세계적인 재벌이 되었다. 그는 많은 돈을 벌었을 뿐만 아니라 컴퓨터와 관련된 것이라면 남들보다 항상 앞서 가는 뛰어난 사업가로서, 사람들에게 항상 주목받는 위치가 되었다.

많은 돈을 번 그는 이제 인간이 살 수 있는 가장 최첨단의 집에서 살고 싶었다. 모든 일은 컴퓨터가 자동으로 다 해 주고 온도, 습도, 공기 조절 등, 컴퓨터가 인간에게 해 줄 수 있는 가장 최고의 쾌적한 환경을 만들어 주는 주택을 시범적으로 지어 살기로 작정했다. 컴퓨터란 것은 사실 인간을 가장 편안하고 또 편리하게 해 주는 과학적 도구이므로 그가 이런 주택을 만들어 시범적으로 살아 본다는 것은 이 계통의 가장 성공한 사람으로서 꼭 한 번은 실천해 보아야 할 일이라고 생각했다.

주택은 순조롭게 지어졌다. 모든 시설과 장치는 컴퓨터로 완벽하게 제어될 수 있도록 설계되었고, 인간이 그 안에서 말 한마디만 하면 모든 것이 자동으로 움직이는 그런 집이 드디어 완성되었다. 미래형 주택의 표본이었다. 집이 완성되던 날 그는 가까운 친구와 친척을 불러 간단한 파티를 열었다. 현관에 들어서면 손님의 취향과 수준에 맞춰 알맞은 음악이 흘러나왔다. 그의 어머니가 들어올 때에는 교회의 찬송가가, 어린 조카가 들어올 때는 요즘 유행하는 팝송이 흘러나왔다.

친구들과 모여서 이야기를 나눌 때에는 각자 자신이 앉은 자리의 선반에서 원하는 음료나 술이 취향대로 자동으로 올라왔다. 그런 모습을 볼 때마다 친구들은 모두 깜짝깜짝 놀라며 즐거워하였다. 베란다로 나가자 남태평양에서나 불어올것 같은 습기 차고 시원한 바닷바람이 그와 그의 친구들을 따라다니며 불어왔고, 각자 들고 있는 술잔과 캔들의 음료가 떨어질 때마다 가까운 자리에 있던 선반에서 원하는 음료가 튀어 올라왔다.

마치 보이지 않는 하인이 계속 그들을 따라다니며 그들의 이야기를 듣고 음료를 날라다 주는 것 같았다. 모두 즐거운 하루였다. 그도 대만족하여 오랜만에 즐겁게 마시고 떠들며 지냈다.

새로 지은 주택은 정말 잘 지어진 것 같았다. 그 집에 있을 때마다 그는 기분이 좋아져서 항상 마음 편하게 술도 마시고 노래도 불렀다. 회사 일이 워낙 바쁘다 보니 해외 출장을 갈 때도 잦았고 회사에서 직원들과 함께 밤을 새우는 일도 많았지만, 일을 마치고 새로 지은 그의 집으로 돌아오면 그는 마음이 놓이고 원하는 음료나 술을 마음껏 마실 수 있어서 기분이 좋았다. 가끔은 친한 친구 한두 명을 불러서 밤새도록 토론을 하며 술을 마시는 일도 있었다. 그럴 때마다 그는 친구들에게 컴퓨터로 제어되는 미래의 주거 형태와 삶의 편리성에 대해 앞으로 많은 사람이 관심을 끌게 될 것이라고 역설했다. 결국, 컴퓨터란 것은 인간을 위해 존재하는 것이며 인간의 삶을 편리하게 해 주기 위하여 만들어진 것이라는 것을 친구들과 함께 이야기하면서 밤을 지새우곤 했다. 마음 맞는 친구와 함께 밤늦도록 이야기를 나누며 살 수 있다는 것은 컴퓨터가 제공해 주는 또 다른 행복이었다.

친구들과 밤늦도록 술을 마시다 잠이 든 어느 날, 그는 갈증이 나서 잠에서 깼다. 친구들은 모두 집으로 가고 새벽녘이 된 것 같았다. "물!" 하고 말하자 그가 잠자던 소파의 선반에서 시원한 물 한 잔이 올라왔다. 벌컥벌컥 물을 마신 그는 다시 잠이 들었다. 아침이 되자 그는 눈을 떴다. 온도와 습도가 자동으로 조절되는 집이라 이불 같은 것은 필요가 없었다. 체온의 상태에 따라 모든 것이 자동으로 제어되었으므로 '이불을 덮고 자야지!' 하는 어머니의 따뜻한 잔소리 같은 것은 이젠 들을 필요가 없게 된 것이다.

눈을 뜬 그는 어제 일이 어렴풋이 떠올랐다. 친구들과 함께 밤늦게까지 술을 마시며 떠들었던 것 같은데 그들이 언제 집으로 돌아갔는지는 잘 기억이 나지 않았다.

모두 잘 돌아갔으리라 생각되었다. 그는 음성 인식 전화를 불러냈다. "전화!" 하고 외치자 가까이에 있는 전화에서 불이 켜졌다. 그는 전화기 쪽에다 대고 어제 함께 했었던 친구의 이름을 크게 불렀다. 그들이 잘 들어갔는지 전화를 걸어서 알아보고 싶었다. 그러자 전화기에서 대답이 흘러나왔다. "보안 코드를 입력해 주십시오!" 어제 친구들이 모두 나가면서 주택의 보안 체계가 자동으로 작동을 개시한 모양이었다.

보안 체계의 작동은 그가 암호를 설정하여 입력해 놓는 순간부터 시작되는 시스템이었다. 보안 체계가 작동하게 되면 모든 문은 자동으로 잠기고 또한 외부와의 전화도 자동으로 차단되어 집안에서 누구의 간섭 없이 마음 놓고 연구나 사업을 구상할 수 있는 특수한 장치였다. 그는 보안 시스템의 암호를 생각해 보았다. 그러나 아무런 단어도 떠오르지 않았다. 어젯밤에는 평소보다 술을 조금 더 마셨다. 친구들이 갈 때 분명 뭐라고 했었던 것 같은데 떠오르는 단어가 없었다. 이럴 경우 보안 시스템은 세 시간 동안 자동으로 계속되다가 잠시 풀리게 되어 있었다. 보안 체계가 풀릴 때까지 세 시간 동안은 꼼짝없이 집에서 기다려야 할 것 같았다. 오전에 만나야 할 중요한 사람과의 약속이 있는데 이렇게 되면 그 시간에 늦을지도 모르는 일이었다.

그런 생각을 하니 갑자기 숨이 막혀 오는 것 같았다. 아무리 생각을 해보아도 그 단어는 떠오르지 않았다.

약속 시간에 맞춰 떠나야 할 시간이 되자 등에서 식은땀이 흘렀다. 어떻게 해서든지 그 단어를 생각해 내야 했다. 어젯밤에 함께 있었던 친구들과 전화라도 연결된다면 혹시 생각이 날지도 모르겠지만 이미 유선 전화는 보안 시스템이 가동 중이었고, 무선 전화도 자동으로 차단되어 전화를 걸 수도 받을 수도 없었다. 이미 약속 시간에 맞춰 갈 수 있는 시간은 지났다. 답답해진 그는 신경질적으로 소리를 버럭 질렀다. "이놈의 컴퓨터들, 정말 바보들이구먼!" 그러자 전화벨이 울리며 "원하시는 번호를 말씀해 주십시오." 하면서 한꺼번에 모든 보안 장치가 풀렸다. 문이 열리고 무선 전화 벨이 요란하게 울렸다. 그를 찾는 비서의 전화였다.

보안 장치의 암호는 '컴퓨터'라는 단어였다. 어젯밤 그가 혹시나 아침에 암호를 잊을 경우 제일 쉬운 단어를 떠올려야 한다고 말하면서 친구에게 무슨 단어를 입력하는 것이 좋겠냐고 물었을 때 그 친구가 "똑똑한 컴퓨터로 만든 집이니 '컴퓨터'라고 입력을 해야 하지 않겠어?" 하고 말하던 기억이 떠올랐다. 문이 열리자마자 그는 자동차로 달려가 시동을 걸었다. 약속 시간은 조금 늦었지만, 속도를 내어 달린다면 조금 늦은 시각에라도 도착하여 약속을 지킬 수 있을 것 같았다. 해변 도로를 가로질러 그는 약속 장소로 차를 몰았다. 항상 자동차를 안전하게 몰던 그가 이렇게 과속으로 달려야 하는 상황에 부닥치게 된 것에 대해 그는 화가 났다. 그리고 약속에 늦은 이유를 집에 갇혀 몇 시간 동안 붙잡혀 있었기 때문이라고 말할 수도 없었다. 모든 것이 컴퓨터로 된 집에서 컴퓨터의 황제라는 자신이 갇혀 있었다는 것은 말도 안 되는 이야기였다.

액셀러레이터를 깊이 밟으며 달리는 사이드미러의 뒤로 어디선가 많이 본 듯한 낯익은 해변 주택의 모습이 스쳐 지나갔다. 생각해 보니 그 집은 자신이 십 년 전 전국적인 컴퓨터 판매에 성공하여 생전 처음으로 큰 돈을 벌었을 때, 예전부터 갖고 싶었던 해변의 주택을 샀던 바로 그 집이었다. 그 집을 사고 나서 친구들을 불러 모아 파티를 하며 바닷바람에 취해 밤새도록 친구들과 함께 컴퓨터의 미래를 토론했던 일이 떠올랐다.

처음 몇 달 동안은 가끔 그 집에서 토론도 하고 연구도 하며 친구들과 밤을 지내기도 했지만, 회사 규모가 커지고 일이 바빠지게 되자 그 이후 한 번도 그 집에 들르지 않게 되었다. 그 집은 그가 어른이 되어 돈을 벌게 되면 해변에 바닷바람이 불어오는 곳에다 멋있게 집을 짓고 살리라고 마음먹고 어린 시절부터 꿈에 그려 왔던 바로 그런 집이었다.

해변 도로를 질주하며 달리는 그는 이번 약속을 끝마치면 꼭 그 집에 다시 가 보리라 마음먹었다. 그리고 그의 머릿속에는 한 가지 기분 좋은 생각이 떠올랐다. 그것은 바닷가 그 집에는 보안 장치 같은 것은 아예 없다는 생각이었다.

🐌 컴퓨터는 실수하지 않지만, 인간은 실수하게 마련입니다. 컴퓨터를 맹신하는 것이야말로 인간의 실수입니다.

강변의
여인

강변에 있는 고층 아파트들은 값이 비싸다. 특히 강이 바라다보이는 쪽의 아파트는 더 비싼 편이다. 그래서 중산층 이상만이 그런 아파트에서 살 수 있다. 높은 아파트에서 발코니를 통하여 강물이 흐르는 것을 바라보는 것은 여간 즐거운 일이 아니다.

남편의 유능함에 힘입어 강변아파트로 이사하게 된 유 씨 부인은 신바람이 났다. 결혼 십 년 만에 남편은 고속 승진하여 회사에서 가장 촉망받는 부서의 책임자인 부장 자리로 올랐고 강이 보이는 아파트로 이사하게 되었으니 이 얼마나 즐거운 일인가? 흘러가는 강물을 바라보며 추억에 잠길 수도 있고 여름엔 시원한 바람도 불어올 것이고, 꿈에도 살고 싶었던 이런 아파트로 이사 오게 된 것이 실감이 나지 않을 지경이었다.

사실 강이 바라다보이는 이 아파트로 이사 오기 위해 그녀와 남편은 조금 무리를 한 셈이었다. 그래도 입주 첫 날, 이삿짐을 제자리에 옮겨 놓고 나서 가족과 함께 흐르는 강물을 바라보며 식탁에 앉아 처음으로 밥을 먹었을 때의 그 기분은 이루 말할 수 없었다. 그날 밤 잠자리에서 그녀의 귀에는 강물이 흐르는 소리가 조용한 밤의 정적을 뚫고 들려오는 것만 같았다. 아이들도 모두 만족하여 이리로 이사 오길 참 잘했다고 이구동성으로 이야기했다.

조금 무리를 하여 이사를 한 탓에 남편은 매일 초과 근무를 더 히는 것 같았다. 게다가 남편은 꽉 찬 부장으로 이사가 될 일 순위자였기 때문에 더욱 회사 일을 열심히 할 수밖에 없었다. 평일이고 일요일이고 없이 남편은 매일 회사로 거래처로 나갔고, 그런 노력은 쌓여서 정기 인사 때에 반영될 것임은 물론이었다.

아이들을 모두 학교에 보내고 나서 그녀는 조용한 클래식 음악을 틀어 놓고 커피를 한 잔 마시며 강물을 바라보는 것이 새로운 취미가 되었다. 잔잔한 음악과 함께하는 한 잔의 커피는 지난 시절의 향수를 불러일으켰다.

모두가 저 강물처럼 흘러가 버린 세월이었지만 아름답게 혹은 가슴 싸하게 느껴지는 지난날들이었다. 하루라도 얼굴을 못 보면 죽을 것만 같았던 친구들, 교정에 피어 있던 노란 개나리꽃, 그리고 마당 한구석에 우뚝 서 있던 나이를 알 수 없는 커다란 고목들, 그때의 추억은 언제 생각해 봐도 곱고 아름다운 것들이었다.

지금의 남편도 학창 시절에 처음으로 만나 얼굴을 익히게 되었고, 사랑의 싹을 틔워 오랜 연애 끝에 결혼하게 된 것이었다. 그런 생각에 빠지다 보면 어느새 점심때가 다 되었다.

흘러가는 강물을 바라보며 옛 생각에 빠지다 보니, 인생도 저 강물처럼 흘러가는 것이고 지금의 아름답고 행복했던 날들도 언젠가는 모두 흘러가 버리는 것이라는 생각이 들었다. 그렇게 안 보면 죽을 것 같았던 친구들도 지금은 연락처도 모르는 처지가 되었으니, 사람의 마음이란 것도 모두 저 흘러가는 강물처럼 사라져 가는 것이 아닌가 하는 생각도 들었다.

예전엔 그렇게 죽을 것같이 따라다니던 남편도 요즘은 통 얼굴을 볼 수 없을 정도였다. 매일매일 술에 절어 들어오는 것은 다반사이고 일요일에도 골프네 낚시네 하며 윗사람들과 어울리며 자신에게는 아무런 관심도 없었다.

어쩌다 늦게 들어와 침대에 누우면 한 번이라도 자신을 안아 주고 잠들면 좋으련만 그녀가 남편 쪽으로 다가가는 기척만 보이면 남편은 피곤하다며 돌아눕기 일쑤였다. 어디서 무엇을 하고 오는지 누구와 함께 술을 마시고 오는지 남편은 그런 얘기를 통 하는 경우가 없었다.

불같이 뜨거웠던 사랑도 식고 나면 아무 의미가 없는 것이었다. 아이들도 이제는 사춘기를 지나 그녀와 대화가 통하지 않았다. 그런 그녀에게 유일한 낙은 흐르는 강물을 바라보며 차를 마시는 것뿐이었다. 차 대신 남편이 가지고 온 양주를 마시는 때도 있었다. 하루 이틀 마시다 보니 기분이 좋아졌다. '이런 기분에 남자들이 술을 마시는구나' 하고 생각되었다. 그러나 술을 마실 때마다 항상 기분이 좋은 것은 아니었다.

남편이 늦게 들어오는 밤이면 그녀는 창가에 앉아 술을 마시곤 했다.

돌아오지 않는 남편. 지금쯤 어느 여자와 술집에서 놀고 있을지도 모르는 남편. 자신이 모르는 여자와 지금 어디에선가 살을 섞고 있을지도 모르는 일이었다. 그런 생각을 하니 갑자기 부아가 치밀어 오르며 온몸이 부르르 떨려왔다. 그러나 곧 무력하게 집에서 술이나 마시고 있는 자신이 처량하다는 생각이 들었다.

흘러가는 저 강물처럼 모두 흘러가 버리면 잊히는 게 인생이었다. 이런 식으로 계속 살아갈 자신이 없었다. 언더럭스 잔에 가득 술을 부은 그녀는 한 잔을 단숨에 다 들이켰다. 그러고 나서 다시 한 잔을 따라 마셨다. 술만이 그녀의 유일한 희망이었다.

흐르는 저 강물로 좀 더 가까이 다가가고 싶은 마음이 일어났다. 그녀는 식탁 의자를 가져와 그 위에 올라가서 아파트 발코니 창문을 열었다. 시원한 강바람이 그녀의 얼굴을 스치고 지나갔다. 그 강물로 뛰어들고 싶었다. 그녀는 발코니 난간을 딛고 일어서 주저하지 않고 강물로 뛰어내렸다. 시원한 바람이 그녀의 몸을 덮쳤다.

경비실에 있던 경비원은 무언가 둔탁한 소리가 쿵 하고 나는 것에 놀라 밖을 내다보았다. 불길한 느낌이 머리를 스치고 지나갔다. 랜턴을 들고 급히 순찰을 하기로 했다. 그 소리는 주차된 자동차 쪽에서 난 것 같았다. 소리가 난 것 같은 쪽으로 급히 달려가 보았다. 자동차 위에 한 여자가 쓰러져 있었다. 코에서 피를 흘리고 있는 것으로 보아 위층에서 뛰어내린 모양이었다. 아직 숨이 붙어 있는 것으로 봐서 죽지는 않은 것 같았다. 급히 구급차를 불러 부상자를 병원으로 옮겼다. 늦은 시각까지 잠을 자지 않고 있던 몇몇 주민이 나와 사고 현장에서 수군거렸다.

응급실로 옮겨진 그녀는 극적으로 목숨을 구할 수 있었다. 오른쪽 팔과 오른쪽 발목에만 조금 금이 갔을 뿐 생명에는 지장이 없었다. 삼 개월간 입원 치료를 받으면 완치될 수 있었다. 그러나 문제는 그녀가 자살할 만한 아무런 이유가 없었다는 것이다. 다들 그렇게 살고 있고 오히려 남들보다 좋은 형편에서 살고 있었다.

그녀는 정신과 의사의 치료를 받아야 했다. 정신과 의사는 그녀에게 말했다. "인간의 생각이라는 것은 그대로 놔두면 반드시 우울이라는 바다로 흘러가게 됩니다. 그리고 그 끝은 허무와 자살이라는 종착역에 도달하게 됩니다. 인간이 살아 있다는 것은 강물을 거슬러 올라가는 연어의 힘찬 용솟음처럼 모든 것을 항상 긍정적으로, 밝게 생각해야만 한다는 의미가 있습니다. 그렇게 생각해야만 인간은 생명을 유지할 수 있습니다."

그녀는 강물이 흘러가듯 자기 생각을 아무런 의지 없이 그대로 내버려두었기 때문에 모든 것의 의미를 잃고 말았다. 사람의 생각도 몸의 건강을 검사하듯 항상 관찰하고 면밀히 점검하지 않으면 큰 위험에 빠지게 된다는 것을 그녀는 알게 되었다.

🐌 자살 충동은 정신 건강이 쇠약해져서 일어나는 질병이므로 입원해서 치료를 받아야 합니다. 사람의 정신과 기분은 항상 건강한 상태를 유지할 수 있도록 스스로 철저히 관리해야 할 책임이 각자에게 있다는 사실을 명심해야 할 것입니다.

선악을 알게 하는 나무

아담은 하나님이 만들어 준 여자 이브가 하나님이 따먹지 말라고 한 '선악을 알게 하는 나무' 열매를 자신에게 따주어 그것을 받아먹고 나자 두려워지기 시작했다. 곧 하나님의 불호령이 떨어질 것이 뻔했기 때문이다.

동산 중앙에 있는 나무의 열매는 먹지도 말고 만지지도 말라고 한 하나님의 말씀을 어겼으니 마침내 큰 벌이 떨어질 것은 뻔한 이치였다. 열매를 따 먹고 나니 눈이 밝아지게 되어 벌거벗은 것이 부끄러웠고, 나뭇잎을 엮어 치마를 만들어 입고 이브와 함께 숲 속에 숨어 있었다.

하나님이 그 열매를 따 먹으면 죽으리라고 했던 말이 기억났으나 그에게는 아직 아무 일도 일어나지 않았다. 드디어 하나님이 부르시는 소리가 들렸다. "아담아, 너 지금 어디 있느냐?" 아담은 벌벌 떨며 대답했다. "제가 벌거벗었으므로 두려워서 숨었나이다." 하나님이 아담에게 말했다. "네가 벌거벗었다는 것을 도대체 누가 가르쳐 주었느냐?" 그러자 아담은 아무 말도 하지 못했다.

하나님이 다시 그에게 말했다. "내가 따 먹지 말라고 한 그 나무의 열매를 네가 따 먹었느냐?" 그러자 아담은 옆에서 떨고 있는 이브를 가리키며 말했다. "여자가 열매를 내게 주어서 먹게 되었습니다." 그러자 이브가 말했다. "뱀이 나를 꾀어서 제가 먹게 되었습니다."

하나님은 크게 실망을 하시고 그들에게 말했다. "이 땅이 너희의 거짓말로 인하여 저주를 받을 것이니라. 너희는 원래 흙이니 흙으로 돌아갈지어다." 하나님은 그들에게 가죽옷을 지어 입히시고 에덴동산에서 그들을 내쫓았다. 그들이 동산 중앙에 있는 생명나무 열매를 먹고 영생을 할까 두려워하셨다.

선악을 알게 하는 나무의 열매를 따 먹음으로써 하나님의 말은 '선'이고 뱀의 말은 '악'임을 아담은 쫓겨난 이후에야 알게 되었다. 따 먹으면 죽으리라던 하나님의 말은 진실로 판명되었고, 따 먹어도 죽지 않는다는 뱀의 말은 거짓으로 밝혀졌다.

아담이 늙어 죽는 순간, 그는 이것을 확실히 깨달은 것이다. 그는 그가 죽는 이유를 잘 알고 죽은 것이다. 무엇이 선이고 무엇이 악인지 자기 죽음을 통하여 정확히 알게 되었다. 그래서 그 나무의 이름이 '선악을 알게 하는 나무'인 것이다.

🐌 진실과 진실로 맺어진 믿음이 깨어질 때 우리에게 남는 것은 죽음뿐입니다.

도망자와
여선생

독재 정부에 대항하여 투쟁하던 청년에게 체포령이 떨어졌다. 경찰과 기관원들은 그를 잡으려고 혈안이 되어 있었다. 그의 친구란 친구는 모두 끌려가 조사를 받았고 친척들의 집도 모두 수색을 당하여 더 이상 숨을 곳이 없게 되었다. 만약 잡히는 날에는 갖은 고문과 매질이 그를 기다리고 있었다.

마지막으로 숨어 있던 친구의 친구 집에도 곧 기관원이 들이닥칠 것 같았다. 청년은 더는 버틸 방법을 찾지 못해 한숨을 쉬며 걱정을 하고 있었다. 그때 우연히 그 집에 잠시 방문했던 한 동네 여자가 그 사연을 듣게 되었다. 그 여자는 초등학교 교사로 근무하는 교육 공무원이었는데, 잠시 동네 일로 그 집에 들렀다가 이런 사연을 듣고 그 청년을 자신의 어머니 집에 있는 골방으로 데려가 숨겨 주었다.

아무런 인연이 없는 사이였지만 쫓기고 있는 청년을 보고 그냥 모른 체한다는 것은 교육자로서 도저히 양심이 허락하지 않았다. 그러나 그 당시는 군부 독재가 서슬이 퍼렇던 때라 누구든지 독재 정부에 거스르는 말이나 행위를 하는 경우, 가차 없이 직장에서 쫓겨나거나 혹은 기관에 끌려가 심한 곤욕을 치르던 때였다.

여교사가 그런 사정을 모를 리 없었다. 또 정부에서 월급을 받는 일종의 공무원 신분이었으므로 들키는 날에는 학교에서 쫓겨남은 물론 어떤 가혹한 처벌을 받을지 알 수 없는 노릇이었다. 그러나 학생을 가르치는 교사로서 학생들에게 항상 바르게 살라고 말해 왔던 그녀로서는 모른 척 외면할 수가 없었다. 여교사는 처음 본 그 청년을 늙은 어머니 집에 숨겨 놓고 어머니에게 절대 비밀을 지킬 것을 단단히 부탁하고 청년에게 필요한 식사며 빨래 등, 수발을 잘 들어주도록 어머니에게 조치해 놓았다.

몇 달이 지난 후, 청년은 더 이상 숨어 지내는 것은 비겁한 행위라고 생각하여 당국에 자수했다. 혹독한 조사와 고문이 그를 괴롭혔으나 그녀에게 혹시라도 피해가 가지 않도록 그동안 어디에서 숨어 있었는지는 절대 말하지 않았다.

수년이 지나 정권이 바뀌고 그 청년은 정부의 중요한 직책을 맡아 국가에 봉사하게 되었다. 그는 도망 다니던 시절, 아무 연고도 없는 그를 숨겨 준 여교사를 결코 잊을 수 없었다. 위급한 때라 이름도 제대로 기억 못했고 얼굴마저 희미해져 찾아내기가 매우 어려웠다. 교사 명단을 뒤져서라도 찾으려 하였으나 그 사람이 그 사람 같아서 찾는 것을 포기하고 말았다.

그러던 어느 날, 옛날 그와 함께 투쟁했던 친구들과 모여 식사를 하던 중 우연히 그 이야기가 화제에 오르게 되었다. 여교사의 이름과 얼굴을 잊어버려서 찾고 싶었지만 찾을 수 없었다는 이야기를 들은 친구 중 교육계에 있는 친구가 전국에 수소문하여 나이와 성별, 전근 일자 등을 추적하여 그 여교사를 찾아냈다.

여교사는 교직을 막 은퇴하고 지역 사회에서 봉사하고 있었다. 은퇴 여교사와 오십이 지난 청년이 이십 년 만에 다시 만나게 되었다. "그때 저를 숨겨 주셔서 뭐라고 감사의 말을 드려야 좋을지 모르겠습니다." 그러자 은퇴한 여교사가 말했다. "아이들에게 가르친 대로 했을 뿐입니다."

차 한 잔을 앞에 놓고 이십 년 전의 아름답고 훈훈했던 이야기들이 그들 사이에 오고 갔다.

민주화는 어느 한 사람의 활약으로 이룩된 것이 아닙니다. 이름 없이 수고하고 옳다고 생각되는 신념에 따라 행동한 수많은 사람의 보이지 않는 노력으로 결실을 보게 된 것입니다.

똥파리의
최후

길가에 똥이 떨어지자 파리들이 모여들었다. 새카맣게 모인 파리들은 똥을 맛있게 빨아먹고 있었다. 그때 마침 깡패 똥파리가 그곳을 지나가게 되었다. 깡패 똥파리는 많은 똥파리가 모여 있는 것을 보자 웬일인가 하고 그곳으로 가보았다. 그랬더니 맛있는 똥을 저희끼리만 빨아먹고 있는 게 아닌가? 화가 잔뜩 난 깡패 똥파리는 버럭 소리를 질렀다.

"야! 너희 전부 저리 비켜!" 깡패 똥파리는 동료들을 모두 쫓아내고 혼자서 똥을 빨아먹기 시작했다. 옆에 있던 힘없는 똥파리들은 깡패 똥파리의 기세에 눌려 하나둘 자리를 뜨고 말았다.

깡패 똥파리는 동료들이 모두 사라지자 마음 놓고 한참을 정신없이 똥을 빨기 시작했다. 그때였다. 똥을 버리고 오던 트럭이 다시 그 자리를 지나게 되었다. 깡패 똥파리는 똥을 빠는데 정신이 없어서 트럭이 오는 것도 모르고 마냥 그 자리에서 똥을 빨다가 트럭에 깔리고 말았다.

깡패 똥파리는 거대한 트럭의 바퀴에 형체도 알아볼 수 없을 정도로 납작하게 깔려 그 자리에서 죽고 말았다. 그러나 아무도 그의 죽음을 슬퍼하거나 애석해하는 파리는 없었다.

🐌 부정부패는 한 번 맛을 보면 그 맛에 취해 자신이 죽는 줄도 모르고 빠져들게 됩니다.

인디언 추장의
기우제

　기도에 효험이 있는 것으로 유명한 인디언 추장이 있었다. 하나님께서 그의 기도는 반드시 들어주신다는 소문이 자자했다. 그 인디언 추장이 기도하러 들어가면 하나님은 그의 기도를 들어주어 반드시 비를 내려주시는 것이었다.

　옆 마을 추장은 그 추장의 기도만 들어주시는 하나님의 처사가 못마땅했지만 어쩔 도리가 없었다. 더욱더 정성을 들여 기도했지만 그의 기도에 응답하여 비가 오는 경우는 거의 없었다. 참다못한 옆 마을 추장이 그 추장을 찾아가서 조용히 물었다. "하나님께서 어째서 당신의 기도만 들어주시고 제 기도는 왜 안 들어주시는 걸까요? 무슨 비결이라도 있습니까?" 그러자 그 추장은 빙그레 웃으며 옆 마을 추장에게 속삭였다. "비결은 무슨 비결이 있겠습니까? 다만 저는 비가 올 때까지 천막에서 나오지 않고 계속 기도를 드리고 있다가 비가 오는 순간에 천막에서 나오면서 하늘을 향하여 '오, 하나님, 비를 내려 주셔서 감사합니다.' 하고 외칠 뿐이랍니다."

노력은 끈질겨야 이루어집니다.

가장 소중한 것을
지키는 일

    운동은 몸에 좋다. 운동하면 몸의 혈액 순환이 잘 될 뿐만 아니라 근육을 통하여 몸속에 있는 여분의 체지방이 소비되기 때문에 운동을 통하여 얻을 수 있는 효과는 말할 수 없이 많다. 그러나 운동만큼 위험한 것도 없다. 주위에서 보면 운동을 하다가 쓰러져 영영 못 일어나는 사람도 많다. 특히 자기 몸에 맞지 않는 운동은 오히려 몸에 해가 된다. 산을 오르거나 계단을 오를 때 힘이 들고 가슴이 답답한 사람은 절대 계속해서는 안 된다. 그런 상태로 오기를 부리며 무리하게 운동을 하다가 쓰러지면 목숨을 잃을 수도 있다.

    운동선수들은 일찍 죽는다고 한다. 이렇게 말하면 반드시 뭐라고 토를 다는 사람들이 꼭 있게 마련이다. "운동선수 아무개 씨는 나이 구십에 아직도 정정한데…" 이런 식으로 토를 다는 사람을 보면 한 대 쥐어박고 싶다. 이 얘기는 통계적으로 그렇다는 얘기지 일개인에 대한 얘기가 아니다. 강한 스트레스 속에서 계속 운동을 하면 다량의 활성 산소가 나와서 세포막을 공격하거나 유전자를 파괴해 각종 질환에 걸리게 된다. 운동 시 합치고 여유 있게 쉬어 가면서 하는 시합은 한 번도 본 적이 없다. 이상이 석 씨의 운동 철학이다. 운동에도 방법이 있고 철학이 있는 것이다. 아무렇게나 좋다고 해서 땀만 흘린다고 운동이 되는 것은 아니다.

식 씨가 내린 결론은 등산이 있다. 가벼운 등산. 의사나 운동 진문가들의 말을 종합해 보면 머리에 땀이 약간 나는 정도, 숨이 조금 차는 정도면 가장 효과가 있는 운동이다. 이런 유산소 등산을 일주일에 5회씩만 빠지지 않고 죽을 때까지 계속한다면 모든 질병이나 성인병 등의 문제는 저절로 해결되는 것이다.

석 씨가 등산으로 얻은 지혜는 이것 말고도 많다. 아침에 일어나 상쾌한 공기를 마시며 동네 앞산을 오르면 자신도 모르게 삶의 의욕이 솟을 뿐만 아니라 산에 대한 겸허한 마음도 갖게 되고 인생을 바라보는 눈도 달라지는 것이다. 또 산은 계절마다 색깔을 달리하고 발에 밟히는 감촉이며 소리 같은 것들이 하루도 같은 날이 없었다. 계절마다 옷을 갈아입는 산은 겨울의 눈, 봄엔 진달래, 여름의 매미 소리며 가을 낙엽으로 방문자들을 대접하고 있으니, 산이야말로 건강과 지혜와 휴식을 주는 인생이 추구하고자 하는 목적 바로 그 자체였다. 죽는 날까지 계속 산에만 다녀도 그의 인생은 성공한 것이리라고 확신했다.

매일 산에 다니기로 한 이래 주 5회 산행을 수십 년째 실천하고 있는 석 씨에게 산에 다니는 삶은 그 자체가 생의 목표 완성이었고 행복의 누림이었다. 사실, 출세하거나 돈을 많이 번다고 해도 지금 가진 것보다 더 많이 가질 수 없다는 것을 석 씨는 잘 알고 있었다.

자연 그의 마음은 항상 긍정적이었고 건강도 자신이 있어서 일을 처리할 때도 다부지게 처리해 주변 사람들은 그를 '컴퓨터가 달린 불도저'라고 부르기도 했다. 건강에 자신 있는지라 술도 남들 못지않게 마실 수 있었고, 또 술자리 분위기도 주도하면서 인간적으로 많은 사람을 사귈 수 있어 친구도 많아졌고, 챙겨 주는 선배며 따르는 후배들도 많았다. 이것은 다 건강이 받쳐 줬기 때문이었다.

그의 중요성은 특히 조직이 어려울 때 더욱 빛나기 시작했다. 발이 넓은 그에게 조직의 어려운 일들이 수시로 맡겨졌고 또 윗사람이 보기에 그만큼 깔끔하게 일을 처리하는 사람도 없었다. 그는 점점 신망을 얻었고 중책이 주어졌다. 꾸준히 등산도 했지만 중책을 맡고 나서부터는 등산로 입구까지는 차를 타고 그다음부터 산에 오르게 되었다. 그렇게 하면 시간을 약 20분 정도 절약하게 되어 운동 효과도 이전과 같이 충분히 있으면서 업무도 효율도 기할 수 있었다. 하루 20분씩 절약하게 된 그는 일을 더 많이 할 수 있게 되었고, 드디어 그는 최고 경영자의 자리에까지 오를 수 있게 되었다.

최고 경영자의 자리에 오르자 예전과는 모든 것이 판이해졌다. 책임이 좀 더 무거워진 것은 당연했고, 특히 보는 눈이 완전히 달라져 손님의 처지가 아닌 주인의 입장이 되었다. 역시 멀리 보려면 높은 데로 올라가야 한다는 말이 맞는 말이었다. 정치적 해법이 필요할 때도 잦았으며, 그러한 사람들과 이야기를 나눌 수 있으려면 많은 양의 독서를 해야 함은 물론 세상 돌아가는 정보에 밝아야 했다. 그리고 그러한 정보들은 항상 준비된 자에게만 보이는 것이었다. 많은 사람을 접하되 만나는 사람들의 효용 가치, 그가 하는 말의 진원지 등을 상대방에게 묻지 않고도 그 즉시 파악할 수 있어야 했다.

건강관리도 중요한 것이어서 그는 최고급 헬스클럽으로 자리를 옮기고 등산은 주 1회 휴일 아침으로 돌렸다. 그리고 전체 열량 소모량은 예전과 치이가 나지 않도록 배려했다. 헬스장에 다니면 한 가지 좋은 점은 그곳에 나오는 사람 중에 VIP가 많아서 그들과 자연스럽게 친해질 수 있다는 것이었다. 그리고 그들이 대수롭지 않게 주고받는 말 중에 그에게는 대단히 중요한 정보가 많았다. 그런 안목을 얻은 것들이 주인이 된 지금과 예전과의 다른 점이라면 다른 점이었다.

자연 술자리도 많아졌고 손님을 접대해야 하는 일도 많아져 피곤한 날도 많았지만 타고난 체력과 뚝심으로 이겨 나갔다. 술을 많이 먹은 날에는 건강을 생각하여 새벽 헬스는 자제했고 그 대신 잠을 푹 자는 것으로 건강을 유지했다. 그리고 술을 먹는 날을 제외하고 헬스는 저녁으로 돌렸다. 귀가하기 직전에 헬스에서 잠깐 몸을 풀고 들어가는 것이 오히려 운동을 덜 빠지는 비결이었다. 주변에서 갑자기 누가 쓰러졌다는 등 소리가 들려오기도 했지만 아직 석 씨의 건강은 양호했다.

세월이 흘러 최고 경영자 자리에서 물러나 관직을 맡게 되었다. 자리를 옮기자 수많은 화분과 꽃들이 들어왔다. 취임사상 이렇게 많은 화분이 들어온 것은 처음이었다. 모두 그의 폭넓은 인간관계 덕분이었다. 관직은 일도 일이지만 수많은 사람을 만나야 하는 것이 주 업무였다. 모두 나름대로 요구 사항이 있었다. 그런 사람들의 말을 소홀히 취급했다가 그 사람들이 누구와 연결되어 있을지 알 수 없는 노릇이었으므로 최소한 그들의 말을 진지하게 들어 줄 필요는 있었다. 또한, 저녁 무렵이 되면 낮에 들렀던 사람들의 초대 전화나 식사 전화가 줄을 이었다. 그리고 어떻게들 알았는지 연락이 끊겼던 친구들의 전화도 끊임없이 이어졌다. 그리고 그런 회식 자리는 자연스럽게 술자리로 이어졌고 다시 2차, 3차로 연결되는 것이 보통이었다.

역시 관직은 예전의 최고 경영자 자리와는 달랐다. 그리고 항시 윗사람들의 즉흥적인 연락과 질의 등에 대비하고 있어야 했다. 자연 헬스장에 가는 횟수가 줄었고 헬스장 회원권은 그의 부인 차지가 되었다.

업무 솜씨가 꼼꼼한 그에게 외국과의 협상 임무가 떨어졌다. 국가의 중요한 운명이 달린 업무였다. 아래 직원들을 독려하여 특별팀을 만들었다. 물불을 가리지 않는 그의 추진력 앞에 외국의 협상팀들은 혀를 내둘렀다. 협상은 성공적으로 끝났다. 협상 기간인 십 일 동안 잠도 자지 않고 일구어낸 값진 성과였다. 일을 처리하고 열네 시간 동안 비행기를 타고 돌아온 그들에게 공항에서부터 각종 매스컴이 끝없이 인터뷰 요청을 했다. 매스컴의 종류도 엄청나게 많았다. 거의 비슷한 이야기들이 각도와 시제만 달리해서 계속되었고, 이어서 TV의 대담 프로에서도 출연 제의가 끊이지 않았다. 또한, 협상 성공에 대한 술자리와 회식 자리가 끝없이 이어졌다. 이런 것이 관직의 묘미인가?

전날 밤 술이 덜 깬 상태에서 석 씨는 그날도 일찍 TV 아침 뉴스 인터뷰에 늦지 않기 위해 안간힘을 쓰고 자리에서 일어났다. 세 시간 전까지

먹다 일어난 술 때문에 머리가 지끈지끈 아파왔다. 샤워 물줄기를 강하게 틀어 놓고 목욕을 하고 나니 정신이 조금 나는 것 같았다. 새벽 여섯 시가 되자 임시직 공무원 기사인 김 씨가 차를 가지고 그의 집으로 왔다.

방송국에 들어서니 담당 PD가 조금은 언짢아하는 기색이었다. 생방송에 아슬아슬하게 왔기 때문이다. "요즘 피곤하시죠?" 그는 동맥의 박동에 따라 전달되는 머리의 두통을 참아가며 어색한 미소로 대답했다. "아, 예, 조금…." 담당 PD는 앞으로 십 분 후면 인터뷰를 하실 테니 절대로 자리를 뜨면 안 된다고 신신당부를 하고는 부조로 올라갔다.

잠시 후 플로어의 안내를 받아 인터뷰 석에 앉았다. 휘황찬란한 조명이 그의 머리와 얼굴을 때렸다. 카메라의 빨간 불이 들어오고 캐스터의 질문이 이어졌다. 질문은 매번 하던 내용이었다. 인터뷰는 약 8분간 계속되었다. 뉴스 인터뷰치고는 꽤 긴 시간이었다. 인터뷰를 마치고 그는 차 안에 몸을 실었다. 한 시간 후에는 아침 회의 그리고 세 시간 후에는 윗사람에게 보고, 그리고 나서 분석 회의 등등 해야 할 일이 줄지어 있었다. 저녁에도 어제처럼 친구들 모임과 민원인들의 요청이 예약되어 있었다. 피로가 몰려왔다. 맥박을 따라 머리의 동맥이 아파졌다. 가벼운 어지럼증도 느껴졌다.

석 씨는 그날 오후 회의 중 혀가 굳어 옮을 느껴 병원으로 급히 이송되었다. 응급 처치를 마치고 각종 사진을 촬영해 본 결과 뇌출혈이었다. 오른쪽 손발이 저리고 혀의 반쪽도 자유롭지 못했다. 의사는 육 개월 이상 약물치료와 물리치료를 받아야 한다고 그에게 말했다. 그 말을 들은 석 씨의 마음은 한없이 무너져 내렸다. 모든 것이 슬퍼져 저절로 눈물이 흘러나왔다.

석 씨는 삼 개월 후 자택으로 병실을 옮겼다. 마음이 한결 편했다. 그가 누워 있는 방 창문으로 동네 산이 보였다. 그가 건강할 때 힘차게 지축을 밟고 뛰어 오르내리던 산이었다.

죽는 날까지 산에만 다녀도 그의 인생은 성공한 것이라는 믿음을 갖게 해 주었던 바로 그 산은 어디에도 가지 않고 그의 눈앞에 있었지만 그는 다시 그 산을 밟을 수 없었다.

🐌 살다 보면 한 번쯤은 이런 이야기를 듣게 됩니다. "내가 아파 보니 건강이 제일입디다." 그렇습니다. 하나만 잘챙겨도 재벌 못지않게 성공한 삶입니다. 만약 우리 몸의 간 하나 콩팥 하나마다 모두 돈을 주고 사서 일일이 장착해야 한다면 수십억 원의 돈이 들 것입니다. 우리는 모두 재벌임을 그대는 알고 계시는지요?

179

성공
원인

성공하는 사람은 어떤 성격, 어떤 습관을 갖고 있을까? 화장품과 비타민 분야에서 성공하여 오늘날 백만장자 서클에 가입하게 된 김 씨의 경우를 보자.

7년 전 어느 날, 그가 선배로부터 어느 화장품 회사에 대한 소개를 받고 사업을 시작하기로 한 후 처음으로 고객을 만든 사람은 겨우 세 사람이었다. 그것도 시작한 지 석 달 만에 겨우 만든 고객이었다. 더구나 자신이 만든 고객이 아니라 자신의 부인이 만들어 준 고객이었다. 둘은 돈이 없어서 결혼식은 못 올리고 사랑 하나로 함께 사는 젊은 부부였다. 부모님이 호주로 유학을 보내 주었으나 빠듯한 유학 경비와 호주 학생들의 동양인에 대한 은근한 '왕따'로 도저히 학업을 계속할 수 없는 상황에서 사랑하는 여자를 만나 덜컥 결혼해 버렸으니 먹고살 돈을 벌어야 했다.

미국에 있을 때 이미 화장실 청소 등 궂은일에 이골이 나 있던 그는 아름다움과 미를 창조해 주는 화장품 사업이 멋져 보였다. 한편 마땅히 할 사업도 없었고, 또 그 사업은 무점포 사업이라 파는 대로 수당을 벌 수 있어서 자본이 한 푼도 없는 그에게는 선택의 여지가 없기도 했다.

첫 고객은 부인과 함께 살던 집의 주인집 아줌마였다. 인정이 많고 정에 약한 여자라 부인의 청을 거절할 수 없어서 그녀가 권하는 화장품을 무조건 써 주기로 한 것이었다. 그리고 성격이 워낙 무르고 착해서 그녀가 권하는 화장품에 대해 발라 보기도 전부터 무조건 아, 향기 좋다, 아, 색깔 좋다, 하면서 발라 주었다. 그런 모습을 보면서 젊은 부부는 큰 힘을 얻었다. 사실 그녀는 성격이 모질지 못하여 술과 담배를 끊지 못했고 가끔은 정도를 넘어서 지나칠 때가 많아 결국 이혼을 당해 혼자 살고 있었다. 그러나 마음만은 너무나 착해 그들이 파는 화장품에 대해 동네방네 떠들고 다니며 무조건 좋다고 선전해 주었다. 아니, 그녀는 남의 말은 철석같이 믿어 주는 숙맥 같은 여자였다.

두 번째 고객은 당연히 그녀와 제일 가까운 사람이었다. 바로 그녀의 남자 친구였다. 그녀의 남자 친구는 주방 기기를 세팅해 주는 사람이었다. 원래는 그녀의 애인의 친구였는데 애인이 귀국해 버려 그녀가 이 사람과 가까워지게 된 것이었다. 그런데 이 남자는 모든 것을 '부정적'으로 보는 데에 천재적 소질을 갖고 있었다. 두 부부가 화장품 사업을 새로 시작했다고 말하자 그는 그 자리에서 즉시 그들의 사업이 실패할 수밖에 없는 열 가지 이유를 말하기 시작했다. 화장품 병이 예쁘지 않다느니, 회사에 좋은 일만 시킨다느니, 누가 이렇게 안 알려진 회사 제품을 쓰겠느

181

냐는 등등 다 그럴듯하고 또 그럴 만한 이유와 근거가 있는 이야기들이었다. 화장품을 팔려다가 오히려 몇 시간씩 그에게 그 사업이 안되는 이유를 계속 들어야 했다.

세 번째 고객은 그녀의 여자 친구였다. 그녀는 얼굴이 기미로 범벅된 여자였다. 두꺼운 화장품으로도 그녀의 시커먼 기미를 감출 수 없었다. 그녀의 기미는 그 지역에서 이미 소문이 다 나 있었고, 그래서 별명이 '기미 부인'이었다. 그녀와 함께 다니면 소비자들은 그녀의 얼굴을 보는 순간 사려고 했던 화장품을 그 자리에 놓고 모두 일어나 달아나 버리는 것이었다. 그리고 그녀가 자신이 이 화장품을 쓰고 있는데 품질이 너무 좋다고 말하면 모두 속으로 "네 얼굴이나 고쳐라." 하면서 슬슬 피하는 것이었다. 이렇게 술, 담배로 이혼까지 당한 여자, 세상에서 제일 부정적인 그녀의 남자 친구, 그리고 기미가 얼굴을 점령하고 있는 기미 부인 등 세 명의 소비자를 놓고 그는 화장품 사업을 시작하였다.

판매 방식이 무점포 판매라서 소비자 확보와 함께 사업을 함께할 사업자를 많이 확보하는 것이 관건이었다. 그는 없는 돈을 빌려서 그 지역에서 가장 큰 호텔의 연회장을 빌렸다. 그리고 지역 신문에다 '기회는 잡는 자의 것이다.'라는 멋진 구절과 함께 품질이 좋고 우수한 새로운 화장품이 나왔으니 살 사람이나 함께 이 사업을 시작할 사람은 모 호텔로 사업 설명회를 들으러 오라고 광고를 냈다. 설명회는 저녁 일곱 시에 시작될 예정이었다. 빨간 카펫에 푹신한 의자 오백 개가 준비되었고. 만약의 경우를 대비해서 보조 의자 수백 개가 즉시 동원될 수 있도록 마련되었다. 연회장 뒤편에는 나비넥타이를 맨 검정 예복 차림의 잘 생긴 바텐더

들이 손님들에게 드릴 각종 칵테일을 준비하고 있었다. 모든 준비는 완벽했고 이제 고객들이 몰려오면 향긋한 칵테일을 한 잔씩 나누며 새로운 화장품의 특징과 새 사업에 대하여 열띤 세미나를 하며 신규 고객이나 사업자를 등록시키면 되는 것이었다.

일곱 시 정각이 되었으나 고객들은 오지 않았다. 단지 그들 최초의 고객 세 명만이 앞자리에 앉아 있을 뿐이었다. 시작 시간을 십 분 정도 늦추기로 했다. 그러나 십 분이 지나도 그 연회장에는 최초 고객 세 명과 그들 부부, 바텐더 세 명, 그리고 초대 강사 한 명뿐이었다. 답답해진 김 씨는 사람들이 장소를 못 찾는가 해서 호텔 정문 쪽으로 나가 보기도 했지만 호텔 안내판에는 분명 2층 연회장의 '사업 설명회' 팻말이 확실히 놓여 있었다. 사람들이 그 지역에서 제일 큰 그 호텔을 못 찾을 리는 없었다.

삼십 분이 지났으나 인원 변동은 없었다. 일 분 일 분이 숨 막히는 시간이었다. 목구멍이 타들어 가고 등에서는 식은땀이 흘러내렸다. 한 시간쯤 지나서 강의가 시작되었다. 청중은 모두 5명, 넓고 호화로운 호텔 연회장에 그들 다섯 명이 앉아서 강사의 사업 설명회를 듣고 있는 그 순간, 그는 '지금 지옥의 심판을 받는 중이다.' 하는 마음뿐이었다. 예정보다 훨씬 간단하게 강연이 끝나고 그는 세계에서 제일 부정적인 사람의 강연을 본 강연보다 훨씬 더 길게 다시 들어야 했다. 두 번째 강연의 요지는 물론 이것이었다. "망할 징조가 오늘 확실하게 보였다. 네가 하는 이 사업은 꼭 망한다."

큰 돈을 들인 사업 설명회는 실패로 끝났지만, 그는 포기하지 않았다.

돈이 없어서 마땅히 다른 사업을 할 수도 없었다. 앞으로 계속 밀고 나가는 수밖에 없었다. 궂은일은 미국에 있을 때 하도 많이 해봐서 다시 하고 싶지가 않았다. 특히 오랫동안 쓰지 않은 저택으로 청소하러 가면 대개 그런 집 화장실은 엉망인 상태였다. 오물이 변기에 달라붙어 막대기로는 떼어지지가 않았다. 그래서 딱딱해진 오물은 이중 장갑에다가 마스크를 끼고 나서 변기에 염산을 붓고 한참 있다가 닦아내야 했다. 염산 냄새와 오물 냄새가 범벅되어 코를 찌르고 눈으로는 증발된 염산의 지극적인 기체가 들어와 재채기와 콧물, 눈물을 흘리면서 화장실 청소를 해야 했다.

그때 일을 생각하면서 그는 이를 악물었다. 결코 포기해서는 안 된다고 마음속으로 수백 번씩 다짐했다. 그 일에 비하면 이 화장품 사업은 우선 깨끗했고 손에 오물을 묻히지 않아서 좋았으며, 또 미와 건강을 지켜 주는 사업이었다. 아직 매출이 적어 돈은 못 벌지만 깨끗한 몸과 아름다운 얼굴을 만들어 주는 일종의 전문적인 일이어서 포기하지 않고 계속 고객 만들어 나가기에 주력했다.

그만두고 싶을 때도 무수히 많았다. 학업을 버리고 화장품 사업을 한다고 하자 그의 부모가 사업은 학업을 끝낸 후에 해도 늦지 않으니 제발 지금은 사업하지 말라고 결사적으로 말렸다. 급기야는 부자의 인연을 끊자며 뺨까지 맞는 처지가 되었다. 그래도 그는 포기하지 않고 계속 고객을 만들러 다녔다. 그러나 고객은 쉽게 만들어지지 않았다.

그러던 어느 날, 기미가 얼굴을 뒤덮고 있던 기미 부인 쪽에서 변화가 왔다. 기미가 조금씩 옅어져 가고 있었다. 몇 달이 지나자 기미는 간단한 메이크업으로도 충분히 해결될 만큼 옅어졌다. 그녀의 얼굴을 본 주위 사람들은 주변에 이 이야기를 해 댔다. 그녀도 기쁜 마음으로 친구마다 찾아다니며 화장품을 팔았다. 물론 자신의 얼굴이 모델이었다. 어떤 짙은 화장으로도 숨길 수 없었던 그녀의 기미가 이제는 거의 없어진 것을 보고 친구들은 아무 말 없이 그녀의 화장품을 사 주었다. 그리고 그중 몇몇은 직접 사업도 해보겠노라고 나서기도 했다.

사업은 조금씩 풀리기 시작했다. 판매원도 조금씩 확보되기 시작했다. 하루 서너 시간만 자는 강행군으로 뛰고 뛰었다. 몇 단계까지의 매출액이 본인에게 돌아오는 소비자 네트워크 방식의 사업이라 그들의 하위 라인에서도 조금씩 소비자와 판매원이 늘어나기 시작했다. 사업을 시작한 지 약 2년 만에 드디어 그는 한 달에 구백만 원이라는 월급을 손에 넣는 성공자 대열에 진입하기 시작했다. 월급을 받던 날, 손이 부들부들 떨리고 가슴이 벅차서 말을 할 수 없을 지경이었다. 그 이후에도 그에게는 수많은 고비와 사업 중단의 위기가 찾아왔지만, 그때마다 그는 포기하지 않고 화장실 청소를 하던 그때를 생각하면서 모든 것을 참아 냈다. 5년 후, 그는 월수입 일억 원이 넘는 백만장자의 대열에 끼게 되었다. 그의 사업은 탄탄대로를 걸었고 월수입 일억 원은 그의 소비자 조직이 무너지지 않는 한 평생토록 지속하는 수입이 되었다. 아니, 시간이 감에 따라 수입은 줄지 않고 늘어만 갔다. 드디어 그는 삼십 대의 나이에 세계적인 백만장자가 된 것이다.

최초 세 명을 앞에 두고 사업 설명회를 하던 그 날, 만약 그가 낙담하여 그날로 그 일을 그만두었다면 오늘날의 그가 있었을까? 그의 사업 성공 원인이야 여러 가지가 있었겠지만, 사업을 새로 시작하는 사람들에게 그가 늘 하는 말 속에서 그 이유를 찾을 수 있다. 그것은 바로 '어떤 일이 있더라도 절대 포기하지 마라.'라는 것이다.

한가지에 전념한다면 언젠가는 결실을 맺을 날이 반드시 찾아옵니다. 안돼도 뭐 어때요?

매 눈깔의
전성시대

지상에 수많은 물체와 움직이는 생명체가 있어도 매의 눈은 정확하게 자기의 먹이를 알아볼 수 있다. 그의 별명이 매 눈깔인 것은 돈 냄새가 나는 곳을 확실하게 알아보는 그의 탁월한 능력 때문이다. 매 눈깔, 개코, 돼지주둥이는 그 분야에서는 타의 추종을 불허하는 삼총사로 통했다. 바로 뇌물 분야이다. 각자 뇌물을 챙기는 수법과 형태에 따라 별명이 붙은 것이다.

매 눈깔에 이어 개코는 매 눈깔보다 냄새를 맡는 데에 있어서는 좀 앞서 가지만 먹이를 채는 기술이 매 눈깔보다 조금 못 하기 때문에 개코라는 별명이 붙여졌다. 개코의 경우, 일이 제대로 잘 풀리지 않으면 최후의 순간에는 이빨을 드러내고 으르렁거리며 상대를 위협하는 수법을 쓴다. 돼지주둥이의 경우에는 절대 그런 일이 없다. 항상 웃으며 민원인을 상

전 모시듯 하기만 하면 그쪽에서 감사의 봉투가 저절로 나오게 마련이다. 액수는 작았지만, 그런 것만 먹으니까 크게 문제될 소지가 없었다. 단, 하도 넙죽넙죽 잘 받아먹어서 그가 돈을 좋아한다는 것을 아는 사람은 다 안다. 그렇지만 큰 건수는 하나도 올리지 못하는 것이 돼지주둥이의 단점이다. 항상 업자들의 장부가 걸려들면 그의 이름은 빠지지 않고 꼭 리스트에 올라왔지만 워낙 푼돈이라 견책 정도로 끝나곤 했다.

그러던 돼지주둥이가 해임되었다. 부패 빙지 시범 케이스에 걸린 셋이다. 감사실 직원이 바로 옆자리에 앉아 있는 줄도 모르고 식당에서 봉투를 넙죽 받다가 현장에서 걸려 버린 것이다. 현장 적발이라 빼도 박도 못하는 케이스였다. 감사 실장에게 찾아가 읍소도 해보고 윗사람에게 통사정도 해보았으나 통하지 않았다. 평소 같았으면 견책 정도로 가볍게 끝날 일이었으나 현장에서 발각된 데다 부정부패 척결 시범 케이스로 기록되었기 때문에 어쩔 도리가 없었다. 차상급자도 기간이 기간인지라 견책보다 두 단계 더 높은 전보로 처리하려고 결재를 올렸으나 오히려 최고 책임자에 의해 가장 중징계인 해임으로 수정되었다. 그의 뇌물 수수 사례가 TV 뉴스에 보도되어 버렸기 때문이다. 퇴직금이라도 받았기에 망정이지 결산을 해보니 별로 남는 게 없었다.

매 눈깔은 그런 타입이 아니었다. 그런 방법은 60년대에나 통할까? 매 눈깔에게는 말도 안 되는 방법이었다. 매처럼 돈이 보이는 곳을 멀리서 빙빙 돌면서 주시하다가 결정적인 순간에 갑자기 나타나서 목을 틀어잡으면 돈이 나오는 것은 직방이었다. 또 개코처럼 이빨을 드러내거나 으르렁거리지도 않았다. 그저 '되면 되고 안 되면 안 된다.' 하는 것을 상대방에게 확실하게 주지시킴으로써 상대가 신뢰감을 갖고 신속하게 돈을 구해다 바칠 수 있도록 했다. 상대로서도 최종 순간에 확실하게 매듭을 짓는 것이 경비도 적게 나가고 속도 편했다. 대개 돈은 돈대로 들어가고 마음고생은 고생대로 하게 되는 게 이 계통의 일이 아닌가? 실속 면에 있어서는 단연 매 눈깔이 앞섰다. 그런 점을 개코는 잘 알고 있었다. 기량 면에서 매 눈깔에게 딸리기 때문에 요즘엔 개코가 냄새를 맡아 오면 매 눈깔이 최종 마무리를 하는 식으로 일종의 분업 관계가 형성되었다.

그런 매 눈깔에게 큰 건수가 탐지되었다. 물론 개코도 이 사실을 알고 있었다. 그러나 매 눈깔이 이 건을 담당하기로 하자 개코는 이 건에서 물러났다. 그 대신 그 일에 관계된 정보가 개코에게 입수되는 대로 즉시 매 눈깔에게 제공하기로 했다. 워낙 큰 선이었으므로 정보 제공의 대가는 당연히 그에게도 올 수 있다는 계산 때문이었다. 수천억의 정책 자금이 그의 부서를 통하여 사업자들에게 전달되는 것이었는데, 이 자금을 타내려고 업자들은 전전긍긍하며 뛰어다녔다. 언제, 어떤 형식으로 서류를 올려야 이 자금을 탈 수 있는지가 관건이었다.

특히 가능성이 있는 한 업체에 전체 자금의 절반을 지원하기로 되어 있어 이 자금을 타내는 업체는 결정되는 그 순간이 제2의 창업의 순간이 되는 동시에 대기업으로 확실하게 도약할 수 있는 길이 되었다. 또 큰 건이라 매 눈깔 혼자의 힘으로 모든 정보를 다 알아낼 수는 없는 노릇이라 발 빠르게 돌아다니는 개코의 협조가 필요했다.

내부 회의에 의해 업체가 결정되고 그 사실은 상부 결재가 나는 일주일 간 보안에 붙혀졌다. 개코가 뛰어 업체의 사장을 매 눈깔에게 데려왔다. 사장은 미국 유학을 하고 온 젊은 친구였는데 똑똑하게 생겼고 그의 아버지가 부동산이 많아 비교적 재무 구조가 견실한 것 같았다. 요즘에 자금이 좀 달리는 편이었지만 일 년 전만 해도 그의 업체는 특수 기술을 보유한 신규 업체로 신문에도 자주 오르내리던 업체였다. 그런 인지도 때문에 정책 자금의 최대 수혜자로 위원들이 선택을 한 것이었다. 매 눈깔의 예측이 들어맞았던 것이다.

매 눈깔은 사장에게 사업을 좀 더 키워야 하지 않겠냐고 말했다. 의욕에 불타는 젊은 사장은 그에게 연신 머리를 조아리며 도와줄 것을 애걸했다. 드디어 거래가 시작되었다. 3일 이내로 전체 자금의 몇 퍼센트를 미리 가져오면 모든 책임을 져 주겠노라는 매 눈깔의 제의가 사장에게 떨어졌다. 사장은 난색을 표했다. 그만한 자금은 당장 수중에 없었기 때문이었다. 매 눈깔이 말했다. "걱정 마십시오. 아, 뭐, 그런 걸 가지고…." 매 눈깔은 은행에 다니는 친구에게 그 즉시 전화를 걸었다. 사장 아버지의 부동산을 담보로 하여 돈을 대출 받은 뒤 일주일 후에 나올 거액의 정책 자금을 그 친구의 은행에 예치시켜 주는 조건으로 은행과 사장을 설득했다. 사장은 결정을 했다. 은행도 흔쾌히 찬성했다. 모두에게 도움이 되는 윈윈 게임이었다.

다음 날 매 눈깔, 개코 그리고 사장은 친구의 은행에서 서류 작업을 끝내고 대출금을 지급받게 되었다. 은행에서 직접 이 건을 처리한 데에는 이유가 있었다. 대개 사람의 마음이 들어갈 때 다르고 나올 때 다르기 때문에 하루 이틀만 지나도 마음이 달라지게 마련이다. 돈 문제는 특히 그래서 말 나온 김에 현장에서 바로 받아내지 않으면 다음에는 완전히 안면을 바꾼다는 것을 초보 시절에 철저히 깨달은 바 있기 때문이었다.

개코에게는 일억이라는 돈이 현찰로 지급되었다. 부피도 꽤 되는 것이어서 들고 다니기가 거북스러울 정도였다. 누런 봉투에 들어 있는 돈을 자기 눈으로 확인하며 입이 함박만큼 벌어진 개코는 먼저 자리를 떴다. 그보다 열 배나 많은 액수를 갖게 된 매 눈깔에게는 일억 짜리 열 장이 수표로 지급되었다. 안전하게 현찰로 받을까 하다가 삼 일 후면 자금이 집행될 것이 확실했기 때문에 구태여 현찰로 가져갈 필요는 없었다. 만약 삼 일 후 자금이 집행되지 않는다면 도로 반납하면 깨끗하게 처리가 되는 것이었다. 현금 십억이면 부피도 엄청나서 혼자 들기도 힘들었다.

삼 일 후, 정책 자금은 계획대로 집행이 되었다. 은행을 통해 자금 지급을 확인한 젊은 사장에게서 전화가 걸려왔다. 연신 고맙다는 말과 함께 술을 한 잔 대접할 수 있는 영광을 달라고 말했다. 또 위기에 빠진 자신을 살려 주었노라고 말하며 평생 은혜를 잊지 않겠노라는 말도 덧붙였다. 뭐, 다 상부상조 아닌가? 어려운 기업 살려 주고 수고한 대가 받고…. 모든 것이 깨끗하게 처리되었다. 당분간 다른 소소한 건은 건드릴 필요가 없었다. 매 눈깔의 일처리는 이처럼 항상 깔끔했다. 이 건을 처리하면서 개코는 앞으로도 계속 매 눈깔과 함께 분야별로 협력, 공생하는 것이 훨씬 효과가 있겠구나 하고 생각했다. 어쩌면 평생 가도 개코는 매 눈깔의 그런 솜씨를 능가할 수 없을 것이다. 한편으로 존경심도 생기는 바였다. 별명대로 과연 매 눈깔의 솜씨는 완벽했다.

그러나 세상에 완벽이란 없는 법이다. 곧이어 제2차 공직자 부정부패 색출 작업이 벌어졌다. 돼지주둥이가 걸려서 TV를 장식한 것이 여론에

악영향을 끼친 점도 있었다. 단돈 몇 백만 원에 모가지가 달아났다. 신문과 TV에서는 연일 돈을 먹고 구속되는 사람들의 뉴스가 세상을 떠들썩하게 장식했다. 기껏 먹어 봐야 몇 천만 원이었다. 주눅 든 얼굴로 카메라 플래시를 받으며 서 있는 얼굴들을 보니 불쌍하다는 생각도 들었다.

매 눈깔이 집행한 자금은 아무런 하자가 없었다. 아니 오히려 잘 되고 있었다. 계속 사장으로부터 고맙다는 말과 함께 증자, 신제품 개발, 주식 상장 성공 등의 좋은 소식만 들려오고 있었다. 위에서 정책 성공에 따른 표창 상신의 소식도 나왔다. 담당자에 대한 공적조서가 만들어지고 결재는 바로 윗선으로 올라가고 있었다. 그사이에도 신문과 매스컴에서는 계속 구속되는 높은 사람들 소식으로 떠들썩했다. 나라가 온통 마녀 사냥에 맛을 들인 것 같았다. 표창이 결정되고 시상식 날이 다음 달 월례 조회일로 결정되었다. 매 눈깔의 전성 시대였다.

시상식에 참석하기 위해 평소보다 일찍 집을 나서려는 순간, 그의 집 초인종이 울렸다. 두 사람의 수사관이 찾아왔다. 잠시 같이 가자는 것이었다. 이유가 뭐냐고 물어보아도 그들은 대답하지 않았다. 같이 가보면 안다는 대답뿐이었다. 함께 가는 차 안에서 그는 '도대체 어느 건이 문제가 되었을까?' 하고 생각을 해보았지만 아무것도 떠오르지 않았다. 모든 일 처리가 완벽한 것뿐이었다. 더구나 오늘은 직원들 앞에서 상 받는 날 아닌가?

수사관이 데려간 곳은 요즘 한창 부패 수사를 벌이고 있는, 그들의 청사 10층이었다. 그들은 정규팀은 아니었고 수사팀을 보조하는 임시팀이었다. 그의 앞에 석 장의 수표가 놓여졌다. 모두 일억 짜리였다. 자신의 서명이 뒷장에 있는 수표였다. 그러니까 대출을 받고 나서 사흘 뒤 자금 집행을 확인한 후 은행에 넣어 현금으로 바꾼 것과 그 이후 일주일 단위로 바꾼 석 장의 수표들이었다. 다른 것은 아직 발견을 하지 못한 모양이었다.

이 수사관들은 수표만 추적하는 보조팀들이었다. 오천만 원 이상의 고액권만 백여 장 추렸는데 그 속에 그가 이서한 수표가 석 장이나 들어 있어서 이름과 신분을 확인하고 그를 무조건 연행한 것이었다. 빼도 박도 못하는 증거물이었다. 어디서 생겼느냐는 추궁이 계속되었다. 하루가 지나자 다시 한 장의 수표가 또 들어왔다. 발행지 은행의 담당자인 그의 친구도 참고인으로 불려 들어왔다. 모든 것은 친구의 입에서 명명백백하게 밝혀지고 말았다. 친구라고 할 것도 없었다. 자기에게 혹시나 불똥이라도 튀지 않을까 하여 친구는 요구하지도 않은 은행 서류까지 들고 나왔다. 곧이어 젊은 사장이 잡혀 들어왔다. 모든 것이 끝나버렸다.

구속이 결정된 뒤 구치소로 나가는 길에는 엄청난 수의 기자가 그를 기다리고 있었다. '저 기자들을 어떻게 다 뚫고 지나가나…' 걱정이 태산 같았지만 카메라 플래시 터지는 소리와 섬광에 어떻게 지나왔는지 기억이 나지 않았다. 매 눈깔은 매스컴의 지면을 화려하게 장식한 채 그 계통의 역사 속에서 사라졌다. 그러나 개코만은 아무런 증언이나 자료가 없어서 별 탈이 없었다. 개코가 받은 돈은 은행에서 대출 받은 돈이 아니라 사장이 별도로 마련한 돈이었기 때문이었다. 매 눈깔의 시대는 갔다. 돼지주둥이에 이어 매 눈깔도 이 바닥에서 사라진 것이다. 이제 부정부패도 사라지려나?

다음 날 아침, 개코는 새로운 마음가짐으로 평소보다 일찍 출근했다. 매 눈깔과 돼지주둥이의 빈자리를 메울 사람은 자신밖에는 없다는 무거운 사명감마저 느끼면서 힘차게 사무실 문을 열었다. 매 눈깔의 빈자리가 눈에 들어왔다. 이제 개코의 시대가 오려나? 차라리 돼지주둥이가 그리워진다.

부당하게 얻은 이익은 언젠가 재앙이 됩니다.

CHAPTER 3

도전하지
않고서는
알 수 없다
(우화 II)

기다리지 말고 시도하라

고비 때마다

과거를 생각하라

기
다
리
지

말
고

시
도
하
라

아버지와
아들

아들은 좀 짜증이 났다. "야, 이 녀석아! 자고 오면 자고 온다고 얘기를 해 줘야지. 전화는 뒀다 뭐에다 쓰냐?" 핸드폰을 열자마자 아버지의 호통 소리가 들려 왔기 때문이었다. 다 큰 아들 자고 오는 게 뭐 그리 대단 한 일이라고…. 여자도 아닌 남자한테 그렇게 신경을 쓰시는 아버지가 영 거추장스러웠다. "예, 예, 알았어요. 다음부터 꼭 전화할게요. 내가 뭐 나쁜 친구랑 같이 있는 것도 아니고… 너무 신경 쓰지 마세요. 아버지." 아버지가 감정을 억누르며 타이르는 듯한 목소리가 수화기에서 흘러 나왔다. "네가 들어오는지 안 오는지 알 수가 없으니까 문을 잠글 수가 있어야지. 이 녀석아, 그리고 가급적이면 집에서 자라. 응? 너, 나가서 자 버릇하면 못 쓴다!" 하여간 통화는 끝났다. 아버지는 잘 계시다가도 가끔 이러셨다.

기분은 좀 흐려졌지만 하여튼 외박한 일은 이걸로 일단락되었다. 그런데 그 전화라는 게 그렇게 쉽게 걸 수가 없다. 친구들과 우연히 토론도 하고 이야기가 길어지다 보면 밤도 늦어지게 되는 것이고 그러다 보면 새벽 서너 시인데 딱히 어떤 시간을 정해서 전화를 한다는 게 잘 되는 것이 아니었다.

뭐, 꼭 전화를 안 하려고 하는 건 아니다. 전화를 하게 되면 하는 것이고 그래도 가급적 하려고 하는데, 친구들과 있다 보면 그냥 넘어가게 되는 게 보통이다. 다른 애들도 특별히 전화에 신경 쓰는 애들은 없는 것 같았다. 아버지한테 미안한 마음이 없지는 않지만 아버지의 이런 통화는 아들인 그의 상황이나 처지를 이해 못하는 말이라 일단은 짜증이 났다. "아, 내가 뭐 나쁜 데 있는 것도 아니고 술을 먹는 것도 아닌데. 짜증 좀 내지 마셨으면…. 에이, 귀찮더라도 전화를 하는 게 속 편하겠네." 아들은 아버지의 말을 기억하며 핸드폰을 주머니에 넣었다. '중복 수신'이라고 기록됐던 메시지 멘트는 지웠다.

세월이 흘러 아들은 아버지가 되었고 그도 십대 후반의 다 큰 아들을 두게 되었다. 공부도 잘하고 음악 연주도 잘하는 아들을 둔 그는 이들을 볼 때마다 마음이 흐뭇했다. 특별히 술이나 담배를 즐기지도 않았으며, 여자 문제도 큰 말썽이 없었다. 다른 집 아들들을 보면 주로 여자 친구 문제 때문에 골치를 썩이는 경우가 많았는데, 그의 아들은 여자 친구에게 전화가 오긴 하지만 특별한 문제가 발생되는 것 같지는 않았다.

여자애들하고 자전거 여행을 가기도 하는데 동영상을 찍어 온 것을 보면 건전하게 노는 것 같았다. 하긴 애들 속은 알 수 없는 것이지만 지금까지의 습관으로 보아 앞으로도 그런 문제로 자신을 골치 아프게 할 것 같지는 않았다. 그럴 아이라면 벌써 중학교 때 쯤부터 사고를 치게 마련인데, 그의 아들은 그런 면에서 일단은 옛날의 자기보다 더 안전할 수 있었다. 자손은 대를 걸러서 닮는다더니 정말 성실하셨던 그의 아버지를 내리 닮았다면 절대 속 썩일 아들 같지가 않았다.

그러나 한 가지, 그런 아이에게도 답답한 것이 있었다. 즉 밖에 나가서 늦게 올 때나 자고 올 때 가끔 연락을 빼먹는다는 점이다. 가끔 연락을 하기도 하는데 대개는 연락을 안 했다. 물론 나쁜 친구들과 어울리고 있는 건 아니라는 걸 잘 알고 있긴 하지만 연락을 안 해주면 답답했다. 어디서 뭘 하고 있는지 걱정이 되는 것이다.

"에이, 이 녀석. 전화라도 한 통 해 주면 어디가 덧나나? 이 녀석은 왜 폴립을 닫아 놓고 있는 거야? 폴립만 열어 놓고 있어도 어디서 뭘 하는지 대강 볼 수 있을 텐데…. 폴립을 닫아 놓았으니 볼 수가 있나…." 그는 손목에 찬 화상 전화의 스위치를 몇 번이고 두드렸지만 화면은 떠오르지 않았다. 이들은 화상 전화의 폴립을 닫아 놓고 있었다. 그는 그것이 답답해 죽을 지경이었다. 아들의 전화를 기다리다 직접 스위치를 두드려 보기도 하지만 그의 손목 화상 전화 화면에 뜨는 글자는 언제나 '중복 송신' 네 글자뿐이었다. 그러다 답답해지면 그는 자기 혼자 큰소리로 외쳤다.

"야, 인마! 폴립 좀 열어 놔! 폴립 좀……!" 아버지의 마음은 아버지가 돼 봐야 안다.

🐌 아들이 아버지가 되면 그제야 아버지 마음을 이해하게 됩니다.

부자의
유언장

어느 돈 많은 부자가 나이가 들어 병에 걸렸다. 자신의 죽음을 직감한 부자는 아들들을 부르기로 했다. 부자에게는 세 아들이 있었다. 그는 첫째 아들을 조용히 불렀다. 아버지의 병환이 깊은 것을 눈치 챈 큰아들은 아버지가 유산에 관계된 말씀을 하실 것 같아 마음을 단단히 먹은 후, 아버지가 누워 있는 병실로 들어갔다.

아버지는 자신을 찾아온 큰아들에게 조용히 말했다. "애야, 내가 살 날이 얼마 남지 않은 것 같구나." 그러자 큰아들이 정색을 하고 말했다. "아버지 그런 말씀 마세요. 기운을 내셔야죠."

아버지는 말했다. "애야, 내 병은 내가 안다." 큰아들은 아버지가 드디어 유산에 관한 이야기를 하실 거라는 느낌이 들었다. "그래, 내가 죽으면 너는 어떻게 살 계획이냐?" 그러자 큰아들은 황급히 손을 가로저으며 아버지에게 말했다. "아버지, 죽는다는 말씀은 제발 좀 하지 마세요. 그런데 말이죠. 앞으로 저는 지금 하고 있는 사업을 좀 더 크게 키워 볼 작정입니다. 사업성도 좋고 전망도 밝은데 단지 자금이 좀 부족한 게 흠입니다." 큰아들의 말을 묵묵히 듣고 있던 아버지는 큰아들에게 말했다. "그래 알았다, 물러가 있거라."

아버지를 만나고 돌아온 큰아들은 아버지가 자신에게 많은 재산을 물려주기로 결정했으리라는 생각이 들어 기분이 매우 좋았다.

다음 날, 아버지는 둘째를 불렀다. 큰아들이 아버지를 만나고 왔다는 소식을 들은 둘째 아들은 마음을 단단히 먹고 기다리고 있던 터였다. 아버지는 둘째에게도 큰 아들에게 했던 것과 똑같은 질문을 했다. 둘째는 의기양양하게 말했다. "아비지, 지금 제가 하고 있는 점포를 조금만 더 확장하면 크게 돈을 벌 수 있을 것 같습니다. 옆 가게를 구입할 자금만 있다면 가게를 늘려서 당장 크게 키울 수 있습니다." 둘째의 말을 묵묵히 듣던 아버지는 아들에게 물러가 있으라고 말했다. 둘째는 최소한 아버지 재산의 삼분의 일은 자신에게 돌아올 것이라고 굳게 믿으며 자리를 떴다.

다음날, 아버지는 셋째 아들을 불렀다. "얘야, 내가 얼마 더 살지 못할 것 같구나." 그러자 셋째가 말했다. "아버지, 살고 죽는 것은 하늘의 뜻이오니 너무 걱정 마시고 마음을 편하게 가지세요." "내가 죽으면 너에게 얼마를 남겨 주는 것이 좋겠니?" 셋째는 그 말을 듣자 아버지에게 말했다. "아버지, 저는 아버지의 재산 따위는 필요 없습니다. 돈이라는 것은 매우 위험해서 가지고 있다 보면 자신의 몸을 상하게 할 수도 있습니다." "그러냐?" 아버지의 죽어가던 눈이 빛났다. "만약 아버지가 저에게 돈을 물려주시게 되면 저는 그 돈으로 많은 친구를 사귀게 될 것이고, 또 많은 친구들을 한 번씩 만나다 보면 술을 먹게 되고 또 여자도 가까이 하게 될 것이므로 몸이 상하게 될 것은 눈에 보이듯 뻔한 것입니다. 저는 이미 먹고 살 만한 직업도 있고 열심히 저축하면 노후도 보장될 것이므로 더 이상의 돈은 필요가 없습니다." 아들은 말을 마치자 아버지의 얼굴을 쳐다보았다.

아들의 말을 듣고 난 아버지는 아들에게 말했다. "너는 이미 돈이란 것의 모든 면을 잘 알고 있구나. 네 말대로 돈이란 것은 좋은 점도 있지만 몸을 상하게 하는 위험 요소도 많은 것이란다."

얼마 후, 아버지가 죽자 세 아들 앞으로 변호사가 나타났다. 아버지의 유언을 집행할 변호사였다. 아버지의 유언장에는 다음과 같이 적혀 있었다. "큰아들과 둘째에게는 최소한의 금액만 상속하고 나머지 모든 금액은 셋째에게 맡기노라." 돈의 유용성과 위험성을 동시에 알고 있는 셋째 아들에게 아버지는 자신의 전 재산을 맡긴 것이다.

🐌 유언은 미리 미리….

202

벤허의 기적

원수를 갚은 벤허는 모든 것이 허탈했다. 자신과 자신의 가족을 파멸의 구렁텅이로 빠뜨린 로마에 대한 복수만이 그의 삶의 목표였었다. 그러나 문둥병에 걸린 어머니와 누이동생을 어찌하란 말인가? 복수를 했다고 하더라도 원래대로 되돌아오는 것은 아니지 않는가? 죄 없는 어머니와 누이를 감옥에 넣어 문둥병에 걸리게 한 그의 친구이자 원수인 메살라는 전차 경기 중 사고로 죽었다. 당연한 결과였지만 한편으론 허전했다. 원수를 갚는다는 것이 통쾌한 일만은 아니라는 것을 예전엔 몰랐었다. 왜 가장 가까운 사람끼리 원수가 되어야 하는가? 자신이 원했던 것은 이런 것이 아니었다. 그러나 이제 그는 가고 없다. 남은 것은 그의 저주대로 문둥병에 걸린 어머니와 누이동생뿐이다. 영원히 저주 받을 문둥병!

예수가 병을 고쳐 준다는 말은 많이 들었지만 예수의 처지도 그리 편치는 않은 것 같았다. 그를 죽이겠다고 공공연히 말하고 다니는 사람들이 많아 쉽게 진정될 것 같지 않은 분위기였다. 그가 보기에 가장 큰 이유는 질투였다. 예수의 말이 틀린 것이 없는데 왜 그를 그토록 질투하는 것일까? 원수를 사랑하라는 그의 말은 비록 현실에서는 실행될 수 없는 말일지라도 맞는 말이었다. 그의 말대로만 된다면 이 세상에 무슨 분쟁과 다툼이 있겠는가? 그러나 세상은 그리 간단치 않았다. 분쟁도 있고 문둥병도 있는 것이다. 그리고 요즘의 분위기대로라면 예수가 언제 죽을지도 모르고, 그렇게 되면 어머니의 병이고 뭐고 고쳐 볼 생각도 못하는 것이다. 문둥병도 잘 고치고 죽은 사람도 살려냈다는 예수의 기적은 과연 참말일까?

갈등할 시간적 여유도 얼마 남지 않은 것 같았다. 아니, 곧 지금이라도 무슨 일이 벌어지고 있을지도 모르는 노릇이었다. 어머니와 누이동생의 병만 고칠 수 있다면 전 재산을 다 바친다 해도 아까울 것이 없었다. 메시아? 메시아든 아니든 문둥병만 고쳐 준다면 그가 메시아가 아니라 하나님의 아들이라고 해도 믿어 줄 것이다. 그러나 어떻게 그 수많은 사람을 뚫고 그에게 다가가서 병을 낫게 해 달라고 말할 것인가?

걱정은 현실로 나타나고 말았다. 지난밤에 예수가 체포되어 오늘 판결이 나고 사형이 집행되게 된 것이었다. 사람 죽이는 일은 왜 이렇게 빨리 진행되는지 이제는 기다리고 뭐고 할 것도 없었다. 마지막으로 그를 만나 애원이라도 해보아야 했다.

예수가 십자가를 메고 지나가는 길목에는 이미 무수히 많은 사람들이 진을 치고 앉아 있었다. 불쌍하다고 우는 여인들, 그리고 걱정스럽게 지켜보는 남자들, 그러나 예수가 병을 낫게 해 준다는 이야기를 듣고 마지막으로 그에게 매달려 보려고 달려온 사람들도 적지 않았다. 예수는 십자가를 지고 죽으러 간다는데 혹시 자신들의 병을 고쳐 주지나 않을까 하여 기다리고 있는 그 많은 사람들 가운데 자신들도 끼어 있다는 사실이 뭐라고 말할 수 없이 복잡하고 혼란스러웠다. 그러나 어머니와 누이동생의 병을 낫게 해 줄지도 모르는 분이 지금 이 언덕을 지나갈 것이다. 그가 지나갈 때 그에게 뛰어나가 병을 낫게 해 달라고 애원한다면 들어줄지도 모르는 일이었다.

"유대 왕 만세!" 사람들이 예수가 보이자 이렇게 외쳐대기 시작했다. 그 말은 그를 비꼬는 말이었다. 왕이라면 왜 저런 꼴로 사형장으로 가고 있느냐는 뜻이 담긴 말이었다. 예수가 그들 앞으로 다가왔을 때 예수는 그 앞에서 십자가의 무게에 눌려 쓰러졌다. 쓰러진 예수의 몸 위로 병사들의 채찍질이 사정없이 가해졌다. 채찍질이 가해질 때마다 두 모녀와 에스더는 깜짝깜짝 놀랐다. 그러나 채찍을 맞는 예수의 얼굴은 고통의 모습이 아니라 평화의 모습이었다. 벤허는 그 얼굴을 전에 한 번 본 적이 있다는 생각이 들었다. 자신이 노예로 끌려가면서 갈증으로 죽어갈 때 물을 떠 준 분임이 틀림없었다. 그때 본 그 얼굴은 벤허가 이 세상에 태어나 처음으로 본 평화의 얼굴이었다. 바로 지금 여기서 채찍을 맞고 있는 그 얼굴인 것이다. "난 저 분을 알아." 벤허가 중얼거렸다. "누가 저 분 좀 도와주세요." 어머니 미리암이 소리쳤다. 여동생 티르자도 말했다. "저 분을 도와주세요."

205

벤허는 모녀를 에스더에게 맡기고 예수의 뒤를 따라가기 시작했다. 예수가 다시 힘없이 쓰러졌다. 벤허는 병사들을 헤치고 앞으로 뛰어나갔다. 병사들이 그를 밀쳐내 벤허는 샘물 가로 내동댕이쳐졌다. 십자가는 다른 사람에게 지워졌다. 샘물가에 내동댕이쳐진 그는 예수가 목이 마를지도 모른다는 생각이 들었다. 노예로 끌려가면서 목이 타 들어갈 때 예수가 로마 병사를 젖히고 자신에게 물을 떠 준 일이 기억났다. 그때의 은혜를 갚아야 한다는 생각이 들었다. 곁에 있는 바가지를 잡고 우물에서 급히 물을 떠 쓰러져 있는 그에게로 달려갔다. 예수에게 물을 건네러 간 벤허는 그의 얼굴을 가까이서 바라볼 수 있었다. 평화와 사랑이 넘치는 얼굴이었다. 결코 죽으러 가는 사람의 얼굴이 아니었다. 그때 한 병사가 바가지를 발로 차 물은 땅바닥으로 흘러 버리고 말았다. 벤허는 일어나 멍하니 예수의 뒤를 한동안 바라보았다. 그를 쫓아 어디라도 가야 할 것 같았다.

예수가 언덕 위로 사라지자 어머니 미리암이 에스더에게 말했다. "우린 돌아가야 해." 그러자 에스더가 말했다. "희망을 안고 두 분을 데려왔는데…." 에스더가 말을 잇지 못하자 미리암이 말했다. "넌 실패하지 않았어." 그렇게 말하는 그들의 마음속으로 십자가를 지고 끌려가는 예수의 평화로운 얼굴과 마음이 들어왔음을 느낄 수 있었다. 이제 모든 것이 밝게 보이는 것 같았다. 무엇이 옳고 무엇이 그른지 알 수 있을 것 같았다.

어떻게 해서든지 자신들의 병만 고쳐 보겠다고 예수 앞으로 나왔던 그들의 마음과 죽음의 길로 끌려가면서도 평화에 가득 찬 예수의 마음이 비교되어 보였다. 죽으러 가는 사람을 붙잡고 자신들의 병을 고쳐 달라고 악을 쓰려 했던 자신들의 모습이 한없이 부끄러워졌다. 그 마음은 욕심으로 가득 찬 마음이었다. 자신들의 속이 훤히 들여다보였다. 그 속은 악마의 복수와 더러운 욕심으로 가득 차 있었다. 용서와 속죄를 구해야 할 것 같았다. 회개의 눈물이 가슴속 깊이에서 흘러 나왔다. 가슴이 무너질 듯 아파왔다. 자신이 죽어야 할 것을 예수가 대신 죽고 있다는 생각이 들었다.

십자가에 못이 박히고 예수가 들려 올려졌다. 여자들의 흐느끼는 소리가 들려 왔다. 십자가에 매달린 예수의 눈을 바라보자 벤허의 마음속에 떠오르는 것이 있었다. 원수를 미워하지 말고 사랑하라는 예수의 말이었다. 그의 일생을 지배한 말, '원수에 대한 복수'라는 일념으로 살아왔던 자신의 삶과 예수의 삶이 대비되어 나타났다. 증오에 가득 찬 자신의 삶과 사랑이 가득 찬 예수의 삶은 비교될 수 없는 것이었다. 그리고 그 고통의 순간 속에서도 예수는 그에게 소리 없는 눈빛으로 어떤 삶이 더 소중한 삶인지를 말하고 있었다.

그는 곁에 있는 사람에게 말했다. "난 저 분을 알아, 그분이 내게 물을 주고 나를 살렸어." 그랬다. 바로 그 눈빛이었다. 그에게 물을 떠주던 사랑이 넘치던 눈, 목이 타서 죽을 것만 같았을 때 그에게 물을 떠주어 그를 살려 주었던 바로 그 눈, 언젠가 살아 있다면 꼭 한 번 만나보고 싶었던 바로 그 눈이었다.

십자가에 달려 있는 예수를 바라보는 벤허의 마음속에서 예수의 마지막 말이 들려왔다. "주여, 저들을 용서하여 주옵소서. 저들은 지금 무슨 일을 하는지 알지 못하나이다." 멀리 매달려 있는 예수의 목소리가 가까이서 아니 그의 가슴속에서 들려오고 있었다. 티르자와 에스더 그리고 미리암, 세 여자는 언덕 바로 아래 쪽에서 예수가 십자가에 못 박힌 언덕 위쪽을 바라보며 말로 표현할 수 없는 환희의 감정을 느낄 수 있었다. 모든 두려움이 사라지고 그분의 평화가 느껴지는 것 같았다. 그때였다. 갑자기 번개가 치고 비바람이 몰아쳤다. 해가 사라지고 주위가 어두워졌다. 그분의 고통이 그들에게도 다가오는 것 같았다. 그 고통은 이 세상의 모든 죄를 대신 짊어지고 가는 예수의 고통이었다. 천둥과 번개가 다시 내리쳤다. 어머니가 말했다. "그분의 생애는 끝났어." 모두들 그 말의 뜻을 알 수 있었다. 여동생 티르자가 말했다. "가슴이 찢어질 것처럼 아파요." 어머니가 대답했다. "나도 그래."

미리암과 티르자가 느꼈던 가슴의 고통은 이내 사라졌다. 고통이 사라지고 나자 마음이 한없이 편안해졌다. 그 순간 티르자와 미리암의 모든 병은 씻은 듯이 사라졌다. "병이 사라졌어요." 세 여자의 눈에서는 한없는 기쁨의 눈물이 흘러나왔다. 병을 고쳤다는 기쁨보다는 자신들이 죽어야 할 것을 예수 가 대신 죽음으로써 죄를 용서 받았다는 기쁨으로 흘러나오는 감사의 눈물이었다.

병이 나은 모녀는 예수의 죽음을 보고 돌아온 벤허를 만나 다시 한 번 눈물을 흘렸다. 그 눈물은 더러웠던 자신들의 마음이 그의 죽으심으로 깨끗이 용서받았다는 속죄의 눈물이었다. 벤허의 눈물 역시 그랬다. 모든 원수를 용서할 수 있게 된 감사의 눈물이자 자신의 죄와 더러움이 씻겨졌다는 참회의 눈물이었다. 벤허가 말했다. "그가 이 세상에 온 것은 우리 몸의 병을 고쳐 주려고 온 것이 아니라 우리 마음의 병을 고쳐 주려고 온 것이야." 그들 모두의 마음에는 십자가에 매달려 죽은 예수가 바로 그들 민족이 기다려 왔던 메시아였다는 확신이 들었다.

🐌 사람의 희망과 신의 희망은 정반대입니다. 사람의 희망은 욕심이요 신의 희망은 구원입니다.

레코드 회사
P 사장

　레코드 회사 P 사장은 아버지로부터 회사를 물려받았다. 평소 음악에 관심과 취미가 많았던 그가 가업을 물려받는다는 것은 당연한 일이었다. 회사 규모는 그다지 크지 않았지만 레코드 회사라는 게 한 번만 크게 히트를 하면 평생 먹고살 것이 나오게 되어 있는지라 잘만 판단하면 사업을 크게 불릴 수도 있는 터였다.

　음악이라면 대학 시절부터 각종 동아리나 서클 활동을 통하여 어느 정도 기량을 쌓은 그였기에 아버지가 자신에게 회사를 물려줄 그날만을 기대하며 살아왔다. 그런 P 사장에게 아버지가 혈압으로 쓰러진 것은 가정적으로 보면 큰 충격이었으나 개인적으로 보면 큰 행운일 수도 있었다. 그는 우선 공장에 손을 댔다. 지저분하고 정리가 되어 있지 않은 공장의 내부를 팔을 걷어붙이고 솔선수범하며 직원들을 다독인 결과, 공장은 선진국의 공장처럼 깨끗해졌고 직원들도 깨끗해진 공장에 대해 만족해하는 분위기였다.

그러나 문제는 히트였다. 문예 부장을 독려해 가능성 있는 신인을 데려올 수 있도록 지시했다.

회사는 새로 온 모사장의 지휘하에 이전보다 힘 있게 굴러갔지만 자신들이 직접 발굴, 제작한 음반의 히트가 없는지라 아직은 다른 회사에서 손이 모자라 미처 못 찍어 내는 판을 대신 찍어 주는 하청 공장의 수준밖에 되지 못했다.

그러던 어느 날 문예 부장이 급히 P 사장에게 뛰어왔다. "사장님, 지금 저희 녹음실에서 녹음하는 여가수가 있는데 노래 솜씨가 심상치 않은 게 뭔가 크게 터질 것 같습니다." 그 말을 들은 P 사장은 귀가 번쩍 뜨였다. "그래? 어디, 지금 노래를 부르고 있다고?" 녹음실로 달려가는 길에 문예 부장은 P 사장에게 아직 전속사가 없는 신인급 가수라 돈을 주지 않고 판만 내주어도 몇 년 간은 전속시킬 수 있을 거라는 말도 잊지 않았다.

신인 여가수는 꾀꼬리 같은 목소리로 성인 취향의 노래를 부르고 있었다. 궁금해진 P 사장은 녹음실 유리창 너머로 노래를 부르고 있는 그 여가수의 얼굴을 바라보았다. 그러나 자신이 생각했던 그런 얼굴이 아니었다. 화장기도 없었을 뿐만 아니라 목소리와 얼굴이 영 부조화였다. 괜히 이런 여가수의 판을 내주었다가는 그동안 쌓은 명성도 순식간에 날아가 버릴 것 같았다. 그는 사장의 반응을 기다리며 구석에 서 있는 문예 부장에게 말했다. "에이, 얼굴이 영 아니네." 사장의 실망 어린 대답을

211

들은 문예 부장이 사장에게 말했다. "여자 얼굴은 화장하기 나름인데요." 그러자 사장이 말했다. "거 참, 얼굴이 아니라는데 그러네. 정말 회사 망신시킬 일 있소?" 사장은 쓸데없는 일을 한다는 표정으로 녹음실 직원들을 한 바퀴 휙 둘러보며 말했다. "시간 있을 때 기계 정비 좀 틈틈이 해 놔요."

P 사장이 딱지를 놓은 그 여가수는 다른 레코드 회사에서 판을 내게 되었다. 그녀의 목소리는 밝고 명랑하며 예전에 들을 수 없었던 음색이어서 성인들에게 큰 사랑을 받아 레코드 사상 유례가 없는 수의 음반이 팔려 나갔다. 레코드 가게의 주문을 댈 수 없어서 전속된 회사는 물론 전국의 레코드 회사가 그녀의 음반만 몇 달 간 찍어대야 했다. 물론 P 사장의 회사에서도 전기료 수준의 아주 적은 마진만 받고 그녀의 레코드를 백만 장 이상 찍어 줘야 했다. 물론 그녀는 최고의 톱 가수로 몇 년 동안 TV와 매스컴을 장식했다.

그녀가 TV에 나올 때마다 P 사장은 바퀴벌레를 씹는 기분이었다. 채널을 돌릴 수도 없었고, 안 돌릴 수도 없었다. 너무나 노래를 잘하고 너무나 시원하게 잘생겼기 때문이었다. 그때 보았던 그 여자가 아닌 것만 같았다. 만약 그때 그 여가수를 잡았더라면 아마 P 사장은 지금쯤 해외에서 골프나 치고 있을 거라고 생각했다. 이미 그 여가수를 잡아서 성공한 다른 레코드 회사는 거대한 사옥을 신축하고 세계 최신의 기계를 들여 놓았다는 소식이 들렸다.

몇 년이 지난 어느 날 문예 부장이 다시 그에게 찾아왔다. "사장님, 이상한 놈이 하나 찾아왔는데요. 뭔가 느낌이 색다른 것 같습니다. 돈도 얼마 요구하지도 않는데요." P 사장은 호기심이 발동했다. "그래? 뭐가 이 상해? 요즘 젊은 애들 하는 게 다 이상한 것 아냐?"

P 사장은 문예 부장의 안내를 받아 오디션이 실시될 녹음실로 향했다. 거기에는 비쩍 마르고 안경을 낀, 가수처럼 보이지 않는 남자 아이가 주눅 든 듯이 앉아 있었다. 척 보니 그냥 오디션 보러 평상시에도 자주 찾아오는 그런 지망생과 별반 큰 차이가 없어 보였다. 노래를 제대로 잘 하려면 소위 말하는 '끼'가 보여야 하는데 수줍음을 타는 데다가 얼굴 어 디에도 카리스마의 흔적을 찾아 볼 수가 없었다. "노래하러 왔냐? 한 곡 조 뽑아 봐라." 그는 시큰둥하게 말했다. "저, 자작곡 해 봐도 돼요?" 그 폼에 작곡까지 하는 모양이었다. "자작곡 아니라 자작곡 할애비라도 해 봐!"

지망생은 겁먹은 표정으로 녹음실 안으로 들어갔다. 잠시 후 반주가 흘러 나왔다. 반주 음악은 보통 요즘 아이들의 음악과 별반 다를 게 없었 다. 노래가 나올 시간이 되었다. 그 녀석이 노래를 시작했다. 그런데 부 르라는 노래는 부르지 않고 뭐라고 중얼거리고 있지 않는가? 잠깐이겠 거니 하면서 기다렸는데 그 녀석은 노래는 부르지 않고 뭐라고 계속 떠 들어만 대고 있었다. "미친 놈." P 사장은 부아가 치밀었다. "야! 시끄러! 반주 꺼! 쟤 노래하러 온 거야? 떠들러 온 거야?" P 사장은 직원들에게 속고 있다는 기분이 들었다. "아니 실장, 이리 좀 와 보시오. 쟤 누가 데 려 왔소?" P 사장은 애꿎은 녹음 실장을 윽박지르고 있었다. "뭐요, 당신 들. 지금 정신이 있는 거야? 없는 거야?" 사장은 고함을 지르더니 녹음 실 문을 박차고 휙 나가 버렸다.

P 사장이 딱지를 놓은 그 가수는 랩이란 형식을 처음으로 도입한 노래로 청소년들의 폭발적인 사랑을 받게 되었다. 온 나라가 그의 노래판이 되어 버렸다. TV와 라디오에서 하루 종일 그의 노래를 틀어 대서 도저히 안 들을려야 안 들을 재간이 없게 되었다. 수백만 장의 판이 팔려 나가고 뒤이어 나온 2집, 3집 등 나오는 판마다 기록을 갱신했다. 젊은 층을 대변하는 하나의 사회 현상이 되어 어떤 경제 연구소에서는 금세기 최고의 창의성을 가진 우리나라 역대 최고의 상품이라는 평까지 받기에 이르렀다. P 사장은 그런 뉴스를 접할 때마다 속이 뒤집힐 것 같았다.

 회사 경영은 조금 힘이 들었지만 다른 회사의 하청을 받아 근근이 꾸려 갈 수 있었다. 지나간 일은 모두 잊기로 했다. 그런 생각이 무슨 소용이 있겠는가? 앞으로만 잘하면 되는 것이었다. 마음을 고쳐먹고 하청이라도 열심히 따내 회사를 유지시키는 것이 급선무였다. 그러던 어느 날 함께 점심 식사를 하던 문예 부장이 그에게 불쑥 얘기를 꺼냈다. "사장님, 우리가 돈을 제대로 들여 정식으로 만든 판은 잘 히트가 되지 않으니 정식 판보다는 저렴한 판을 만드는 게 어떨까요?" 사장은 문예 부장에게 말했다. "그게 뭔데?" "사람들은 요즘 노래보다는 조금 지난 노래들을 좋아하거든요. 그러니까 조금 지난 노래들을 노래만 잘하는 무명 신인에게 기회를 주어 한 장에 20곡 이상 집어넣으면 장사가 잘 될 것 같습니다." 사장은 그 말을 듣고 나서 그에게 말했다. "다 좋은데 가수가 문제 아니요? 어디 부장이 숨겨 놓은 가수라도 있소? 당장 봅시다."

 가수가 왔다는 소식을 들은 사장은 녹음실로 향했다. 노래는 그런 대로 부르는 것 같았다. 여가수인데 얼굴이 영 아니었다.

그러나 TV에 나갈 가수는 아니었으므로 얼굴은 따지지 않기로 했다. 그런데 목소리가 지금 그의 회사에 전속돼 있는 가수와 별 차이가 나지 않는 것 같았다. 그 가수들도 히트는 하지 않았지만 노래들은 다 잘하는 가수들이었다. 사장이 말했다. "차라리 그냥 우리 가수를 씁시다. 신곡 부르는 것도 아니고 옛날 노랜데 뭐 어때요." 문예 부장이 난감한 표정으로 사장에게 말했다. "사장님 말씀 듣고 저 가수에게 판 내준다고 벌써 약속을 해버렸는데요…. 구두 약속이긴 하지만 그래도 약속은 약속인데요." P 사장이 말했다. "에이, 뭘 구두 약속 가지고 그래요. 기왕이면 우리 가수를 씁시다." 부장은 사장의 강권에 이러지도 저러지도 못하고 난감해 했다. "하여튼 우리 가수라면 모를까. 돈 지불하는 건 안 됩니다." 사장은 그 말을 남기고 획 떠나 버렸다.

처지가 곤란해진 부장은 녹음실에 있는 가수를 불러내어 전후 사정을 설명한 후 자신의 친구에게 그 가수의 판을 내줄 것을 부탁했다. 소위 프로덕션 제작이었다. 경비는 그의 친구 회사에서 대고 가수는 친구 회사에 몇 년 간 전속시키되, 판을 찍어 주거나 문예 파트의 일은 자신이 뒤에서 적극 도와주기로 했다. 회사로서는 히트할 경우 이문은 적지만 안전한 하청을 하나 확보하게 되는 셈이었다. 물론 사장은 히트할 가능성은 없다고 생각했다. 그리고 문예 부장이 자신의 말대로 회사 소속 가수를 쓰지 않고 그 가수를 다른 프로덕션에까지 소개시켜 가면서 우정 판을 내주려고 하는 것이 못마땅했지만 특별히 회사에 손해가 나는 일이 아니어서 그대로 두었다. "뭐, 개인적으로 얽힌 사연이 있나 보지. 그 얼굴에…." 가끔은 순수하게 노래 실력보다는 개인 사정이나 남녀 관계로

얽혀 판이 나오는 경우도 있었기 때문이었다.

판은 그의 회사에서 나왔다. 그냥 찍어만 주는 거였다. 판이 나온 후, 그 가수가 부른 노래는 전국의 카페와 유선 방송에서 흘러나오기 시작했다. 새로 나온 판이니까 잠깐 나오다 말려니 했던 노래는 날이 갈수록 속수무책으로 흘러나오기 시작했다. 다방에 가도 나오고 술집에 가도 나왔다. 버스마다 트럭마다 그 판이 없는 곳이 없었다. 1집에 이어 2집, 3집, 4집, 5집, 6집, 7집이 계속 쏟아져 나왔다. 그 판에 수록된 그 여가수의 노래는 하루 종일 유선 방송, 카페, 술집, 버스, 심지어 지나가는 트럭에서도 들을 수 있었다. 물론 방송에서는 별반 나오지 않았지만 판매만큼은 유례가 없을 정도로 너무나 잘 팔려 나갔다.

2년 동안 그 여가수의 판만 하청으로 찍어댔는데도 자신의 공장에서 다 찍어 줄 수가 없어서 다른 회사에 재하청까지 주면서 찍을 수밖에 없었다. 물론 번 돈은 미미했지만 그 판을 찍는 동안만은 직원 월급이나 부도 걱정을 잠시 잊을 수 있었다.

그러나 퍼뜩퍼뜩 그물에 다 들어온 고기를 자기 손으로 내쫓았다는 느낌이 들었다. 그런 느낌이 들 때마다 P 사장은 혼자서 중얼거렸다. "그런 생각을 하면 무슨 소용이 있는감. 내 고기가 아니었던 게지."

🐌 자기 능력에 맞지도 않는 중책을 맡아 경영자 자리를 차지하는 건 회사에 재앙이 됩니다.

216

부자와
세 딸

어느 부자에게 세 딸이 있었다. 딸들은 나이가 차서 모두 시집을 가 새 가정을 꾸렸다. 부자도 나이가 많이 들어 이제는 딸들에게 자기 재산을 나눠 주리라 마음먹고 세 딸을 자신의 집으로 불러들였다.

부자는 세 딸들이 자신을 아직도 얼마나 사랑하고 있는지 알고 싶었다. 큰딸이 들어오자 부자는 큰딸에게 물었다. "얘야, 너는 나를 얼마만큼 사랑하고 있니?" 그러자 큰딸이 아버지에게 대답했다. "아버지, 저는 아버지를 금보다 더 사랑하고 있어요."

아버지는 큰딸이 자신을 그 귀한 금보다 더 사랑하고 있다는 말에 흐뭇하여 큰 재산을 나누어 주었다. 둘째 딸이 들어오자 아버지는 다시 둘째 딸에게 자신을 얼마나 사랑하느냐고 물었다. 그러자 둘째 딸이 말했다. "아버지, 저는 아버지를 다이아몬드보다 더 사랑하고 있어요." 아버지는 흐뭇하여 둘째 딸에게도 큰 재산을 떼어 주었다.

셋째 딸이 들어오자 아버지는 셋째 딸에게도 똑같은 질문을 했다. 그러자 셋째 딸이 말했다. "아버지, 저는 아버지를 소금처럼 사랑하고 있어요." 자신을 겨우 소금처럼 사랑한다는 셋째 딸의 이야기를 들은 아버지는 기분이 몹시 불쾌해져서 셋째 딸에게 말했다. "소금처럼 사랑한다니…. 이제 네 얼굴을 보고 싶지 않구나. 다시는 내 앞에 나타나지 마라." 아버지는 화가 나서 셋째 딸에게는 아무 재산도 나누어 주지 않았다.

얼마 후, 아버지는 딸들의 집에서 함께 살기로 작정하고 큰딸의 집으로 향했다. 큰딸은 크게 반가워하며 아버지를 맞았다. 큰딸의 집에서 일주일을 묵던 어느 날, 아버지는 딸과 사위가 이야기하는 것을 우연히 엿듣게 되었다. 사위가 딸에게 물었다. "여보, 여보, 당신이 보기에 아버님이 진짜 우리 집에 사시려는 것 같아?" 그러자 딸이 남편에게 대답했다. "글쎄요, 그렇게 되면 큰일인데요. 어쩌면 좋죠?" 딸과 사위는 자신이 그들의 집에서 아주 살게 될까 봐 걱정을 하고 있었다.

다음 날이 되자 아버지는 짐을 꾸려 둘째 딸의 집으로 거처를 옮겼다. 둘째 딸도 반갑게 아버지를 맞았다. 그러나 일주일쯤 되던 날, 아버지는 우연히 그들 부부가 하는 이야기를 듣게 되었다. "여보, 아버님이 언제쯤 가실 것 같아?" 그러자 딸이 남편에게 대답했다. "글쎄요, 언제 가실지 알 수가 있어야죠…." 둘째 딸 부부도 큰딸과 똑같은 내용의 이야기를 나누고 있었던 것이다.

실망한 아버지는 다음 날로 짐을 싸서 둘째 딸의 집을 나와 버렸다. 갈 곳이 없어진 아버지는 배가 고파 어느 허름한 식당으로 들어가 국밥을 시켰다. 국밥이 나오고 아버지가 수저로 국밥 한 숟갈을 떠서 입으로 넣는 순간, 뭔가 맛이 이상했다. 아무런 맛이 없는 것이었다. 아버지는 식당 주인을 불러 국밥 맛이 아무래도 이상하여 먹을 수가 없다고 말했다. 그러자 여 주인이 아버지에게 말했다. "아 참, 소금이 빠졌군요. 소금이 없으니까 아무 맛이 없지요."

그러자 아버지는 퍼뜩 생각나는 것이 있어 여주인의 얼굴을 쳐다보았다. 그 식당 여주인은 바로 자신이 미워하며 내쫓았던 셋째 딸이었던 것이다. 아버지는 자신의 과오를 깨닫고 셋째 딸에게 용서를 빌었다. 셋째 딸은 그런 아버지를 받아들여 돌아가실 때까지 편안하게 살 수 있도록 정성을 다하여 아버지를 모셨다.

🐌 열 명의 자식이 있더라도 제대로 된 효심을 가진 자식은 드문 법이다. 부모는 자식의 교과서이며 역사이므로 바르게 피어 날 수 있도록 인성에 힘써야 한다.

노숙자의
꿈

박 아무개 씨가 노숙자가 된 것은 경마병 때문이었다. 일 년 전만 해도 그는 번듯한 직장에다 과장이라는 직함까지 가지고 있던 한 가정의 어엿한 가장이었다. 그러나 경마에 손을 대고 나서부터 그의 인생은 달라지기 시작했다. 박 씨가 경마에 처음 손을 댄 것은 친구에게 꾸어 준 돈을 받기 위해서였다. 그의 친구가 경마장으로 오면 돈을 주겠다고 했기 때문이었다.

얼마 안 되는 돈이었지만 한 푼이라도 아끼며 사는 그에게 십만 원은 결코 적지 않은 돈이었다. 경마장에서 경마에 열중인 그의 친구를 만나 꾸어 준 돈 십만 원을 받고 잠시 구경이나 하고 가라는 친구의 옆자리에 눌러앉은 것이 경마에 손을 대게 된 계기였다.

친구가 찍어 주는 말에다 돈을 걸었던 박 씨는 그 자리에서 3배수 배당이 터지자 경마에 대해 매력을 느끼기 시작했다. 심심풀이로 만 원을 걸었던 그에게 즉석에서 삼만 원의 배당이 떨어진 것이다. 친구는 이미 경마의 이런 맛을 알고 주말마다 경마를 즐겼던 모양이었다.

초보자를 위해 경마장에는 경마 예상지라는 것이 있다. 몇 가지의 예상지를 보고 나서 나름대로 확률이 높은 말에다 배팅을 하면 대개 삼사배의 배당은 쉽게 떨어지는 것이었다.

이렇게 해서 발을 들여놓은 그는 자기 월급과 친구들의 돈 그리고 부인에게 꾼 돈들을 모두 경마에 들여놓았지만 따는 듯하다가 결국은 잃고 마는 게 경마였다. 급기야는 회사 공금을 야금야금 경마에 들여놓았다가 감사에 지적되어 퇴출자 명단에 오르게 된 것이 노숙자의 길로 오는 결정적 계기가 되었다.

처음 퇴출자 명단에 올랐을 때는 분하고 억울한 마음뿐이었지만 한편으로는 마음 놓고 경마장으로 달려갈 수 있어서 차라리 속이 편했다. 그리고 몇 년 간 회사에서 근무한 관계로 적지 않은 퇴직금을 받을 수 있어서 배팅할 여유 자금도 충분해 기분이 나쁜 것만은 아니었다.

퇴직 후에 두둑한 주머니로 처음 경마장을 찾았을 때는 배당도 잘 터졌다. 역시 넉넉한 자금으로 즐기다 보니 잘 터지는 편이었다. 그러나 퇴직금은 두 달을 넘기지 못하고 곧 소진되고 말았다. 돈이 궁해진 그는 일가친척들을 찾아다니며 손을 벌리기 시작했다. 한 바퀴 다 돌고 나니 더이상 손을 벌릴 데가 없었다. 드디어 경마장 갈 지하철 표 값도 없었고, 심지어는 점심 식사 할 돈조차 없었다.

일가친척들의 빚 독촉을 수상히 여긴 그의 부인은 사람을 사서 그를 미행시켜 그가 경마에 깊이 빠져 있다는 사실을 알고 나서는 두말없이 아이들을 데리고 친정으로 가 버렸다. 얼마 후 이혼 소송에서 가지고 있던 작은 아파트는 부인의 위자료조로 명의 변경되었고, 십 년 간의 인연은 완전히 남남으로 끝나 버리고 말았다.

몇 군데 다니면서 취직도 해보려고 했으나 토요일과 일요일에는 경마를 해야 했기 때문에 도저히 일이 손에 잡히지 않았다. 또 취직을 하자마자 주위 사람들에게 돈을 꾸다 보니 이상한 사람으로 몰려 결국 며칠 만에 회사를 그만두는 일이 많았다.

이윽고 노숙자 신세로 떨어진 그는 '희망의 집'에 입소하게 되었다. 그러나 그의 마음속에는 한 가지 꿈이 있었다. 즉, 경마에서 최고의 고액 배당을 한 번 받아 보는 것이었다. 오백 배, 천 배의 고액 배당을 단 한 번만이라도 받아 본다면 더 이상 경마는 하지 않을 수 있을 것 같았다. 이미 부인과 아이들은 그의 곁을 떠나 버렸고 친구나 친척과도 연락이 끊어진 그는 천 배의 고액 배당을 받고 나서 경마 세계에서 영원히 발을 끊고 새 출발을 하는 것이 마지막 소원이었다.

노숙자 생활은 그리 어렵진 않았다. 정부에서 지어준 희망의 집에서 잠자리와 끼니를 해결할 수 있었으며 규칙만 지키면 누가 뭐라는 사람이 없어서 좋았다. 공공 근로라고 해 봐야 그저 쓰레기 분리수거, 휴지 줍기, 등산로 청소하기 등 특별히 힘쓰는 일은 없었다. 그리고 쉬엄쉬엄 해도 누가 뭐라고 그러는 사람이 없어서 좋았다. 쉬는 시간 제대로 지켜가며 일을 하니 세상 편했다. 회사 다닐 때보다 몸은 훨씬 편했다. 그렇게 일 하고도 한 달에 육십만 원 이상 생기니 누가 미쳤다고 소위 말하는

3D 업종에 가서 힘들게 일하겠는가? 박 씨가 생각해도 노숙자 정책은 뭔가 잘못된 것 같았다.

일단 박 씨의 손에 십만 원이 쥐어지면 그는 어김없이 경마장 가는 지하철로 향했다. 마지막 소원인 천 배의 배팅을 한 번만이라도 잡을 수 있다면 그의 인생은 성공한 인생이라고 생각되었다.

그러던 어느 날, 그는 꿈속에서 대통령을 보았다. 대통령이 그에게 악수를 청했다. 얼떨결에 그는 악수를 했다. 토요일이었다. 숙소에서 잠을 깬 순간, 기분이 이상해졌다. 혹시 무슨 일이 있지나 않을까 하는 생각이 들었다. 남들은 꿈에 대통령을 보면 복권을 산다는데, 설마 그에게 그런 일이 일어날 리가 있겠는가?

마권을 사는 그의 손이 조금 떨렸다. 꿈에 본 대통령의 일굴이 머리에 떠올랐다. 그 어느 때보다도 오늘은 꼭 맞아야 한다는 생각이 그의 머릿속에 꽉 찼다. 그날의 운을 알아보기 위하여 첫 경주는 단승식에 걸어 보았다. 두 배의 배당금이 들어왔다. 출발이 좋은 것 같았다. 두 번째는 맞지 않았다. 다섯 번째에서 다섯 배의 배당금이 들어왔다. 확률이 잘 맞아떨어지는 날이었다. 역시 대통령 꿈을 꾸고 오니 잘 들어맞는 것 같았다. 배당금을 타러 자주 자리를 뜨자 옆에 있는 사람이 부러운 듯한 눈초리로 그를 바라보았지만, 자신이 작성하여 제출한 경마표의 내용만은 그에게 얘기해 주지 않았다.

드디어 마지막 경마가 시작되었다. 주머니에 남은 오만 원을 모두 걸었다. 복승식 두 마리의 말에다 1, 2위를 걸었다.

배팅 액수는 30초마다 무섭게 올라가기 시작했다. 순식간에 37억 원의 돈이 모였다. 만약 맞으면 천팔백 배의 고액 배당이 걸려 있는 경마였다. 출발 신호가 울리고 문이 열렸다. 말들이 뛰어나와 주로를 달리기 시작했다. 그가 건 말들은 모두 하위권으로 쳐졌다. 중반이 되자 그중 한 마리가 뛰쳐나왔다. 예상지에서 일등을 하리라고 점찍은 말이었다. 그 말은 꾸준히 2위를 유지했다. 가슴이 떨려 왔다. 골인 지점 이십 미터를 놓고 하위권에 쳐져 있던 말이 갑자기 뛰쳐나오기 시작했다. 그가 건 말온 호주산 거세마였다. 그 말이 지금 막 뛰쳐나오고 있는 중이었다. 그가 건 두 마리의 말끼리 1, 2위를 다투기 시작했다. 숨이 막혀 오고 진땀이 났다. 이렇게 3초만 견뎌주면 되는 것이다. 뒤쪽에서 또 한 마리의 말이 1초를 남겨 놓고 갑자기 달려 나왔다. 아슬아슬한 순간이었다. 그러나 순간의 시간이 지나자 그가 건 말이 1, 2위를 차지하게 되었다. 2위와 3위는 한 코 차이였다. 천팔백 배의 고액 배당이 드디어 눈앞에서 펼쳐지는 순간이었다. 꿈을 꾸고 있는 것 같았다. 온몸이 짜릿해지며 반짝반짝한 물체가 눈앞에서 빙글빙글 돌아 다녔다. 실없는 웃음이 저절로 터져 나왔다. 그의 평생소원이 드디어 이루어진 것이다. 그동안의 모든 고생과 괴로움이 일시에 사라지는 순간이었다.

약 구천만 원에 가까운 고액 배당을 받은 그의 생활은 그때부터 확 달라지기 시작했다. 우선 숙소를 조그만 호텔로 옮겼다. 핸드폰도 하나 장만했다. 경마장에 안 갈까 하는 생각도 해봤으나 그야말로 여유 자금으로 즐기는 경마라 아무런 부담이 없었다. 그 지겨운 지하철은 타지 않기로 했다. 그 대신 콜택시를 이용했다. 앞으로 어떻게 살아야 할지에 대해 생각할 장소로는 경마장이 가장 적당했다. 집을 장만하기에는 조금 모자라는 돈이라 어떻게 돈을 배분해야 할지 머릿속이 복잡했지만, 한 가지 분명한 것은 매우 기분이 좋다는 사실이었다. 역시 대통령 꿈은 약발이 있었다.

그 이후부터 그는 하루 경마 상한 금액을 설정하여 그 이상은 절대 지출하지 않았다. 경마가 레저 스포츠의 원래 의미에 어울리게 건전해진 것이다. 경험이 축적되다 보니 요령이 생긴 것이다. 오십만 원 내외의 경마라 돈을 잃어도 큰 부담은 되지 않았다. 평생에 한 번 오는 기회인데 그때 만약 그에게 조금만 더 여유 자금이 있었더라면… 하다못해 오십만 원 정도라도 걸었더라면 그동안 진 빚 다 갚고 집이라도 한 채 마련할 수 있었을 텐데 돈이 부족했던 것이 억울하기 짝이 없었다. 결국 따져 보면 그동안 자신이 경마에 부은 돈을 탄 것에 불과한 것이었다.

이제 여유 자금이 조금 생긴 만큼 좀 더 확률을 분석해 가며 승부를 건다면 승리는 그의 것이나 마찬가지였다. 그는 이전보다 좀 더 진지해졌다. 이제는 경마 예상지 따위는 거들떠보지도 않았다. 그런 신문의 예상을 뛰어넘은 자신의 느낌과 확률이 더 잘 들어맞는다는 것이 지난번 천팔백 배의 배당금이 터질 때에 밝혀진 바가 있었다. 그의 고액 배당 소식은 경마 예상지 구석에 조그맣게 실리기도 했다. "노숙자 출신의 박 아무개 씨가 천팔백 배의 고액 배당에 당첨되었다." 한마디로 말해서 그는 전문가의 경지에 올랐다고 볼 수 있었다.

일부 전문가들이 그가 고액 배당을 받은 사실을 눈치 채고 그에게 은근히 다가와 경마 예상에 대한 느낌을 묻는 등, 정보를 빼내려고 하는 것 같았다. 그러나 기분이 나쁜 것만은 아니었다. 나름대로 비밀에 속하지

225

않는 사항은 그들에게 이야기해 주기도 했다.

이기기도 하고 지기도 하는 한 달이 지나자 그의 수중의 돈은 절반으로 줄었다. 돈을 아끼기 위하여 그는 여관으로 숙소를 옮겼다. 그의 여관 방은 온통 경마 예상지와 확률을 계산한 종이들로 어지럽게 널려 있었다. 끈기 있게 버티는 사람에게 행운이 찾아온다고 굳게 믿고 있는 그에게 경마는 예술과도 같은 것이었다.

다시 한 달이 지나자 그의 수중에는 천만 원밖에 남지 않았다. 그러나 지난번 때의 오만 원짜리 배팅이 아닌 오십만 원짜리 배팅이었으므로 맞기만 하면 오억 원 이상의 배당을 받을 수도 있는 것이었다. 그런 식으로 이십 번은 더 할 수 있는 자금이 아직 남아 있었다. 오십만 원짜리 배팅은 두 달 간 더 계속되었다.

마지막으로 수중에 백만 원이 남을 때까지 그의 오십만 원 짜리 배팅은 계속되었으나 두 배, 세 배의 배당이 있었을 뿐 끝내 지난번 같은 고액 배당은 터지지 않았다. 갈등이 일어나기 시작했다. 계속 오십만 원짜리로 돈을 걸 것이냐 아니면 십만 원짜리로 열 번을 걸 것이냐 정말 난처하게 되었다. 그러나 지난번의 쓰라린 경험으로 봐서 도저히 십만 원짜리로 걸 수는 없었다. 과감한 배팅이 필요한 순간이었다. 모든 것을 대통령에게 맡겼다.

첫 번째 경마에 오십만 원을 걸었다. 그러나 자신이 지정한 경주마들은 잘 나가다가 뒤쳐지고 말았다. 마지막으로 오십만 원을 복승식 두 마리의 말에다 걸었다. 그날의 다크호스로 지목된 말들이었다. 그러나 그 말들은 한 번도 치고 나오는 일 없이 그냥 꼴찌에서 헤매다 끝났다. 완전히 다크호스로만 끝나고 만 것이었다. 부아가 치밀어 올랐다. 그 말들을 다크호스라고 지목했던 경마 예상지들은 모두들 짜고 자신을 골려 주려고 모의들을 한 모양이었다. 잡히기만 하면 모두 몽둥이로 흠씬 패주고 싶었다. 팔천만 원이라는 거금이 단 삼 개월 만에 그의 손에서 사라져 버렸다. 모든 것이 꿈만 같았다.

희망의 집을 다시 찾은 박 씨는 반가워하는 낯익은 동료들에게 대꾸조차 하기 싫었다. 어디 갔다 왔느냐고 묻는 동료들이 귀찮기만 했다. 그들이 무얼 안단 말인가? 무식한 사람들 같으니… 오죽 못났으면 노숙자 숙소에서 잠을 잘까?

박 씨의 머릿속에는 지난번의 패인을 분석하고 기초부터 다시 시작해야 한다는 생각뿐이었다. 일주일 간의 공공근로로 십만 원을 마련하여 만 원짜리 배팅부터 다시 차근차근 시작해야겠다고 생각하니 차라리 마음이 편해지는 것 같았다.

가난은 어쩌면 스스로 선택하는 것일지도 모릅니다. 생각이 제대로 서지 않으면 아무리 큰돈이 찾아오더라도 잡지 못할 뿐만 아니라 잡더라도 그 돈이 오히려 자신의 몸과 마음을 망쳐 파멸의 길로 이끌게 되어 차라리 없을 때가 더 행복한 것입니다.

결정적
한 타

골프는 한 타, 한 타가 매우 중요한 게임이다. 내가 남보다 한 타를 덜 치고 공을 홀에 넣거나 상대방이 나보다 한 타를 더 치고 공을 넣게 되면 나의 승리가 결정된다. 물론 두 경우 다 승리하는 방법이고 또 똑같은 효력을 내지만, 내가 남보다 한 타 덜 쳐서 먼저 공을 넣어 이기면 내 실력으로 이기는 것이고 상대방이 실수해서 나보다 더 늦게 쳐 넣으면 어부지리나 행운으로 이기는 것이다. 남의 실수로 이기는 것보다는 내 실력으로 이기는 것이 훨씬 뒷맛이 깨끗하다. 그런데 대개 보면 우승자는 남의 실수, 즉 행운으로 이기는 경우가 더 많은 것 같다.

다른 운동도 그렇겠지만 골프만큼 심리적인 영향을 많이 받는 운동도 드물다. 마음의 상태에 따라 공이 날아가는 거리와 방향이 크게 달라진다. 공이 딱! 맞는 순간 이미 떨어질 자리가 결정되는 것이고, 특히 마지막에 홀 컵에 공을 넣을 때는 대개 맞는 순간에 그 공이 들어갈 것인지 안 들어갈 것인지가 90% 결정이 된다. 그리고 딱 치고 나서 몸을 잔뜩 웅크리거나 비트는 골퍼가 많이 있는데, 아니 그런다고 이미 친 공이 비틀려서 들어가나? 하기야 오죽하면 그렇겠는가?

우승자에게는 대개 우승할 만한 이유가 있다. 초반부터 기세를 잡고 계속 일등으로 나가는 사람이 있는가 하면 막판에 강한 사람도 있다. 대체로 차분하고 안정된 심성의 소유자들이 많이 우승하는 것으로 보아 골프는 역시 정신과 육체가 조화되는 가장 고차원적인 운동이다. 그렇다고 준우승이나 십위 권 내의 선수가 일등 우승자보다 못하다는 것은 아니다. 대개 타수의 차이는 1등 우승자와 2등 준우승자 간에 단 한 타 차인 경우가 많고, 그 밑의 차이도 역시 한 타 차이로 내려가는 것이 보통이다. 한 타 차이에 천당과 지옥이 오락가락하는 게 골프의 묘미다. 한 타만 잘 치면 억대의 상금과 함께 매스컴의 집중 조명을 받는가 하면 한 타만 잘못 치면 그냥 보통보다 몇 푼 더 받는 걸로 그치고 만다.

우승을 하면 상금뿐만 아니라 각종 후원금에다가 TV 출연 그리고 골프 용품이나 자동차 광고에 이르기까지 상금의 수십 배의 수입이 들어온다. 이런 우승을 두세 번 정도 기록하면 세계적인 명사가 될 뿐만 아니라, 쉽게 말해서 골프채 놓아도 평생 먹고사는 데에는 지장이 없는 것이다. 아니, 먹고사는 문제를 떠나서 인기에다 명예까지 보이지 않는 부가가치는 감히 상상도 할 수 없을 만큼 엄청나다. 그러니 머리가 터지도록 노력할 수밖에…. 딱 한 번만이라도 우승을 해 보는 게 모든 골퍼들의 소원이다.

그거 딱 한 타만 잘 치면 되는 건데, 그게 그렇게 안 될까 싶지만, 안된다, 잘 안 된다. 프로 골퍼로 입문한지 십 년째 되는 파머 씨의 경우도 그렇다. 그는 9년 전의 그날을 아직도 잊을 수가 없다. 입문하고 그다음해에 파머 씨는 딱 한 번 우승을 해봤다. 아쉬운 점은 전국 대회가 아닌 서부 대회란 것이지만. 그래도 아주 시시한 대회는 아니었다. 상금도 전국 대회의 절반쯤은 되었고, 지역 언론에서도 크게 다루는 대회였다. 전국 성적에도 반영이 되고 또 신인 유망주들이 많이 참가하는 대회로 알려져 있다. 거기서 그는 우승을 했던 것이다.

그날따라 공이 잘 맞았고 때리는 순간에 느낌으로 공이 떨어질 자리가 보였다. 참 잘 맞는 날이었다. 그렇게 딱 한 번 우승을 해 보고 10년 동안 한 번도 우승을 못 해 봤다. 그때 우승이 결정된 순간, 기자들이 모두 자신에게로 몰려오더니 플래시가 터지고 여기저기서 마이크가 정신없이 들어왔는데, 지금 생각해도 잘 실감이 나지 않는 순간이었다. 그저 물어보는 대로 기자들에게 말을 했는데, 그때 생각만 하면 가슴 뿌듯함과 동시에 한편으로는 아쉬움도 남았다. 그 뒤로 왜 10년 동안 한 번도 우승을 못하는가 말이다.

그런대로 10위 권에 안에 들었던 적은 몇 번 있었지만 작년에 우승을 놓치고 3위를 했을 때, 그는 정말 속이 뒤집히는 것 같았다. 하여튼 한 달 간 밥도 먹고 싶지 않았고 골프채 잡기도 싫었다. 다 잡은 고기를 놓쳤기 때문이었다. 마지막 18홀에서 한 타를 남겨 놓고 있었는데, 운명의 그 한 타 때문에 우승을 놓친 것이다. 보통 때 같으면 한 번에 잘 들어갈 거리였는데 그날따라 손에 쥐가 났는지 구멍을 아슬아슬하게 지나 오히려 반대쪽으로 더 멀리 나가고 말았다. 결국 예상보다 두 타를 오버하여 2등이 되었는데, 막판 뒤에서 치고 올라오는 사람 때문에 3위까지 밀리게 되었다. 차라리 그냥 두 번에 넣을 결심을 하고 홀 가까이에 갖다 놓기만 했더라도 공동 1위가 되어 연장전을 할 수 있었을 텐데, 그게 내내 마음에 걸렸다.

그 일이 있고 나서부터 그는 승패에 초연해졌다. 그냥 쳐지는 대로 승패에 상관없이 마음속 그림에 따라 부담 없이 휘둘렀다. 그러다 보니 오히려 잘 맞았다. 요즘엔 10위 권에도 자주 오르고 돈도 쏠쏠히 들어왔다. 그리고 매스컴에서도 가끔 거론이 되기도 하고 해서 꼭 1등만 매스컴 타는 게 아니라는 것도 알게 되었다. '한구석에라도 자꾸 나오기만 해라.' 그 재미도 괜찮았다. 파머 씨는 대회가 크든 작든 그냥 골프 축제에 참가하러 온 사람처럼 마음먹기로 했다.

이번 대회는 전국 4대 대회이니만큼 최고의 기량을 가진 선수들은 다 모였다. 물론 TV로 생중계되고 팬들도 엄청 나게 많이 모였다. 그중에는 그의 이름을 기억하고는 아는 척하는 사람도 있었다. 모르는 사람들로 가득 찬 대회보다는 나았다. 이것도 아마 최근 성적이 나름대로 좀 좋아지고 매스컴에 조금이나마 나오니까 그나마 기억하는 사람이 있다고 생각되었다. 4일에 걸쳐 실시되는 이 대회는 1, 2일에는 예선의 성적이고 진짜 실력은 3일째와 4일째에 나타나는 것이다. 아무리 잘 치는 사람이라도 컨디션이 안 좋으면 예선에서 탈락하는 수모를 당할 수 있는 것이 골프였다. 파머 씨는 요즘 예선에서 탈락하는 경우는 없었다. 특히 올해 들어와 잘 맞았고 마음을 비워서 그런지 성적이 고르고, 마음이 편했다.

첫날 성적은 30위였다. 출발은 좀 저조했지만 내용을 뜯어보면 그리 나쁜 건 아니었다. 일단 평균적으로 고른 실력이 나왔고, 단지 한 가지 4번 홀에서 미스 샷이 나와 공이 그만 물속에 빠져 버려 두 타를 놓친 것 때문에 성적이 그렇게 나온 것이었다. 문제는 둘째 날이었다. 대개 우승권으로 육박하는 사람들은 둘째 날에 최소한 십위 권 안으로 들어오게 마련이다. 일단 우승은 생각지 않기로 마음먹은 파머 씨는 한 타 한 타를 편한 마음으로 쳐 나갔다. 첫날, 1위를 했던 사람은 더블 보기를 범하여 20위권 밖으로 쳐졌다는 뉴스가 끝날 때쯤 들어왔다. 파머 씨의 둘째 날 성적은 10위였다. 골프를 마친 파머 씨는 기분이 상쾌했다. 둘째 날에 10위 권에 들었으니 우승도 바라볼 수 있는 가능성이 있었지만, 우승은 안 해도 좋으니 평소에 치던 대로 평균 성적만 올린다면 성공이었다.

셋째 날, 그린에 나가니 어제와는 분위기가 사뭇 달랐다. 그도 그럴 것이 일단 탈락할 사람은 모두 정리가 되었고, 사람들의 관심도 10위 권 안의 사람들에게 쏠리는 것 같았다. 결국 십위 권 선수들 중에서 우승자가 나오는 것이니 사람들이 관심을 가질 만도 했다. 파머 씨의 셋째 날을 한마디로 요약하면 '실수 없는' 하루였다. 쳐야 할 때에 쳐주고 여유 부릴 때에 여유 부리는 등, 한마디로 말해서 정석대로 쳐 나간 하루였다. 둘째 날에 1등으로 부상한, 최근에 가장 잘 맞는다는 팔도 씨가 한 타 차이로 역시 셋째 날에도 1등을 고수했고, 파머 씨는 무려 여섯 계단을 뛰어올라 일약 4위에 올랐다. 특별히 잘 치거나 못 친 것 없이 평균적으로 쳐 준 것이 도약의 발판이 되었다. 굳이 이유를 들자면 9번 홀에서 남들보다 두 타를 앞섰다는 점이었다. 하긴 그 9번 홀에서 한 타를 줄이지 못했다면 성적은 그냥 10위 내외에서 머물렀을 것이다. 한 타 차이로 성적이 서너 계단씩 바뀌는 게 골프다. 내일도 오늘 친 것처럼 승패에 관계없이 부담 없이 쳐 내리라 마음먹은 파머 씨의 마음은 한결 가벼웠다.

마지막 날이 되자 TV 중계차가 어제의 세 배는 더 몰렸고, 보도진도 세 배, 구경꾼도 세 배가 되었다. 하룻밤 사이에 어디서들 다 모였는지 그가 아는 기자도 눈에 띄었는데, 눈이 마주치자 반갑게 아는 척을 했다. 아마 잘 치라는 뜻일 것이다. 그린으로 지나가자 관객들이 파머 씨를 알아보고 엄지손가락을 올리며 "파이팅" 하고 외쳐댔다. 어제까지의 성적들을 보고 그에게 격려를 아끼지 않는 모습이었다. 하여튼 좋은 뜻으로 하는 행동이라 나쁘진 않았다. 전날의 페이스대로 파머 씨는 차분하게 공을 쳐 나갔다. 먼저 출발한 팔도 씨도 특별한 기복 없이 쳐 나가는 것 같았다. 마지막 직전 코스인 17번 홀에서 부담 없이 공을 치던 파머 씨는 행운의 이글을 잡았다. 남들보다 한 타를 줄여 공동 1위로 뛰어오르는 순간이었다. 팔도 씨의 경기는 이미 끝나서 결승점에서 초조하게 자신을 기다리고 있는 것 같았다. 정석대로만 쳐 낸다면 공동 1위가 될 수도 있는 마지막 18번 홀이었다. 보통 때처럼 세 번 만에 홀 컵에 공을 넣으면 공동 1위가 되어 우승도 바라볼 수 있는 위치였다.

파머 씨는 첫 공을 힘차게 후려쳤다. 딱! 하는 경쾌한 소리와 함께 공은 푸른 하늘로 높이 날아 올라갔다. 나이스 샷이었다. 여기저기서 박수가 터져 나왔다. 등 뒤에서 중계방송 아나운서들이 리포트하는 소리가 파머 씨의 귀에 들려 왔다. 아마 방금 전의 샷이 잘 맞아서 상당히 멀리 날아가고 있다는 내용 같았다. 공은 그린 가까이까지 날아가서 때리기

233

좋은 위치에 놓여 있었다. 그의 두 번째 샷이 날아올랐다. 목표는 깃대였다. 운이 좋은 경우에는 투 샷으로 홀에 넣어 단독 우승이 확정되는 수도 있지만 파머 씨는 그런 생각은 안 하기로 했다. 공은 구멍을 지나 1.5미터 정도의 거리에서 멈췄다. 까딱 잘못됐으면 아니 잘됐으면 들어갈 수도 있었다. 관객들의 "음~" 하는 신음 소리는 바로 그런 뜻이었다. 구멍을 한 뼘도 안 되는 간격으로 비껴 나갔으니 말이다.

이제 마지막 한 디만 평싱시대로 쳐 넣으면 동률 1위가 되어 우승을 바라볼 수 있는 순간이었다. 수많은 관중이 있건만 누구 하나 기침 소리도 내는 사람이 없었다. 간간이 스포츠 캐스터나 해설자의 목소리, 즉 "파머 씨가 만약 이번에 성공을 시키면…" 등등의 소리만 나직이 들려왔다. 그리고 그 소리도 게임에 방해되지 않으려고 애쓰는 모습이 역력했다. 몇 번이고 거리를 잰 파머 씨는 심호흡을 하고 골프채를 잡은 두 손을 가다듬었다. 9년 전, 서부 대회에서 우승하던 기억이 떠올랐다. 온 정신을 집중하여 공을 쳐 내려고 애썼다. 보통 때보다 시간을 좀 오래 잡았는지 관객들의 목 가다듬는 기침 소리가 그의 귀에 들려 왔다. 그들도 긴장이 되는 모양이었다. 9년 만에 처음 찾아온 절호의 기회인 것이다.

등줄기에서 쭈르르 하는 느낌이 지나갔다. 아마 등 뒤로 땀이 흐르는 모양이었다. 이제 더 이상 기다릴 수가 없었다. 그립을 움켜잡은 파머 씨는 서서히 헤드를 뒤로 빼내고 공을 노려보았다. '강하지도 않고 약하지도 않게 평소 때처럼…' 파머 씨는 주문을 외며 공을 향해서 헤드를 이동시켰다. 귓속으로 함성 소리가 들려오는 것 같았다. 그 순간 플래시를 준비한 사진 기자들의 스톱 모션이 일순간에 크게 보이다가 사라져 갔다. 골프채의 헤드가 공을 때렸다. 아, 그런데 이게 웬일인가? 신중한 나머지 때리는 힘이 약해서 각도가 아주 조금, 안쪽으로 향한 것 같았다. 다시 치고 싶다는 생각이 번개처럼 머리를 스쳐지나갔다. 그러나 다시 칠 수는 없는 거였다. 공은 이미 구멍 쪽으로 쪼르르 굴러가고 있었다. 아주 조금 안쪽으로, 그러나 잘하면 구멍으로 빨려 들어갈 수도 있었다. 영원 속의 한순간에 서 있는 것처럼 길고 긴 시간이었다.

그는 온몸을 잔뜩 비틀고 있는 힘을 다하여 공을 밖으로 밀어냈지만 공은 바깥쪽으로 나아가지 않고 홀 컵 바로 옆 1센티미터 거리의 잔디 잎사귀에 걸쳐서 멈추고 말았다. 방향만 맞았다면 충분히 들어갈 수 있었던 공이었다. 관객석에서 한숨 소리가 터져 나왔다. 준비하고 있던 사진 기자의 플래시는 터지지 않았다. 2위로 확정되는 순간이었다. 본부석 한구석에서 주먹을 불끈 쥐고 "됐어!" 하면서 뛰어오르는 이 게임의 우승자 팔도 씨의 모습이 멀리서 보였다. 뭐가 됐단 말인가? 자신의 실수를 애타게 기다리고 있었다는 증거 아닌가? 달려가서 골프채로 등을 패주고 싶었지만 주위가 갑자기 조용해지는 서늘한 느낌에 파머 씨는 곧 모든 것을 잊어버리고 말았다. 사람들은 모두 새 우승자인 팔도 씨에게로 몰려갔고 마이크에 대고 인터뷰를 하는 팔도 씨의 모습은 이 세상의 모든 여유를 다 가진 사람 같았다. 방금 전까지 그의 주위를 팽팽하게 감돌았던 그 긴장감은 다 어디로 사라져 버렸단 말인가? 그 많은 사람들이 파머 씨를 혼자 내버려두고 한 사람도 빠짐없이 모두 팔도 씨에게 몰려가는 것이 신기하기까지 했다.

파머 씨는 그날 이후로 골프를 그만두었다. 그는 이미 알고 있었다.

자신과의 싸움에서 패배했다는 사실을…. 공만 보고 공만 생각해야 하는 그 순간에 9년 전 우승의 감격이 무슨 도움이 되겠는가? 게다가 우승을 하면 이렇게 인터뷰를 해야지 하는 등등 공 치는 그 짧은 순간에 사진 기자 얼굴도 보며 별의별 생각을 다했으니 공이 제대로 들어갈 리가 있겠는가? 매스컴에 인터뷰 하려고 골프를 치는 것은 아니다. 그리고 우승컵은 아무나 가지는 게 아니다. 자신과의 싸움에서 이긴 자만이 우승컵을 가질 수 있는 지격이 있는 것이다. 파머 씨는 그길 알게 되었다. 파머 씨가 자기 자신을 알게 되었다는 점에서 그 대회 준우승은 우승보다 더 값진 것이었다. 은퇴 후, 그는 더 이상 패배자는 아니었다. 그는 자신과의 싸움에서 결코 지지 않게 되었다.

🐌 승리와 패배는 결정적 순간의 마음가짐에 달려 있습니다.

텔레토비의
정체

　미국 드라마 X파일에 빠진 한 학생이 있었다. 대학 입시를 앞둔 고교 3학년 학생이었지만 X파일이 방송되는 그 시간만큼은 꼭 TV 앞으로 나와 한 번도 빠지지 않고 시청했다. 공부도 잘하는 편이어서 학교에서 전교 몇 등 안에 드는 수재급이었다. 특히 물리학을 좋아해서 장차 우주의 신비를 벗길 물리학에 도전하리라고 굳게 마음을 먹었다.

　원하던 물리학과에 들어가자 그는 친구들을 규합해 X파일 동호회를 만들기로 결심하고 학교 동아리 연합 사무실에 들렀다. 그런데 그는 거기서 자신이 그런 동호회를 만들 필요가 없다는 것을 알게 되었다. 이미 그 학교에는 X파일이나 UFO 등의 초자연적인 현상을 다루는 서클인 '더 데이'가 활발하게 활동하고 있었다. 회원 수도 일반 음악 동아리 못지않게 많은 숫자였으며, 가끔 그들은 미확인 비행 물체가 자주 출몰하는 지역으로 1박 2일 MT도 가는 등 모든 활동을 활발하게 펼치고 있었다.

처음 동아리 사무실에서 만난 자료 팀장이라는 사람이 그에게 다가와서 '외계와의 메시지 전달 방법'이라는 유인물을 나누어 주었다. 읽어 보니 X파일에서 봤던 내용도 있었고, 인간의 모든 통신 방법들이 총망라되어 있어서 흥미가 있었다. 특히 최근에 신문에도 보도된 비행접시의 사진 자료라든가 비행접시로 오인될 만한 사진 등은 매우 가치 있는 자료들이었다. 회원들은 UFO가 최근 자주 출몰하는 지역에서 월 1회 희망자에 한 해 수시로 MT를 가졌는데, 사진 촬영의 진위 여부를 판별하는 방법으로는 현장 확인이 가장 합리적인 방법이었으며 그들의 그런 합리적인 접근 태도가 그의 마음에 들었다.

또 본받을 만한 점은 회원들 중 주도적인 간부들의 진지함이었다. 모든 분석과 추정을 과학적 근거에 입각하여 판단한다는 점이 좋았고, 또 과학적 가능성이 확보되지 못한 사항들에 관해서는 A. B. C 별로 등급을 매겨 계속 자료를 모으고 합리적으로 크로스 체크하는 등, 과학적 진지함을 잃지 않으려고 노력하는 점이 호감이 갔다. 그들이 분류한 기준에 의하면 말도 안 되는 미신 같은 이야기들이 초과학이나 신과학이라는 이름으로 대중들에게 널리 유포되어 있었고 일반인들이 보았다고 증언하는 대부분의 비행접시는 사실은 기상 현상의 일부이거나 구름 결정의 빛 반사 현상, 혹은 빛 굴절 현상이 만든 작품들이었다. 사막의 신기루도 그런 현상 중 하나라고 볼 수 있다. 그런 자료들 중에서 충분한 과학적 검토가 이루어진 것들은 외계인이 존재할 가능성이 충분히 있다고 믿는 회원들에게만 제공되었다. 괜히 신입 회원들에게 그런 자료를 열람시키는 경우, 그 회원들은 매우 어색해 하고 자료를 보여주는 사람을 이상한 눈빛으로 쳐다보는 경우가 과거에 가끔 있었기 때문이었다.

그 역시 처음에는 그런 특급 자료를 제시하는 자료 팀장의 사진 등에 대해 반신반의하는 마음이 있었다. 그러나 그 자료들은 충분히 과학적으로 검증된 자료들이었고 비행접시를 찍은 사람들의 정신 상태나 기술 등이 대체로 정상적인 것들 이어서 믿지 않을 수 없었다. 또, 자료 팀장의 역사 증언 등에 관한 해석을 들어 보면 20세기의 끝과 21세기의 시작 부분에서 많은 비행 물체가 나타날 것으로 예언되어 있었고. 그러한 현상은 서기 990년과 1010년경에도 무수히 많이 나타난 현상이었다는 것이다. 이런 비행 물체가 세기가 바뀌는 시점에 많이 나타나는 이유는 인류 파멸을 막으려는 우주인들의 노력에서부터 비롯되있다는 것이다. 세기가 바뀌거나 지구의 날씨가 크게 달라지게 되면 인간의 심리 상태가 자신들도 모르는 사이에 크게 바뀌어 타인에 대하여 공격적이 되고 증오하게 되기 때문에 뚜렷한 원한이 없이도 지나가는 행인을 폭행하게 되며, 총을 가진 경우 아무에게나 마구 총을 쏘게 된다는 것이다.

이미 그런 현상은 현실에서 수시로 벌어지고 있었다. 또 대기의 기층이 크게 변하거나 온도가 급격히 달라지면 정전기의 대이동 현상이 발생하고 지구 자기의 방향도 수시로 달라져 인간의 혈액의 흐름에 영향을 끼치게 되고 그런 상태가 오래 지속되는 경우 인간이 스스로를 파멸시키는 현상이 일어날 수 있다는 것이다. 이미 엘니뇨나 라니냐 그리고 해류의 흐름, 지진, 극지방의 오존층 파괴에서부터 생성 원인을 알 수 없는 회오리바람에 이르기까지 여러 현상들이 자주 나타나고 있다. 이러한 자연 현상과 인체 심성의 급격한 변화가 합쳐져 지금은 인류 파멸의 카운트다운이 이미 시작되었다고 보아야 할 시점인 것이다. 그리고 이런 현상은 인류 역사가 시작된 이래 가장 심각한 형태로 나타날 것이라고 예언자들이 이미 수백 차례에 걸쳐 경고했다.

인류의 멸망은 사실 사소한 것에서 출발할 수 있는 것이다. 세계 대전들이 그랬고 대형 사고나 사건들도 아주 사소한 우연의 일치들이 모여서 일어나고 있지 않은가? 그런 것들을 운영하고 책임지는 것은 결국 인간들인데 인간들이 자신들이 맡은 일에 대해 한두 명씩 계속 '될 대로 돼라…' 식으로 내버려두는 현상이 일어나게 되면 결국 인간은 대파멸의 길로 가게 되는 것이다.

그래서 우주인들은 수시로 인간들에게 자신들의 존재를 비밀리에 인식시키고 그러한 인류 파멸의 불상사를 미연에 방지하기 위하여 인간에게 일정한 메시지를 보내어 행동의 지침을 알려 주고 필요한 경우에는 그들의 비행선으로 데려가 철저한 교육을 시킨 후 다시 세상에 내려 보내는 방법으로 인류 파멸을 막아 왔던 것이다. 그러한 일들은 구약 성서에 여호와의 모습으로 기록되기도 했으며, 특히 모세가 이스라엘 백성을 이집트에서 젖과 꿀이 흐르는 가나안 지방으로 이끌고 나올 때 불기둥과 구름 기둥이라는 초과학적 현상으로 그들의 갈 길을 인도하였고, 또 밤 사이에 '만나'라는 밀가루 같은 음식을 그들 지역에 계속하여 눈처럼 내리게 한 사실 등은 그들의 활동에 대한 움직일 수 없는 결정적인 역사 기록이라는 것을 알게 되었다. 기록에 의하면 아무리 그 당시일지라도 한 달이면 이동할 수 있는 거리를 40년간이나 시나이 반도 사막에서 헤매게 한 이유도 역시 그들이 유대 지역에 정착하였을 경우 민족 분쟁으로 서로 싸우다 멸망하는 것을 방지하기 위하여 필요한 교육과 훈련을 시켰던 것으로 볼 수 있다는 것이다.

이러한 모든 것을 종합해 볼 때 이제 우주인들의 메시지가 곧 인류에게 도달할 것이고 지혜 있는 인류는 이에 대비하여야 할 때인 것이다. 그러한 결론에 도달한 그는 그 동아리에서 가장 먼저 그들의 메시지를 받는 사람이 되어 우주인들의 메시지대로 행동하는 최초의 인간이 되기로 결심하였다. 말은 안 했지만 이미 자료 팀장이나 분석 팀장은 자신의 집에다 모스부호 수신 장치나 전파 탐지기 등을 설치하고 매일매일 그것들을 체크하고 있는 눈치였다. 특히 회장은 그와 같은 물리학과 선배로서 과학 이론에도 깊이가 있었으므로 그의 우주 전파 분석 기술은 믿을 만한 것이었다. '어떤 식으로 그들의 메시지가 전달될 것인가?' 이것이 그와 그의 동아리 간부들의 최대 관심사였다. "역시 우주 전파가 가장 합리적인 방법일 것이다." 회장답게 가장 과학적인 분석을 내놓는 선배의 말에 그는 조금 다른 견해를 회원들에게 얘기했다. 그의 방법은 시대 인입법이라는 방법론에 입각한 이론이었다. 그가 그의 생각을 회원들에게 말했다. "우리가 만일 타임머신을 타고 고대로 갔다고 생각해 봅시다." 회원들은 그의 말에 귀를 기울였다. "그들이 아직 언어나 문자가 발달되지 않았을 경우, 우리는 그들이 알아들을 수 있는 방식으로 그들에게 접근해야 할 것입니다." 그의 논리적인 말에 모두들 끄덕이며 알타미라 동굴의 벽화를 머릿속에 떠올렸다. 열띤 토론이 끝나자 그의 시대 인입법과 회장의 전파 탐지법 등, 두 가지가 모두 합리적인 외계인 메시지 접수 방식으로 채택되었다. 뒤에 앉은 자료 팀장은 내내 그의 말에 경청하며 의미 있는 미소를 그에게 보내고 있었다.

다음 날 아침, 그는 등교를 하기 위하여 식사를 하고 있었다. 조카가 그의 방에서 혼자 TV를 보고 있었다. 꼬꼬마 텔레토비였다. 요즘 아이들이 광적으로 좋아하는 프로였다. 성인들이 보기에는 별로 특징이 없어 보이는 프로 같은데 꼬마들은 광적으로 그 프로를 보는 것이었다. 언뜻 지난주에 자료 팀장이 가져왔던 자료의 한 구절이 떠올랐다. '지구의 종말이 가까웠을 때에 머리에 뿔 달린 괴물이 나타나서 아이들의 영혼을 빼앗아 간다.' 물론 그와 비슷한 예언은 여러 곳에 있었다. 퍼뜩 떠오르는 것이 있었다. "그렇다면 저 텔레토비가 바로 '그들'의 메시지 전달 방법인가?" 그러나 그런 증거는 어디에도 없었다. 뽀, 나나, 뚜비, 보라돌이 이렇게 네 명이 움직이는 그 프로는 성인들에게는 지루하고 재미가 없는 것이었다. 그러나 생각해 보니 만일 자신이 외계인이라면 인간에게 가장 손쉽게 접할 수 있는 것을 통신 수단으로 선택할 가능성이 있었다. 시대 인입법의 방향을 과거 대입에서 미래 대입으로 변경한다면 가능한 일이었다. 느리게 움직이는 그들, 그것이 어떻게 외계인의 메시지가 될 수 있단 말인가? 그러나 아무리 어린이 프로라고는 하나 텔레토비가 살고 있는 둥근 돔의 내부는 어느 누가 보아도 우주선임이 분명했다. 그들의 우주선 내부를 보여 줌으로써 자신들의 존재에 대한 확실한 메시지를 인류에게 보내려고 하는 것이 분명 했다.

학교 수업 중에도 그는 태평양 섬 한가운데 사는 원시인들의 거석문화가 우주인과의 메시지 전달의 한 가지 수단일 수 있다는 생각을 했다.

그리고 현재의 최고의 메시지 전달도 구인 TV와 메시지 전달 수단인 컴퓨터에 관해서도 생각했다. 컴퓨터가 2진법으로 진행되는 신호 체계라면 고대의 거석문화는 우주에서 쓰는 그들의 진법의 의사 전달 수단일 수 있었다. 그렇다면 텔레토비의 의사 전달법은 4진법이 되는 것일까? 그렇다! 훌륭한 4진법의 메시지 전달 수단일 수 있다. 텔레토비 네 명의 화면 순서는 4진법의 의사 전달 수단으로 탁월한 방법이었다. 그리고 2진법의 방식보다도 수백 배나 더 많은 신호를 보낼 수 있는 방법이었다. 그 순간 온몸에서 전율이 느껴졌다. 매 화면마다 뽀를 1, 나나를 2, 뚜비를 3, 보라돌이를 4로 설정한다면 그들이 화면 순서를 바꿀 때마다 이 조합은 달라지는 것이다. 아주 간결하고 탁월한 의사 전달 수단이었다. 역시 우주인들은 뭔가 달랐다. 그는 하마터면 수업 중간에 '아~!' 하는 소리를 지를 뻔했다.

수업이 끝나자 그는 동아리 방으로 달려갔다. 이미 많은 회원들이 벌써 와 있었고 선배 회장도 보였다. 그가 회원들에게 말했다. "오늘 텔레토비를 봤는데, 우리 조카가 너무 열심히 그 프로를 보는 거야. 그거 괜찮을까?" 그러자 선배인 회장이 말했다. "그게 무슨 프로야. 난 지루하기만 하더라." 그러자 자료 팀장이 말했다. "왜, 난 귀엽던데…." 몇 마디의 통상적인 대화였지만 이런 간단한 대화를 통하여 뭔가 확실하게 구분이 지어지는 느낌이 들었다. 그는 자료 팀장의 얼굴을 바라보았다. 그는 이미 사실을 알고 있다는 듯한 눈빛이었다. 팀장이 그에게 미소를 보냈다. 지난주에 자신에게 뿔 달린 괴물에 대한 예언을 보여 준 것은 그에게 어떤 힌트를 주기 위한 것이었다고 생각됐다. 구분은 확실했다. 즉, 텔레토비가 귀엽다고 말하는 사람은 텔레토비가 외계인의 메시지 전달 수단이라는 것을 이미 알고 있는 사람임이 분명했다.

　모임이 끝난 후, 그는 자료 팀장에게 다가갔다. 그가 나직이 팀장에게 속삭였다. "텔레토비죠?" 그러자 팀장이 말했다. "너도 알았구나." 그가 대답했다. "네." 그가 다시 팀장에게 물었다. "그렇다면 4진법의 메시지도?" 그러자 팀장이 그에게 말했다. "아직 회장은 모르고 있으니 당분간 비밀로 해 줘." 그는 회심의 미소를 지으며 고개를 끄덕였다. 팀장이 다시 말했다. "초창기라 아직 메시지가 정리되지 않은 상태야. 오늘 아침 메시지는 4123, 3214, 1243, 1423, 3214…였는데, 그 기호를 아직 우리 지구의 언어로 풀어내지 못한 상태야. 아마 영국이 본산이니까 영어로 해석될 가능성이 가장 높을 것 같아." 그가 말했다. "제 생각에는 전 세계가 위성으로 연결되어 생방송으로 텔레토비가 방송되는 그 시점이 되면 메시지가 의외로 쉽게 풀릴 것 같은데요. 지금은 아마 시험 방송 수준일 거예요." 그의 말을 들은 팀장이 말했다. "인도양에 오라이온 위성을 받는 채널 천 개 이상의 슈퍼 위성이 지구 궤도에 세 개 이상 더 뜨게 되면 전 세계 모든 방송이 동시 생방송이 가능해지니까 그때가 '그들'의 확실한 메시지가 전달되는 때가 될 것 같아." 그가 궁금해서 팀장에게 물었다. "몇 년이 걸릴 것 같아요?" 팀장이 대답했다. "내년 연말쯤이면 세 개가 다 궤도에 오르게 될 것 같고 시험 방송을 마치려면 적어도 3년은 걸리겠지." 팀장과 그는 이런 이야기를 나누며 '그날'이 올 때까지 지구의 상태를 잘 감시하고 우주에서 보내는 새로운 메시지를 꼭 잡아서 풀어내자고 다짐하였다. 그리고 '그날'에 도래할 외계인은 네 종족으로 이루어 졌을 거라는 이야기도 나눴다. 뽀 족, 나나 족, 뚜비 족, 보라돌이 족 이렇게 네 종족이 지구에 도래할 것이라며….

'더 데이' 즉 '그날'은 과연 올 것인가? 외계에서 온 그들은 이번에도 지구를 구할 수 있을 것인가? 텔레토비는 과연 외계인의 메시지 전달 방법인가? 인류의 파멸은 과연 시작되었는가? 그 모든 질문에 대한 대답은 오래오래 살아서 직접 눈으로 지켜보는 길밖에 없으리라.

누구든지 우주인에 대한 망상이나 헛된 종말론에 빠진다면 그런 신념을 가진 것에 대한 대가는 본인과 그를 사랑하는 주위 사람들이 치를 수밖에 없습니다. 신념을 갖는 것은 자유입니다. 그러나 그 책임으로부터 자유로울 수 있는 사람은 아무도 없습니다. 마음속에 '깨달음'이 없으면 헛된 생각이 그 자리를 대신합니다.

민선 시장
박 시장

    민선 시장 박 시장의 정력적인 활동은 많은 사람들에게 널리 알려져 있었다. 그의 이름과 활동 상황은 그 도시뿐만이 아니라 전국적으로도 알려져 있었으며, 특히 자연 보호에 대한 그의 열정은 놀라운 것이어서 틈만 나면 그는 자연 보호를 주장하며 외치고 다녔다. 그의 노력으로 그 도시는 전국에서 가장 자연 보호 운동을 열심히 하는 도시로 선정되어 국가의 표창을 받기도 했다.

    그 도시에는 공터가 많이 있었는데 자그마한 공간만 있어도 시장은 반드시 나무를 심도록 독려해서 도시는 온통 푸른빛이 되었으며, 그 점에 있어서는 주민 모두 시장의 특별한 업적으로 인정하게 되었다. 그의 노력으로 인하여 모든 시민들은 이전보다 더욱 자연에 대해 특별한 애정을 갖게 되었고, 자연은 모든 사람이 힘을 합쳐 지키고 보존해야 할 가장 소중한 자산임을 깨닫게 되었다.

시장은 자신의 임기가 얼마 남지 않게 되자 자신의 업적을 어떻게 마무리할 것인가에 대해 생각하기 시작했다. 민선으로 뽑힌 그로서 자신의 재임 중 가장 자랑할 것이 있다면 역시 자연 사랑과 자연 보호 운동에 관한 업적이라고 할 수 있었다. 자신이 그만두더라도 시장 재직 시절 동안 자신이 얼마나 자연을 사랑했으며 얼마나 자연 보호를 위하여 노력했는가를 시민들에게 확실히 인식시켜 줄 필요가 있었다. 그것만이 자신이 시장을 그만두더라도 자연 보호를 계속 이어갈 수 있는 방법이었다. 그는 그 도시에서 가장 존경 받는 교수에게 찾아가 '자연 보호 선언문'을 써 줄 것을 부탁했다. 교수는 쾌히 승낙했다.

얼마 후, 교수에게서 훌륭한 글이 나왔다. 자연을 사랑해야 하는 이유, 자연을 파괴하는 행위에 대해 모든 사람들이 감시하여 자연을 파괴하지 못하도록 하자는 다짐, 그리고 이 도시의 시장으로서 영원히 자연을 사랑하는 사람으로 남겠다는 그의 의지도 자연스럽게 표현되어 있었다. 그는 이 아름다운 글을 영원히 남기기로 결심하고 커다란 바위에다 이 선언문을 새겨 모든 사람이 볼 수 있는 곳에 설치하기로 했다. 선언문이 설치될 장소는 등산로 입구로 결정되었다.

얼마 후, 이 도시의 어린이들이 그 산으로 자연 보호 운동을 나왔다가 비석 앞을 지나게 되었다. 한 어린이가 이상한 얼굴로 선생님께 질문을 했다. "선생님, 저 비석은 왜 산을 깎아서 세워 놓았나요? 산이 아프다고 울겠어요." 선생님은 그 어린이가 가리키는 쪽을 바라보았다. 거기에는 커다란 비석이 서 있었다. 그 비석에는 다음과 같은 글이 음각으로 새겨져 있었다.

'자연 보호 선언문… 자연을 사랑하고 자연을 파괴하지 맙시다.'

그 비석이 서 있는 등산로 입구에는 그 비석을 세우기 위한 조그만 공원이 조성되어 있었는데, 그 공원은 산자락을 푹 깎아 만들어졌고 비석은 그 공원의 한가운데에 서 있었다. 그곳에 원래 있었던 흙과 나무들은 중장비로 훼손되어 어디론가 사라져 버린 것임이 분명했다. 어린이들은 그 비석을 바라보며 자연이 파괴된 것에 가슴이 아파 모두들 슬픈 얼굴이 되었다.

🐌 무엇을 사랑하자고 입으로 외치는 사람일수록 제대로 사랑할 줄 모르는 사람이 많습니다.

보이지 않는
괴물

호수에 괴물이 나타났다는 소문은 순식간에 마을 전체로 퍼져나갔다. 거대한 몸체의 괴물이 유유히 호수 한가운데를 헤엄쳐 가는 것을 목격했다는 주민들의 신고가 가끔씩 접수되었고, 그런 신고가 있을 때마다 그 지역 신문에는 괴물을 본 주민들의 목격담과 함께 바로 주민들의 얼굴이 크게 보도되었다. 일부 극성맞은 사람들은 괴물의 모습을 찍겠다고 카메라를 든 채 호수 주위에 텐트를 치고 며칠씩 기다리기까지 했다.

호수 속에 거대한 괴물이 있다는 소식은 전국적으로 퍼져나갔고, 생물학자들은 그 가능성에 대하여 토론하기 시작했다. 실제로 다른 지역에서는 거대한 철갑상어가 잡혀 올라오기도 했는데, 그 크기가 무려 10m가 넘는 것도 있었다. 엄청나게 큰 문어나 오징어의 공격을 받아 배가 침몰하는 옛날 그림이 신문에 게재되기도 했다.

그중 가능성이 제일 높은 것은 원시시대에 그 호수가 바다와 연결되어 있었는데 지각변동으로 바다 입구가 막혀 호수가 되어 그 당시에 거대 수중 동물이 호수에 갇히게 되었다는 주장이었다. 괴물의 종류는 어류의 일종, 혹은 어류와 파충류의 중간 형태일수도 있다는 주장도 나왔다.

과학자들은 방송국과 힘을 합쳐 이 괴물의 정체에 대해 탐사해 보기로 했다. 호수는 바다 못지않게 깊었기 때문에 탐사에는 각종 과학 장비들이 동원되었다. 특히 어군 탐지용으로 많이 쓰이는 수중 음파 탐지기는 필수 장비였다. 수중 카메라와 수중 음파 탐지기가 호수 곳곳에 설치되었고, 괴물 수색에 관한 소식은 전국으로 떠들썩하게 퍼져 나갔다.

장비를 설치하고 난 뒤 어느 날, 수중 음파 탐지기에 드디어 거대한 물체가 잡혔다. 그 물체는 호수 중앙으로 천천히 이동하고 있었다. 그 모습을 처음 발견한 탐사 대원은 동료들에게 큰소리로 말했다. "어이, 여기좀 봐. 뭔가 이동하고 있어!" 동료의 다급한 고함을 들은 탐사 대원들은 모두 음파 탐지기 쪽으로 모여들었다.

그곳에는 뭔가 거대한 물체가 호수 한가운데로 이동하는 것이 확실해 보이는 영상이 보였다. "야, 이거 굉장한데! 20m도 넘겠어!"

탐지기에 잡힌 영상은 처음부터 끝까지 녹화가 되었고, 그 자료들은 곧바로 컴퓨터 전문가에게 넘겨져 분석이 시작되었다. 결론이 나왔다. 그것은 최소한 길이 20m 이상의 단일 생명체였다. 아직 종이나 모양을 확실하게 설명할 수는 없었지만, 그 호수 안에 뭔가가 있다는 것만은 분명했다.

그들은 다음 행동으로 옮겼다. 호수 속의 그 괴물을 잡아 뭍으로 끌어

올리기로 결정한 것이다. 그 일은 훨씬 어려운 작업이었다. 만약 그 괴물이 심하게 요동이라도 치는 날이면 어떤 위험한 사태가 발생할지 모르는 일이었다. 괴물이 나타날 확률이 높은 호수 중앙에 몇 척의 탐사선이 배치되었고, 온갖 탐지기와 갈고리 등의 장비를 탑재한 고래잡이 전문어선도 몇 척 배치되었다. 괴물체는 얼마 안 있어 다시 탐지기에 포착되었다. 괴물체가 있는 정확한 지점이 파악되었고, 거대한 낚싯바늘을 장착한 포경선들이 괴물체가 있는 바로 위의 수면 주위에 동그랗게 배치되었다. 낚싯바늘에는 커다란 생선이 꽂히고 거대한 바늘 수십 개가 괴물체의 주변으로 서서히 내려가기 시작했다.

잠시 후 바늘 하나에 무언가 둔탁한 물체가 걸려들었다. 탐지기로 관측한 결과 괴물체가 확실했다. 낚싯줄은 기중기에 연결되었고 호수 깊은 곳에 있던 괴물체를 건 낚싯줄은 서서히 기중기에 의해 감아 올려졌다.

모두들 가슴을 졸이며 그 작업이 무사히 잘 끝나기만을 기원했다. 작업은 실패 없이 진행되었고, 괴물체는 아무런 요동 없이 수면 위로 서서히 그 모습을 드러내기 시작했다. 사람들은 괴물체가 건져지는 수면 쪽으로 모두 모여 호기심 어린 눈빛으로 그 물체를 바라보았다.

건져 올라온 물체는 거대한 통나무였다. 괴물의 목이라고 여겨졌던 부분은 썩은 나뭇가지 부분이었다.

🐌 인터넷에 나도는 소문은 이런 썩은 통나무가 많겠지?

251

늑대소년
피터

 1800년 초, 프랑스 남부 지방에서 누런 이빨을 하고 손톱이 긴 한 소년이 사람들에게 발견되었다. 발견 당시 그 소년은 열두 살가량 되었는데 한 번도 깎지 않은 긴 머리에 동물의 울음소리를 내는 등, 도저히 인간 같아 보이지 않았다.

 사람들이 접근을 하면 늑대 같은 울음소리를 내며 으르렁거렸다. 물론 옷은 전혀 입지 않은 벌거벗은 모습 그대로였다. 이 소년이 발견되었다는 소식이 알려지자 사람들은 호기심이 크게 발동하여 여러 곳에서 그 소년을 보러 오게 되었다. 아마도 태어나자마자 산속에 버려져 동물들에 의해 키워진 모양이었다. 그의 일거수일투족은 모든 사람들의 화젯거리가 되기에 충분했고, 사람들은 그 소년을 '늑대소년 피터'라고 불렀다.

 인간의 말을 전혀 못하는 피터는 학자들의 손에 넘겨져 인간으로서의 교육을 받기 시작했다. 그는 국립농아학교에 들어가 인간의 말과 글을 배우게 되었다. 그러나 눈이 올 때면 벌거벗은 채 눈 위를 뒹굴고 뛰어놀며 즐거워하곤 했다. 옷을 입지 않아도 추위를 전혀 느끼지 않는 것이었다.

피터를 인간으로 만드는 작업은 학자들과 일반인의 지대한 관심을 불러일으켰다. 과연 피터가 동물에서 인간으로 될 수 있느냐 하는 것은 의문이었다. 정신과 의사들과 언어학자들의 지대한 관심 속에 피터는 서서히 말을 배워 나가기 시작했으며, 그 과정은 모두 기록되었다. 학자들은 자신의 연구 업적을 증명해 보이기 위해 피터에게 온갖 정성을 다 쏟아 부었지만 피터의 발전 속도는 그다지 빠르지 않았다.

그러나 아름답고 헌신적인 학자들의 노력은 많은 사람들을 감동시키기에 충분한 것이었다.

피터의 발전 소식은 신문 기사로 계속 자세히 보도되었다. 그리고 그런 소식은 사람들의 마음을 감동시켰다.

피터를 가르쳤던 기록과 체험은 한 권의 책으로 엮어져 나왔고, 사람들은 그 책을 보고 다시 한 번 감동을 받게 되었다. 수십 년 후, 이 책을 바탕으로 할리우드에서는 피터의 이야기를 영화화하기도 했다. 많은 사람들은 이 영화를 보고 피터와 학자들 사이에 피어난 신뢰와 사랑에 감동을 받았다. 비록 피터의 발전 속도가 빠른 편은 아니었지만 관객들을 감동시키기에는 충분한 것이었다. 그리고 영화의 마지막 장면에 피터가 계단을 오르는 장면으로 끝을 맺은 것은 피터에게 무한한 미래가 기다리고 있음을 암시해 주기에 충분한 것이었다.

그러나 실제의 피터의 삶은 해피엔딩으로 끝나지는 않은 것 같다. 피터의 발전 속도가 매우 느린데 실망한 학자들은 자신의 업적에 별 도움이 되지 않는다고 판단, 피터를 장애자 병원으로 이송시켰다. 다른 사람의 도움이 없이는 한시도 살아갈 수 없었던 피터는 그 병원 안에서밖에 살 수가 없었으며 사회에는 한 발짝도 나올 수 없었다.

40세가 되던 어느 날, 피터는 인간으로서의 생을 마감하고 마지막 눈을 감았다. 사회로는 단 한 발짝도 내디디지 못한 채, 학자들의 실험 대상으로만 여겨졌던 피터는 장애자 병원에서 최후를 마쳤던 것이다.

사실과 진실에 커다란 차이가 있음을 알지 못한다면 어리석은 사람이 되고 맙니다.

빌라도의
선택

　빌라도가 유대 지방의 총독으로 발령 받은 가장 큰 이유는 그의 정치
적 역량 때문이라고 봐야 했다. 그가 발령 받기 전 유대 지역은 독립을 하
고자 하는 주민들의 열기가 점점 높아지고 있다는 보고가 있었다. 이들을
무한정 무력으로 굴복시킨다는 것은 많은 노력과 희생이 따르는 문제였
다. 정 하다하다 안 되는 경우, 무력으로 억누를 수는 있어도 그 이후에
따라오는 또 다른 문제들이 제대로 처리된다는 보장은 없는 것이다.

　다른 민족을 점령하여 무리 없이 통치한다는 것은 군사력 하나만으로
해결되는 일은 아니다. 더구나 유대 지역은 그들만의 역사와 강력한 종
교적 유대감을 갖고 있었기 때문에 빌라도같이 경험이 많고 정치적인 능
력을 가진 사람을 총독으로 보내는 것이 훨씬 도움이 될 것이라고 황제
는 판단한 모양이었다. 아무리 작은 지역이더라도 만약 로마에 대한 반

역이 성공한다면 그것은 로마가 지배하는 전 지역에 파급되어 엄청난 결과를 초래할 수도 있었다. 특히 유대 지역은 작지만 지역적 특징이 전 로마에서 가장 뚜렷한 곳이라 황제가 가장 신경 쓰는 지역이기도 했다. 그런 지역에 정치적 능력을 가진 사람을 일정 기간 파견하여 계속적인 유화 정책을 쓰면 그런 문제들은 어느 정도 희석이 되어 지역 평화가 유지될 수 있는 것이었다. 물론 독립을 원하는 유대 지역의 지도자들에게는 바람직한 결과가 아니겠지만 말이다. 그러나 정치 이전에 아무리 이민족이더라도 법과 정의에 따라 통치를 한다면 저들은 따라올 수밖에 없는 것이다. 로마법은 타민족이라도 지역이나 출신에 차별을 두지 않는 공평한 법이었다.

총독으로 부임하게 되면 먼저 그 지역의 정치적 힘의 균형이 어떻게 되어 있는가를 파악해야 했다. 물론 로마의 힘이 가장 강력한 것이지만 그다음의 힘들이 문제였다. 즉 유대 민족의 힘이 하나로 뭉쳐지는 경우 그 힘은 곧 반로마의 세력으로 나타나게 되고, 결국은 독립의 기운으로 연결될 수 있는 것이었다. 빌라도가 부임한 유대 지역은 전통 종교의 세력과 행동 종교의 세력, 이 두 세력이 가장 강했고, 그 밖에 학자층 세력이 그다음이었다. 이 세력들 중에서 가장 위험한 세력은 역시 행동 종교의 세력이었다. 주로 젊은 층으로 이루어진 이들의 목표는 오로지 로마로부터의 독립뿐이었다. 이들의 세력을 약화시키기 위해서는 이들의 지도자를 제거하는 것이 가장 효과적이었다. 물론 이들에게도 일부 유화책을 쓰는 것도 필요했다. 그래서 나온 조치가 바로 상당 부분의 종교적 자유의 부여였다.

그런데 이런 종교적 자유를 가장 환영하는 측은 전통 종교층이었다. 그들은 모든 가치를 종교적인 삶에만 맞춘 계층들이었으므로 로마로서는 하등 부닥칠 게 없는 사람들이었다. 한편 만약 그들이 일제히 일어나는 경우 그것은 속수무책의 사태로 이어질 가능성이 가장 높은 층이었다. 그들은 바로 전 유대 민족을 대표하고 있는 주류층이었기 때문이었다. 그러나 그런 점은 별로 걱정할 것은 못 되었다. 왜냐하면 그들의 관심사는 전적으로 종교적인 삶뿐이었으므로 로마로서도 일정 부분 그들의 종교를 인정해 주면 아무런 문제를 일으킬 가능성이 없는 층들이었다. 더구나 그 두 층은 종교적인 교리가 서로 달라 완전히 대립하고 있는 상황이었고 서로 원한을 갖고 있었기 때문에 로마가 멸망하기 전에 두 계층이 서로 손을 잡는다는 것은 상상할 수도 없는 문제였다. 그리고 로마의 통치 철학은 어느 민족이든 로마의 법률을 위반하지만 않는다면 그들의 풍습이나 언어, 종교 등을 자유롭게 가질 수 있도록 하는 것이 일반적인 정책이었다. 점령지가 많아지다 보니 자연 이런 정책으로 갈 수밖에 없었다. 그렇게 생각하면 유대민족만큼 통치하기 쉬운 민족도 없었다.

　다만 요즘 예수라는 자가 사람들을 이끌고 다니며 여러 가지 병을 고치며 설법을 가르친다는데, 행정적으로는 이미 다 파악된 상황이었다. 그의 말은 그날그날 바로 총독의 집무실에 서류로 보고되는 상황이었다. 그가 가르치는 것이라는 게 특별한 정치적인 목표는 없는 것 같았고, 또 정치적인 목표가 있다고 할지라도 그를 따라다니는 제자들이란 사람들은 대개 글자를 모르며 정규 교육이라고는 한 번도 받아 본 경험이 없어서 조직을 만든다든가 자금을 조성한다든지 하는 독립의 기본이 되는 행위는 감히 꿈꿀 수도 없는 그런 자들이었다.

묘하게도 하나같이 그런 자들만 그를 따라다니며 그를 돕고 있었는데, 사실 돕는다기보다 오히려 저희들 선생을 따라다니다 그저 좋은 건수나 생기는 것 없나? 하고 따라다니는 사람들이라고 보는 것이 정확한 분석이었다.

모이는 사람의 숫자가 점점 불어나고 있으므로 계속 주시할 필요는 있었으나 배웠다는 사람들은 대개 전통 종교 세력과 행동 종교 세력 쪽에 주로 있었는데 예수의 제자들 가운데에는 그런 쪽 출신은 한 명도 없으니 누가 조직을 만들고 누가 인력을 동원하겠는가? 아무리 예수의 세력이 커진다고 할지라도 크게 두려워할 점은 아니었다. 모이는 군중의 반은 대개 병을 고쳐 보려고 하는 사람들로 정치와는 거리가 먼 사람들이었다. 예수의 출현으로 묘한 삼각 균형이 만들어지고 있었다. 그렇게 되면 총독의 입장에서는 더 쉬워지는 것이다.

예수가 가르치는 것은 주로 정신적인 것들이었다. 총독인 빌라도가 들어도 마음의 양식이 되는 말들이었다. "남에게 대접을 받고자 하는 대로 남을 대접하라."라는 예수의 말은 정말 당연하면서도 메시지가 있는 말이었다. 이런 말들은 로마 사람들이 들어도 유익한 말이었다. 역시 오랜 역사를 가진 민족이라 그런지 가끔씩은 훌륭한 인물이 나오는 것 같았다. 특히 간음한 여인을 잡아다가 예수에게로 데려왔을 때 예수가 "너희 중에 죄 없는 자가 이 여자를 돌로 치라."고 말한 것은 정말 지혜로운 판단이었다. 과연 이 세상에 누가 그 여자를 돌로 칠 자격이 있단 말인가? 명쾌하면서도 지혜로운 결정이었다. 자신이 그런 경우에 부닥치게 된다면 어떻게 처리할까? 과연 예수만큼 현명하게 처리할 수 있을까? 불가능한 일이었다. 자신은 단지 정치인에 지나지 않는다. 그러니 예수의 세력이 점점 커지는 것은 당연했다.

또 예수는 로마 황제에게 세금을 내는 문제에 있어서도 "시저의 것은 시저에게…" 하면서 거부의 의사를 표시하지 않았다. 행동 종교 측 사람들은 요즘 세금 납부를 노골적으로 거부하고 있지 않은가! 정히 예수의 세력이 커지면 잡아넣거나 군사를 보내서 죽이면 간단히 해결되는 문제였다. 예수 한 명만 없애 버리면 간단히 끝나는 거였다. 예수의 세력이 커진다는 것은 결국 행동 종교 쪽의 사람들이 예수 쪽으로 넘어오는 효과가 있는 것이니 로마로서는 실보다는 득이 더 컸다. 자연, 행동 종교 측과 예수와의 마찰이 심해질 수밖에 없었다. 요즘 들어 예수가 행동 종교 측의 견제를 심하게 받게 된 것 같았다. 두 세력이 서로 싸우게 되면 결국 총독인 빌라도로서는 유대민족의 힘이 삼각 균형의 상태로 고착되는 것이니 가장 이상적인 통치적 균형 상태를 유지하게 되는 것이다.

부임한 지 얼마 안 되어 이런 상황이 벌어졌으니 빌라도로서는 여간 좋은 일이 아니었다. 그리고 예수가 행동 종교 측의 사람들에게 호락호락 넘어가지 않음을 지난번 간음한 여인의 사건에서 잘 볼 수 있었다. 만약 그때 예수가 그 여자를 그들의 율법대로 돌로 쳐 죽이라고 말했다면 사람들은 예수를 불쌍한 사람을 돕지 않는 몰인정한 사람이라고 비난했을 것이고, 만약 돌로 쳐 죽이지 말라고 했다면 예수는 그들의 율법을 위반한 것이 되어 전통 종교 측 사람들을 자극하게 되어 결국 그들의 법정에 서게 됐을 것이다. 그러나 예수는 그 모든 함정을 절묘하게 피해 갔던 것이다. 아니 피해 갔다기보다 오히려 그 일을 통하여 사람들에게 그가 하고자 하는 메시지를 확실하게 던진 꼴이 되었다. 결국 그들은 혹 떼려다 혹 붙인 격이었다. 재미있는 사건이었다. 그는 대단히 현명한 사람임에 틀림이 없었다.

그들 사이의 갈등은 그 사건 이후로 더욱 노골화되었지만 어느 측도 확정적인 승리를 쟁취한 것 같지는 않았다. 아니, 오히려 예수의 세력은 점점 더 커지는 것 같았고, 나머지 세력들은 오히려 점점 작아지는 것 같았다. 세력이 너무 커지는 것도 문제가 될 수 있었지만 예수 쪽의 상태는 그를 따라다니는 열두 제자 외에 어떤 조직의 변화도 탐지되지 않았다. 그의 가르침이 이전과 달라졌다는 보고는 어느 쪽에서도 올라오지 않았다. 단지 그들과 같은 민족들 중 로마에 협조적인 쪽에서 예수가 너무 크면 로마 쪽에 위험한 존재가 될 수 있으니 잡아넣는 것이 좋지 않을까 한다는 의견서가 올라올 뿐이었다. 그러나 그런 의견은 약간 체면을 구긴 전통 종교 측의 의견이 많이 반영된 것이었다.

일단 유대인들은 특별한 경우가 아닌 한 모두 전통 종교인이었다. 그들 지도자의 말보다는 예수의 말이 더 권위가 선다는 것은 전통 종교 측 지도자의 입장에서는 여간 불편한 것이 아니었다. 더구나 몇 번이나 거리에서 하나님을 모욕하는 말을 하거나 자신이 이 세상 모든 병을 다 고칠 수 있는 하나님인 것처럼 행세하는 것은 전통 종교 측 지도자들로서는 도저히 그냥 넘어갈 수 없는 중대한 사안이었다. 그러나 총독의 입장에서 볼 때 예수의 세력이 커져 가는 상황은 그리 위험한 상황이 아니었다. 단순히 숫자가 많다고 위험한 것은 아니다. 숫자가 적더라도 학자 세력이나 행동 종교 측의 세력이 더 위험한 것이다. 왜냐하면 그들은 선동 능력과 조직 관리 능력을 가지고 있기 때문이었다.

그러나 최근 예수가 한 말은 약간 그 저의가 의심스러운 것 같은 말도 있었다. 혹시 예수의 진짜 색깔이 드디어 나오는 것이 아닌가 하는 생각이 들기도 했다. 물론 이현령비현령일 수도 있다. 즉, 그가 "내 나라는 세상 나라가 아니다."라는 발언을 한 것이었다. 그런 말을 한 것은 분명했다. 여러 군데서 보고가 올라왔기 때문이다. 어떤 나라를 말하는 걸까? 빌라도는 궁금했다. 새로운 국가를 창설하려는 것일까? 빌라도가 예수가 말하는 '나라'에 대해 생각을 하고 있을 때 그의 보좌관이 들어왔다. "각하, 보고서 읽으셨죠? 보고 드린 대로 예수를 잡아들일까요?" 빌라도가 그에게 말했다. "자네가 올린 보고서는 잘 읽어 보았네. 예수가 말한 '그 나라'는 아직 실체가 확실하게 나타나지 않았음을 자네도 잘 알지 않는가?" 보좌관이 말했다. "일단 잡아들여 심문하는 것이 안전하지 않을까요?" 야전군 출신이라 사고가 단순하구나 하는 생각이 들었다. "그만두어라, 잡아들이는 것보다 그냥 놔두는 것이 오히려 득이 될 수 있다." 빌라도는 예수를 잡아들이는 것이 마음에 내키지 않았다. 좋은 말하는 사람을 구태여 잡아넣을 필요까지 없지 않은가? 그리고 유대민족의 힘을 분산시키는 효과도 무시할 수 없었다.

전통 종교 측에서는 예수의 문제를 그대로 넘길 수가 없었다. 예수가 결국 자신이 하나님이라고 모인 사람들에게 대놓고 얘기할 것이 뻔했다. 행동 종교 측의 사정은 더욱 심각했다. 그들의 회원이 점점 예수에게로 넘어가 버리는 것이었다. 그대로 놔두면 사람들이 모두 예수에게로 더 많이 모여들 것이 뻔했다. 만약 예수를 영입하여 독립을 달성한다면 더 없이 좋은 일이겠으나 예수는 민족의 독립에는 철저히 관심이 없는 것 같았다. 결국 마지막으로 남은 길은 그를 함정에 빠뜨려 로마의 법에 따라 처단시키고 예수의 세력을 꺾은 뒤, 전통 종교와 손을 잡고 구심점을 잃은 유대민족을 하나로 묶은 후, 예수를 죽인 것에 불만을 가진 그의 제자나 시민들을 선동하여 로마에 대해 폭동을 일으키는 것뿐이었다. 아무런 행동도 취하지 않고 그대로 있을 경우, 유대민족은 모두 독립에는 아무 관심이 없는 바보 같은 예수의 추종자들이 되고 말 것이었다. 그렇게 되면 독립은 저 멀리 날아가 버릴 것이고, 이방인 로마의 지배는 영원토록 계속되는 최악의 상황이 고착될 것이 뻔했다. 여호와여! 이민족을 어찌하시렵니까? 그들의 기도는 절박했다.

행동이 시작되었다. 그의 제자 중 전에 자신들과 같이 있었던 한 사람을 설득하였다. 그는 선뜻 나서려고 하지 않았다. 자기가 따라다니는 선생을 배신한다는 것은 쉽지 않은 노릇이었다. 그의 고향 친구와 일가친척들이 동원되었다. 민족의 갈 길이 암담하다는 그들의 말은 어느 정도 설득력이 있었다. 총독의 보좌관에게 예수가 반역을 꾸미고 있다는 보고가 전달되도록 했다. 즉시 잡아들이라는 명령이 떨어졌다. 배신한 제자의 안내를 받은 행동 종교 측 대원과 로마 병사들은 예수를 체포하려고 그에게 다가갔다. 그러나 예수의 명성을 이미 알고 있는 로마 병사들은 예수의 앞에서 겁을 먹고 주저주저했다. 이때를 틈타 어부 출신인 듯한 한 제자가 생선 다듬는 칼을 꺼내어 제일 앞장 서 있는 병사의 귀를 잘랐다. 병사들은 기겁을 하며 뒤로 물러섰다. 떨어진 귀에서 피가 뚝뚝 떨어졌다. 이 정도라면 어떤 저항이 앞으로 전개될지 알 수 없는 상황이었다. 예상 외로 강력한 저항이었다. 그러나 예수는 그런 제자의 행동을 심하게 꾸짖으시며 잘린 귀를 주워 병사의 귀에다 갖다 붙였다. 병사의 귀는 감쪽같이 붙어 버렸다. 신기한 노릇이었다. 이런 상황을 두 눈으로 본 병사들은 모두 어찌할 바를 모르고 엉거주춤하고 있었다. 이때 예수가 병사들에게 다가와 자신을 묶으라고 조용히 말했다.

빌라도가 예수가 잡혀 왔다는 보고를 들은 것은 다음 날 아침이었다. 예수가 구체적으로 반역을 꾀했다는 고소장과 함께 보좌관의 보고서도 있었다. 빌라도는 고개를 갸우뚱했다. 예수는 그런 행위를 할 인물이 아니었다. 너무 일찍 이런 사태가 온 것 같다는 느낌이 들었다.

물론 최근에 나라의 건국에 대하여 이야기한 적은 있었지만 그것은 어디까지나 정신적인 나라라고 판단되었다. 죄 없는 사람을 죽이는 것만큼 불쾌한 것은 없다. 로마법은 아무나 사람을 죽이게 되어 있지 않았다. 반역의 경우에도 구체성이 있어야 했다. 증인도 필요하고 구체적인 행동도 필요한 것이었다. 잡혀 왔다고 해서 아무나 죽일 수는 없는 노릇이었다. 예수를 고소한 측의 유대인들이 빌라도의 법정 앞에서 예수를 처단할 것을 소리쳐 요구했다. 빌라도가 고소자들에게 말했다. "이 사람을 고소하는 이유가 무엇이냐?" 그들이 말했다. "이 사람이 악한 일을 행하지 않았다면 우리가 이 사람을 왜 고소했겠습니까?" 빌라도가 말했다. "그렇다면 너희들의 선과 악의 문제구나. 너희들 법에 따라 재판을 할 것이지 왜 나에게까지 데려왔느냐?" 그러자 그들이 말했다. "우리는 사람을 죽일 권한이 없습니다." 예수가 잡혔다는 소식을 언제 들었는지 법정 앞은 수많은 인파로 가득했다. 하나같이 예수를 십자가에 못 박으라고 소리치는 사람들뿐이었다. 분위기가 심상치 않았다. 그러나 분위기만으로 사람을 죽일 수는 없는 노릇이었다. 빌라도가 예수에게 다가가 물었다.

"네가 유대민족의 왕이냐?" 예수가 대답했다. "그 질문은 당신이 스스로 판단하여 한 말인가? 아니면 다른 사람들이 나에 대하여 한 말인가?" 빌라도는 가슴이 뜨끔했다. 사실 자신이 한 말이 아니라 고소자들이 한 말이었기 때문이었다. "내가 유대인이냐? 너희 나라 사람과 종교지도자들이 너를 고소했으니, 도대체 네가 무슨 말을 했길래 고소를 당했느냐?" 빌라도가 반문하자 예수가 대답했다. "내가 말했던 나라는 이 세상에 속한 나라가 아니다. 만약 이 세상에 속한 나라였다면 내 제자들이 싸웠을 것이고, 내가 이렇게 잡혀오게 하지 않았을 것이다. 내 나라는 세상에서 말하는 그런 나라가 아니다." "그럼, 네가 왕이냐?" "네 말대로 내가 왕이니라. 내가 태어나고 이 세상에 온 이유는 진리에 대하여 증거하려고 온 것이다." 예수의 태도는 죄인 같아 보이지 않고 당당했다. 빌라도는 도저히 죄가 성립될 수 없다고 생각했다. "네가 말하는 진리라는 것이 도대체 무엇이냐?" 그렇게 말하는 빌라도의 마음속에는 '이 사람을 도저히 죽여서는 안 되겠다.'는 확신이 들었다.

빌라도는 예수를 살리기 위하여 유대인들에게 다가가 말했다. "이 사람에게서 아무 죄도 발견하지 못했으니, 명절 특사로 여기 있는 두 사람 중 유대인의 왕을 놓아주기 원하느냐?" 모인 군중들은 빌라도의 말을 듣자 일제히 강도 바라바를 놓아달라고 소리쳤다. 빌라도는 그들의 이런 반응에 매우 놀랐다. 아니 강도를 놓아달라니? 왜 이 사람을 구태여 죽이러는 걸까? 저희들의 왕이라면서… 왕을 죽여 달라니… 왜 이 민족이 갑자기 독립하고 싶지 않아졌을까? 그건 있을 수 없는 일이었다. 비밀 지하 조직들이 계속 활동하고 있다는 것을 그는 잘 알고 있었다. 빌라도가 다시 군중들에게 나가서 말했다. "자, 이제 내가 이 사람을 너희들 앞에 데리고 나올 것이다. 누구인지 잘 모르는 것 같으니, 너희들이 눈으로 직접 보고 판단하라. 그 이유는 내가 그에게서 아무런 죄도 발견하지 못했기 때문이다."

빌라도는 군중들이 예수를 눈으로 직접 보고 나면 누구인지 확실히 알 수 있어 마음에 변화가 올지도 모른다고 생각했다.

"자, 이 사람이다." 빌라도가 예수를 소개하자 군중들은 더욱 미친 듯이 "예수를 십자가에 못 박으라!"고 소리쳤다. 빌라도의 예상은 완전히 빗나가고 말았다. 빌라도가 신경질적으로 소리 질렀다. "너희들이 직접 데려다가 십자가에 못 박든지 말든지 맘대로 해라. 나는 죄를 찾지 못했느니라." 그러자 맨 앞에 서 있던 유대인이 소리 질렀다. "우리 법대로 한다면 저자는 당연히 사형입니다. 자기가 하나님의 아들이라고 하고 다닙니다." 이 말을 들은 빌라도는 사태가 이상하게 돌아가는 것 같은 느낌이 들었다. 진리를 말하는 이 사람이 하나님의 아들이라니, 그렇다면 하늘에서 내려왔단 말인가? 더더욱 모를 얘기뿐이었다. 빌라도가 예수에게 다가가 물었다. "너는 도대체 어디에서 온 사람이냐?" 예수가 아무 대답도 안 하자 빌라도는 초조했다. "들었느냐? 내가 지금 너를 죽일 수도 있고 살릴 수도 있는 것을 모르느냐?" 예수가 대답했다. "그런 권세는 너의 것이 아니라 하늘에서 너에게 잠시 준 것이다. 너보다 나를 너에게 넘겨준 자들의 죄가 더 큰 것이다.”

빌라도는 예수를 놓아주려고 이리저리 궁리를 했으나 거기 모인 유대인들의 기세는 더욱 끓어올랐다. 그들 종교 지도자 중 한 사람이 소리쳤다. “만약 이 사람을 놓아주면 당신은 황제의 충신이 아닙니다. 자신을 왕이라고 칭하는 자를 놓아주는 것은 황제를 반역하는 것이 됩니다!” 반역이라…. 딴은 맞는 말이었다. 오해를 받을 수도 있는 사건이었다. 그 지역의 지도자를 제거하여 독립의 싹을 자르는 것이 총독의 할 일이었다. 그러나 그건 정치적인 경우에나 해당되는 말 아닌가? 이 경우는 정치적인 것이 아니었다. 그렇다고 정치적인 것이 아닌 것도 아니었다. 인간사 모든 것이 정치 아닌가? 그러나 예수의 경우는 달랐다. 반역이 아닌 것만은 확실하지 않은가? 그를 따라다녔다는 제자들 중 어느 한 명도 나타나지 않고 모두 도망을 쳐 버린 마당에 무슨 힘으로 혼자서 반역을 한단 말인가? 그러나 그런 사정을 멀리 있는 본국 로마에서 제대로 알 수 있겠는가? 아마 그것을 설득시키려면 엄청나게 많은 말을 해야 하고 원로원 중 과반수 이상에게 침이 마르게 설명도 하고 설득도 해야 할 것이었다.

보좌관은 빌라도가 갈등하고 있는 모습을 보고 그에게 다가와 귓속말로 말했다. “총독 각하, 저 사람을 희생시켜서 여론을 잡지 않는다면 저들의 반로마 감정이 극에 달해 엄청난 저항이 뒤따를 것 같습니다. 결심을 하시는 것이 좋겠습니다.” 빌라도가 마음을 결정하지 못한 채 재판석에 앉자 일순 모든 사람들이 조용해졌다. 판결이 나오는 순간이었다. “너희들의 왕을 보라!” 그러자 유대인들이 발광하듯 소리쳤다. “십자가에 못 박으소서!" 빌라도가 고소자의 한 사람인 전통 종교의 지도자에게 말했다. "내가 너희들의 왕을 십자가에 못 박으란 말이냐?" 그러자 그가 말했다. "우리 왕은 로마 황제 외에는 없습니다." 빌라도는 그렇게 말하는 그의 머리통을 쥐어박아 주고 싶었다. 언제부터 갑자기 로마의 애국자들이 되었나? 모든 과오를 총독인 자신에게 뒤집어씌우려는 얌체 같은 말이었다. 저런 자들이 종교 지도자라니…. 차라리 여기 서 있는 젊은 예수란 자가 더 지도자 자격이 있었다. 예수는 여기 끌려 와서 한 번도 비겁한 말을 한 적이 없지 않은가? 살려 달라는 말도 없는 당당한 그의 모습과 전통 종교 지도자의 기회주의적인 모습이 확실하게 비교가 되었다. 저희들의 왕을 죽여 달라니 참으로 한심한 민족이었다.

그러나 지금 이 사태를 마무리 할 수 있는 방향은 단 한 방향밖에 열려 있지 않았다. 그리고 다른 쪽 문은 모두 닫혀 있었다. 예수를 그들의 요구대로 내주는 길밖에 없었다. 빌라도에게는 선택권이 없었다. 할 수 없이 빌라도는 병사들에게 예수를 내주고 말았다. 자신이 재판관 자리에 있었지만 오늘 재판은 군중들이 한 거나 마찬가지였다. 오늘 자신의 역할은 총독이 아니었다. 그들의 입맛에 맞추어 음식을 만들어 내는 요리사 같았다. 법 집행을 이런 식으로 하는 것은 말도 안 되는 일이었다. 가장 잘 만들어졌다는 로마법이 오늘은 완전히 무용지물이 되고 말았다. 빌라도는 명패를 가져오게 하여 '나사렛 예수, 유대인의 왕' 이라고 써서 병사에게 내주었다. 그 모습을 옆에서 지켜보던 아까 그 늙은 지도자가 비굴한 미소를 지으며 그에게 다가와서 말했다. "총독 각하, 유대인의 왕이라고 쓰지 말고 '자칭' 유대인의 왕이라고 써 주시면 안 되겠습니까?"

빌라도는 화가 나서 큰소리로 대답했다. "쓸 것을 제대로 쓴 것이다." 빌라도가 그날 자기 뜻대로 한 것은 명패에 쓴 글자 몇 자뿐이었다.

십자가를 짊어지고 가는 예수의 뒷모습을 바라보는 빌라도의 마음은 착잡했다. 여기까지 와서 어쩌다 애매한 사람을 하나 죽이게 되었구나 하고 생각하니 하루 종일 먹은 것이 소화가 되지 않았다. 전쟁에 나가서 무수히 많은 사람을 죽여 본 그였지만 이렇게 속수무책으로 아무 저항 없이 자기 앞에 서 있는 사람을 죽게 한 것은 영 마음에 걸리는 일이었다. 간음한 여인을 재판했던 예수와 자신의 판결이 비교가 되었다. 자신의 판결은 로마법으로도 잘못된 판결이었다. 그리고 이 민족은 참으로 알 수 없는 민족이었다. 그들이 만약 독립을 원한다면 그런 훌륭한 지도자를 죽게 하는 것은 그들에게도 크나큰 손실임이 분명했다. 법과 정의에 따라 판결을 내리지 못하고 정치적 인기에 따라 판결을 내린 것이 자꾸 후회가 되었다.

그가 그토록 소중하게 여겼던 로마의 법과 정의가 여기 이 민족의 땅에서 무너져 버린 것이다. 저들이 지금은 저들의 구미에 맞는 판결에 대해 좋아하고 날뛰고 있지만 흥분이 가라앉고 나면 로마가 반드시 법과 정의로만 통치를 하지는 않는다는 사실을 깨닫게 될 것이고, 그렇게 되면 저들이 힘으로 들고 일어날 것은 빤한 이치였다. 당장의 평화는 유지되겠지만 저들이 들고 일어난다면 그것은 한 명의 희생으로 끝나는 정도가 아니라 민족 전체의 운명이 끝날지도 모르는 일이었다. 그런 생각을 하니 소름이 쫙 끼쳤다. 피의 강물이 보이는 것 같았다. 그러나 설마 그때까지 자신이 계속 총독으로 여기에 남아 있겠는가?

며칠 후 죽었다는 예수가 다시 살아났다는 소문이 돌았다. 예수의 시체가 무덤에서 사라졌다고도 했고, 제자들 중에서는 그를 보았다고 공공연히 말하고 다니는 사람들도 있었다. 그렇게 말하는 제자들은 이전에 벌벌 떨던 모습이 아니었다. 전통 종교 쪽에서는 예수의 부활을 얘기하고 다니는 이들을 잡아 가두어야 한다는 건의문을 수없이 보냈다. 사회 불안을 조성하고 우매한 군중을 선동하는 반로마적 행위라는 것이었다. 왜 이 사람들이 갑자기 열광적인 로마 편이 되었을까? 결국은 밥그릇 싸움이었다. 자신들의 종교적 입지가 불안해지니까 예수고 누구고 없애려고 하는 것이었다. 친로마든 반로마든 이들에게는 아무 의미가 없었다. 여차하면 언제라도 반로마로 금방 돌아설 자들이었다.

예수의 죽음으로 대부분의 유대인 지도자들이 친로마로 돌아선 것은 환영할 만한 일이었으나 그것은 정의를 앞세우는 로마적인 방법은 아니었다. 그리고 그 이후 그의 가슴 한구석에는 알 수 없는 죄책감이 계속 일어났다. 빌라도는 더 이상 그들에게 이용을 당하고 싶지 않았다. 또 다시 실수를 하고 싶지 않았던 것이다. 그들의 건의는 끝없이 올라왔다. 예수를 죽일 때보다 더욱 끈질겼다.

빌라도는 아무런 조치도 취하지 않았다. 그리고 예수가 죽음을 앞에 놓은 순간에 자신에게 말했던 '그의 나라'는 도대체 어떤 나라를 말하는 것이었는지 궁금해졌다. 최소한 이렇게 정의가 실현될 수 없는 나라는 아닌 것 같았다. 그러나 그는 이제 한가지 사실은 잘 알 수 있었다. 예수가 설령 부활을 했더라도 그들 지도자들의 말대로 사회 불안을 조성한다거나 로마에 반기를 들게 하는 말은 결코 하지 않으리라는 것을 말이다.

빌라도의 판결은 로마의 법으로도 잘못된 판결이었습니다. 세상의 모든 법이 반드시 정의의 편에 서서 판결을 내리는 것만은 아닙니다. 필요에 따라 정치적 목적이나 대중의 인기를 의식하여 알면서도 일부러 오판을 내리는 경우도 많습니다. 잘못된 판결에 대한 반성 때문인지 빌라도는 예수 부활 이후 유대인들의 종교 문제에는 가급적 말려들지 않고 조용히 처신하려 애쓴 것 같습니다. 그 이후의 기록에 그의 이름은 한 군데도 나오지 않으니 말입니다.

여기에 실린 글 중에 작가가 가장 좋아하는 이야기는 어떤 것일까요?

그리고 당신이 가장 좋아하는 이야기는 어떤 것입니까?

누구나 꿈꾸지만
아무나 이룰 수 없는 것들

2014년 5월 01일 1판 01쇄 인쇄
2014년 5월 05일 1판 01쇄 발행

저은자 | 박문영
펴낸이 | 김정재 · 김재욱
디자인 | 페이퍼마임
펴낸곳 | 나래북 · 예림북

등록번호 | 제 313-2007-27호
주소 | 서울특별시 마포구 독막로 10(합정동) 성지빌딩 616호
전화 | 02- 3141-6147
팩스 | 02-3141-6148
e-mail | naraeyearim@naver.com

ISBN 978-89-94134-33-8   03810